4차 산업혁명과
미래 영어교육

4차 산업혁명과
미래 영어교육

정채관 · 안계명(성호) · 홍선호 · 이완기
심창용 · 이재희 · 김해동 · 김명희 · 김선웅

한국문화사

4차 산업혁명과 미래 영어교육

1판 1쇄 발행 2018년 10월 30일
1판 2쇄 발행 2018년 12월 20일
1판 3쇄 발행 2019년 11월 15일
1판 4쇄 발행 2021년 7월 20일

지 은 이 ｜ 정채관·안계명(성호)·홍선호·이완기·심창용·이재희·김해동·김명희·김선웅
펴 낸 이 ｜ 김진수
펴 낸 곳 ｜ 한국문화사
등   록 ｜ 제1994-9호
주   소 ｜ 서울시 성동구 아차산로49, 404호(성수동1가, 서울숲코오롱디지털타워3차)
전   화 ｜ 02-464-7708
팩   스 ｜ 02-499-0846
이 메 일 ｜ hkm7708@hanmail.net
홈페이지 ｜ http://hph.co.kr

ISBN 978-89-6817-685-2 93370

2017년 4월과 5월 서울 정동 한국교육과정평가원 대회의실에는 우리나라 영어교육과 관계된 교사, 교수, 연구원, 교육업체 관계자 등이 모였다. 인공지능과 로봇으로 대변되는 4차 산업혁명의 도도한 물결 속에서 우리나라 미래 영어교육은 어떠해야 하는지에 대해 이해당사자들이 모여 논의해보자는 것이었다. 총 2회 걸쳐 4차 산업혁명 시대의 미래 우리나라 영어과 교육과정과 영어 교과서는 어떤 모습을 하고 있을지, 동시에 어떤 모습을 하고 있어야 하는지에 대한 열띤 토론이 있었다. 이 책은 2회에 걸친 연속 세미나의 연장선이라고 볼 수 있다.

제1장은 4차 산업혁명이 우리나라 영어교육 전반에 미칠 영향에 관한 논의이다.

제2장은 우리나라 초등 영어과 교육과정을 고찰하고, 미래 세대를 위해 초등 영어교사가 갖추어야 할 요건에 대해 논의한다.

제3장은 1945년 미 군정의 일반명령 제4호 이후 시작된 초기 교육과정에서부터 2015 개정 영어과 교육과정까지 중등 중심의 국가 수준 영어과 교육과정에 대해 짚어보고 4차 산업혁명 시대 중등 영어과 교육과정 개발 방향을 제시한다.

제4장은 우리나라 영어교육이 곧 맞이하게 될 4차 산업혁명 시대에 효과적으로 대응하기 위해 어떠한 혁신이 필요한지에 관한 논의이다.

제5장은 4차 산업혁명시대 AI 의존형과 AI 활용형이라는 측면에서 초등 영어 교과서의 변화에 대한 논의이다.

제6장은 4차 산업혁명 시대에 적절한 중등 영어 교과서에 대한 논의와

교과서 사용 교수법에 대한 제안을 담고 있다.

제7장은 4차 산업혁명 시대 미래 영어 교과서의 특징을 고찰한다.

마지막으로 제8장은 4차 산업혁명 시대 영어 전공자의 미래에 대해 인재 육성을 위한 과감한 변신을 한 국내 한 대학의 사례를 소개하고, 새로운 교육 모델을 제시한다.

2018년 10월

저자 정채관 . 안계명(성호) . 홍선호 . 이완기 . 심창용

이재희 . 김해동 . 김명희 . 김선웅

▌감사의 말 ▌

　거인의 어깨에 신중하고 조심스럽게 올라선다. 이 책은 4차 산업혁명
이라는 시대적 흐름 속에 우리나라 영어교육이 어떤 방향으로 흘러가야
할지에 관한 책이다. 이 책에는 우리나라에서 손꼽는 전문가가 저자로 참
여하였다. 거스를 수 없는 시대의 흐름 속에 혼란스러워하는 후학을 위해
없던 것을 만들어 달라는 신진 학자의 당돌한 요구에도 불구하고 당대의
고수들께서는 흔쾌히 원고를 써 주셨다. 한국영어학회 회장을 맡고 계셨
던 안계명(성호), 서울교대 기획처장과 산학협력단장을 맡고 계셨던 홍선
호, 서울교대 부총장을 맡고 계셨던 이완기, 경인교대 연구처장 및 학술
정보원장을 맡고 계셨던 심창용, 경인교대 총장을 맡고 계셨던 이재희,
한국외대 교육대학원장과 현재 한국영어교육학회 회장을 맡고 계신 김해
동, 숙명여대 아태정보통신원장을 맡고 계셨던 김명희, 광운대 교무처
장을 맡고 계셨고, 현재 한국영어학회 회장을 맡고 계신 김선웅 교수께
진심으로 감사드린다. 이 책이 이제 막 시작된 4차 산업혁명 시대에 우리
나라 영어교육의 나침반이 되길 바란다. 마지막으로 이 책이 출간되기까
지 많은 도움을 주신 한국문화사 관계자 여러분께 진심으로 감사의 말씀
을 드린다.

2018년 10월
책임저자 정채관

│차 례│

제1장
4차 산업혁명과 영어교육[*]

안계명(성호)

본 장에서는 4차 산업혁명이 영어교육에 미칠 전반적인 영향에 대하여 논의하고 관련하여 영어교육이 그에 어떻게 대응하여야 할지에 대하여 개괄적으로 논의한다. 1절에서 사회가 점점 더 '초연결성', '초지능성', '초융복합성'의 특징을 지닐 것이라는 예측을 수용적으로 논의하면서, 현 영어교육 체제가 지닌 어두운 측면을 조명한다. 제2절에서는 사회/경제체제에 요구되는 '윤리화'와 '유연화' 및 개인에게 요구되는 21세기 역량에 대하여, 제3절에서는 사회적 실천으로서의 영어에 대한 가장 포괄적인 이해와 변화하는 사회/문화 맥락에 따른 비판적 다중문해력 교육 등의 필요성을 검토한다. 제4절에서는 지금까지 논의된 요구에 대한 영어교육의 전반적 대응 방안을 제시한

* 본 장의 내용은 한국교육과정평가원 영어교육세미나(2017. 4. 21.)에서 현재의 제목으로 그 초기 형태가 발표되었고, ETAK 학술대회(2017. 9. 23., 나사렛 대학교)에서 "4차 산업혁명과 융복합 영어교육"으로, ELLAK 국제 학술대회(2017. 12. 14., 서울대학교)에서 "4차 산업혁명과 영어 관련 전공"으로 확장되어 발표되었다. 토론자·참석자 분들의 논평에 감사를 드린다. 원고의 문체와 논의 전개의 개선에 도움을 준 고보애, 김신일, 김서율, 김성우, 양선훈, 오경애, 이문우, 장은경 선생께 심심한 감사를 드린다. 그러나 잠재적인 오류에 대한 책임은 모두 저자의 몫임을 아울러 밝힌다.

다. 기계와 인간의 상호보완성을 통하여 기존 문제를 해결할 수 있음과, 영어
교육에 대하여 실존적/인간주의적 접근이 필요함, 그리고 이러한 것이 융복
합 영어교육의 틀 안에서 이루어질 수 있음을 제안한다. 마지막으로 제5절에
서는 이러한 영어교육적 상황이 체계기능언어학과 같은 형태의 융복합적 영
어 연구를 요구하고, 영문학 연구/교육가 지역성을 담아내면서 영어 문학 창
작을 강조함으로써 언어/문화 연계성을 좀 더 부각하며 학습자들의 비판성/
창의성/인성 함양에도 기여하여야 할 것임을 제안한다.

I. 초연결성, 초지능성, 초융복합성의 세상

소위 '제4차 산업혁명'은 인공지능, 로봇공학, 사물인터넷 등을 포함한
여러 분야의 기술혁신으로 인하여 현재 산업, 경제 그리고 사회에 일어나
고 있는 엄청난 변화를 일컫는다. 이는 지금까지 세계화로 인하여 계속되
고 있는 금융, 언어(지식, 아이디어, 주제어, 내러티브), 기술, 사람과 문화
그리고 미디어(정보, 이미지)의 흐름을(Appadurai, 1996) 가속화할 것이
다. 이는 교통 . 통신 . 컴퓨터 기술의 발달로 인하여 사람·문화의 상호 연
결과 교류가 강화되며 기계들이 '사물인터넷' 등을 통하여 상호 연결되는
'초연결성'을 실현할 것이다. 또 기계가 빅데이터와 인공지능 기술에 기
반하여 조만간 인간의 지능을 초월하는 '초지능성'을 지닐 것으로 예측된
다. 결과적으로 세계는 언어, 사람, 문화 등에서 '초융복합성'의 특징을
지닐 것으로 예측된다. 즉 다언어문화사회가 확산될 것이다(슈밥, 2016).
제1 . 2차 산업혁명이 인간의 육체노동을 상당 부분 기계로 대체하는
것이었다면, 제3 . 4차 산업혁명은 인간의 정신노동을 기계로 대체해 가는
것이다(김대식, 2016).[1] 그런데 지금까지의 경우와는 달리, 4차 산업혁명

---

[1] 이것이 실현된다면 인간에게 남은 것은 무엇일까? 이는 인간의 본질과 실존, 삶의

은 그 성격상 사라지는 직업의 숫자만큼 새로운 직업을 새로 생성하지 않을 것이라는 암울한 전망들이 나오고 있다. '2020년 미래고용보고서'는 2020년까지 선진국 및 신흥 시장 15개 국가에서 710만개의 일자리가 사라지고, 210만개의 새로운 일자리가 생겨날 것으로 예측한다(권영선, 2016, 37쪽). 이런 예측들이 맞는다면, 이 새로운 산업혁명은 인류에게 엄청난 도전을 제기한다.

4차 산업혁명을 이끄는 기술적 진보는 이렇게 사회체제와 인간의 정체성에 큰 영향을 줄 것으로 예상된다. 우리의 관심 분야인 영어교육과 관련하여서는, 거시적으로, 양질의 영어 학습 교보재, 로봇 교사 등이 개발되고 지식과 정보의 흐름이 증가하며 외국인의 방문이 늘어남에 따라, 특히 우리나라와 같은 EFL 상황에서 좀 더 실제적인 영어에 접하는 것이 훨씬 쉬워질 것이다. 궁극적으로는 EFL과 ESL 환경의 구분이 미미해질 것으로 예측되어, 우리나라에서의 영어교육은 '혁명'적으로 개선될 것이다.

그에 따라 한국어와 영어 간의 수준 높은 기계 번역 · 통역(이노신 외, 2016; Siciliano, 2017)이 영어 관련 직종을 크게 위협할 수도 있을 것이다. 특히 영어 관련 전공에서는 교사, 교수, 통번역사의 수요가 상당히 감소할지도 모른다. 어떤 이들은 많은 사람들에게는 더 이상 외국어를 배울 필요가 없을 날이 올지도 모른다고 하기 때문이다.

그러나 좀 더 미시적으로 우리는 4차 산업혁명이 가져올 변화가 우리나라의 영어교육의 당면 문제에 대하여 어떤 해결방안을 찾도록 도와줄지에 대하여도 질문해 보아야 한다(Kern, 2006). 우리나라 영어교육은 그 구조적 부적절성으로 인하여 실패의 조짐이 역력하다. 교실이 붕괴되(었)고(엄기호, 2013), 학습자들이 교실에서 잠을 잔다(송현숙, 이혜리, 2013; Ahn & Lee, 2017). 교사와 학생, 학생과 학생 간의 '신분주의'(Fuller,

의미에 대한 심각한 철학적 질문을 제기한다.

2014)로 인한 '갑질', 왕따, 배척의 문제도 끊이지 않아, 학교는 불행하다 (전성은, 2010). 도시/농촌 간의 그리고 사회계층 간의 '영어 격차'의 문제도 심각하다.

이런 새로운 도전과 기존 문제의 맥락에서, 우리는 우리나라의 영어교육의 본질 및 방향에 대한 근본적인 검토와 그에 따른 방향 전환의 필요성을 예측할 필요가 있겠다. 제2절에서는 4차 산업혁명의 전망과 관련한 사회체제적, 개인적 요구에 대하여 좀 더 깊이 있게 살펴보고 그 교육적 함의를 논의할 것이다. 제3절에서는 영어교육 내부에서 일어난 성찰들을 검토한다. 제4절에서는 직전 문단에서 언급된 기존의 문제들과 제2-3절에서 제기되는 문제들에 대하여 4차 산업혁명의 도움을 받아 영어교육이 어떻게 대응할 수 있을지 그 방안을 스케치할 것이다. 그리고 마지막으로 제5절에서는 마무리를 하면서 이러한 영어교육적 상황이 시사하는 영어학과 영문학 등 인접 내용학문의 조정 필요성에 대하여 간단히 고찰하고 논의를 마무리하도록 하겠다.

II. 윤리화, 유연화 그리고 '융복합 역량'

전 절에서 기술한 예측과 관련하여 우리는 두 가지 측면에서 질문을 제기할 수 있다. 한 가지는 사회체제의 측면이요, 다른 하나는 개인의 역량 측면이다. 새로운 시대에 우리는 어떤 사회체제를 구축하는 것이 바람직한가? 개인은 어떤 역량을 지니는 것이 필요한가?

1. 사회체제적 요구

4차 산업혁명 시대의 사회에 대하여 여러 가지 측면에서 논의가 진행되고 있지만, 가장 근본적인 쟁점 중 하나는 사회체제의 '윤리화'이다. 윤성민(2016)에 따르면, 다가오는 시대에는 기계를 이용할 수 있는 사람과 기계에 일자리를 위협 받거나 기계가 규정하는 일을 할 사람들 간의 빈부 격차가 심화될 것이고, 그에 따라 '비인간화'가 가속되어 사회 통합이 저해될 것이다. 그런데 우리 인간은 본성적으로 개인적 성공 및 자아실현과 함께 공동체 구성원과의 소통을 통한 '인정받음'을 추구한다. 이는 우리에게 공동체의 '지속가능성'이 반드시 필요함을 의미한다. 그리고 공동체는 기본적으로 구성원 간의 '결속'을 필수요소로 한다. 따라서 사회체제의 윤리성을 어떻게 유지할 것인가가 가장 기본적인 과제 중 하나가 된다는 것이다.

그러나 과학기술 발전의 기본적 추동력은 이윤 추구이다. 기술 혁신을 통한 이윤 추구는 경제적 성장을 가져오기 때문에, 각 나라는 이를 필요로 하고 격려하여야 한다. 하지만, 이를 방치하면 사회문화적 '그늘'이 확장될 개연성이 높다. 빈부격차, 소비/문화의 차별화, 상대적 박탈감이 공동체의 결속과 지속가능성을 저해할 것이다. 이러한 변증법적 관계로 인하여, 윤성민은 '과학기술 개발이 어떤 패러다임을 지녀야 하는가?' 라는 질문을 제기하면서, '인간 중심의' 과학기술 발전을 통하여 사회 시스템을 윤리화할 필요가 있음을 지적한다. 이와 관련하여 구체적으로, 사생활 보호 안전장치, 빅 데이터의 공공인프라 구축 등이 논의되고 있다(양혁승, 2016).

둘째 쟁점은 노동/교육/사회 제도의 '유연화'이다. '혁신'의 원천인 과학기술이 혁명적으로 증가하는 상황에서는 그에 따라서 산업구조가 원활하게 조정될 수 있어야 한다. 이것이 가능하려면 기술과 인문 · 사회과학적 지식을 결합 · 활용하여 혁신을 가져올 "융합적 경계인"이 필요하고, 그들이 그 혁신의 결과로 사회경제적 중심부를 차지하게 되는 사회 · 경제적 '환류'가 쉽게 일어날 수 있어야 한다. 이를 위해서 사회공동체는 한 편으로 청년 세대를 지원하고 창업을 활성화 할 수 있어야 하고, 또 다른 한 편으로 노동 . 교육 . 사회 제도를 '유연화'할 필요가 있다는 것이다 (권 영선, 2016). 그리고 이러한 혁신 시도와 제도의 유연화를 지원하는 "국 가 사회보장 제도" 등 사회적 안전망을 강화하여야 한다. 더 구체적으로, 양혁승(2016)은 지속적 학습과 다방면에서의 혁신이 가능하도록 3M이나 Google 등에서와 같은 법정 근무시간 단축 등 인력운용 패러다임의 전환 이 필요함을, 또 경제적 양극화 해소를 위한 '기본 소득제'(basic income) 등을 고려 . 논의할 필요가 있음을 제안한다.

2. 개인적 요구: 21세기 핵심 역량

실제적으로, 로봇이나 인공지능 기계가 어떤 직업을 가장 먼저 잠식할 것인가? 기계적 . 반복적인 단순 작업을 필요로 하는 노동직부터 '잠식'할 것으로 예상된다. 그렇다면 사람들은 좀 더 고등 사고능력이나 직관력을 필요로 하는 일을 할 수 있어야 할 것이다.

슈밥(2016)에 따르면, 4차 산업혁명이 '성공'하기 위해서 개인은 "맥락 적contextual 지능", "정서적emotional 지능", "영감적inspired 지능 그리고 "신체 적physical 지능"이 필요하다. 첫째, 맥락적 지능은 새로운 동향의 예측, 네 트워크의 가치 존중, 총체적 접근, 유연성, 적응력, 다양한 이해관계와 의 견의 통합 등을 가능하게 한다. 둘째, 정서적 지능은 자기인식, 자기규제, 동기부여, 감정이입, 사회적 기량 등의 토대가 된다. 셋째, 영감적 지능은 "의미와 목적에 대해 끊임없이 탐구하는 능력"(255쪽)을 의미하는데, 창 작열, 공공의 도덕의식, 상호연계와 팀워크에 필요한 공유(sharing)와 신뢰 의 토대가 된다. 그리고 "신체적 지능"은 "개인의 건강과 행복을 가꾸고 함양하는 능력"(256쪽)이다. 이들은 인간의 지/정/의 그리고 신체의 측면에서의 필요성을 의미하는데, 소위 '21세기 역량'이라는 이름으로 거론되었던 논의들(OECD, 2005; Trilling & Fadel, 2009)의 연장으로 보인다.

이러한 사회체제.개인적 요구는 모두 사회와 개인의 지속가능성을 위한 것으로 중요한 교육적 함의를 지닌다. 교육은 우선적으로 미래 인재들이 인간을 존중하고 환경을 보존할 수 있는 가치체계와 태도를 내면화하여 주체적으로 가장 적절한 사회체제를 구축.개선해 나갈 수 있는 민주적 역량과 '비판적 주체성'을 갖출 수 있도록 도와야 할 것이다. 제대로 판단하고 감시하며 투표할 수 있어야 하는 것이다. 아울러 사회.현상.문제에 대한 총체적 안목을 배양하며 '융합적 경계인'으로 자라나서 혁신 역량을 갖도록 도와야 할 것이다(권영선, 2016). 이는, 그들이 테크놀로지 문해력(literacy)이 있어서 인공지능을 잘 다룰 수 있어야 함을 의미한다. 뿐만 아니라 도전.실험 정신, 창의적 사고력, 기업가 정신을 고양할 필요가 있다. 이를 위해서는 2차 산업혁명 시대의 산물인 표준적.획일적 교육에서 벗어나, 학생 개개인의 재능과 호기심에 의거하여, 창의적 사고력, 도전 정신, 리더십, 협동심 등의 함양 등이 필요하다(양혁승, 2016; 이승주, 2016).

흥미로운 것은 21세기에 필요한 사회체제를 논하는 학자들이 이같이 궁극적으로는 교육기관에 그것을 실현해 낼 수 있는 인재를 양성해 주길 '주문'하고 있는 것이다. 그렇다면, 교육은 학습자들에게 이를 위한 준비 경험을 어떻게 제공할 수 있을 것인가? 바람직한 사회체제를 구성해 갈 역량은 어떻게 갖추어야 하며, 영어교육이 이러한 역량을 배양하는 데 얼마나 적절한 경험을 제공할 수 있을 것인가? 현금의 영어교육 문제와 아울러 최소한 이러한 질문들에 대한 답이 탐색되어야 한다.

III. 기존 영어교육에 대한 성찰

1. 영어에 대한 깊어지는 이해

현재의 주류 영어교육 이론은 언어에 대한 구조주의적 이해에 터하고 있다. 그런데 이의 극명한 한계를 예시하는 사례를, 식민지배와 그에 따른 인종차별의 폐해를 경험한 후 민주화 과정에서 영어교육을 고민하였던 남아프리카 공화국의 학자들이 제공하였다.

구조주의자들은 언어를 '생각을 표현하는 기호 체계'로 보았다(Saussure, 1959). 그들에게, 언어사용의 꽃인 담화(discourse)는 '구분되는 말하기 사건(speech event) 내의 발화들의 집합'으로 이해되었다. 그래서 그들은 이 담화를 이해하기 위하여 '사회언어학적 규칙'(Halliday, 1973; Hymes, 1979)과, 담화/장르의 유형(Sinclair & Coulthard, 1975), 담화의 응집성과 일관성(Widdowson, 1978) 등을 탐구해 내었다.

그 결과에 기대어, 제2언어교수에서는, 지금까지 의사소통중심언어교수(Communicative Language Teaching, CLT)를 통해, 어떤 상황에서 어떤 표현을 쓰는 것이 적절한지를 알고 사용할 수 있는 의사소통역량(Communicative Competence)을 함양하는 것을 목표로 하게 되었고(Canale & Swain, 1980), 이는 지금도 우리나라 영어 교육의 흔들리지 않는 기조가 되고 있다.

그러나 Norton Peirce(1989)가 통렬하게 지적한 바와 같이, 의사소통역량의 함양만으로는 충분하지 않다. 그녀가 그 논문을 발표할 당시 남아프리카 공화국의 어떤 공동체에서는 아직도 흑인이 백인 남자 감독관(supervisors)을 '주인(님)'(master)이라고 부르는 것이 '적절'했다는 것이다. 남아공의 개혁가들은 그러한 당시 정치사회적 부조리를 개선하기 위하여 소위 '민중의 영어'(People's English) 운동을 벌였는데, 그 운동은 모두가 (i) 흑백분리정책(Apartheid)의 사악함을 이해하고, (ii) 비인종주의적, 비성차별주의적, 비엘리트주의적으로 생각하고 말하며, (iii) 자신의 운명을 스스로 결정하고, (iv) 억압으로부터 스스로 자유를 찾고, (v) 자기 자신의 목적을 위해 영어를 사용하고, (vi) 그 시대의 쟁점과 질문들을 표현하고 고찰하도록 돕고자 하였다.

이 역사적 경험과 대응은 영어(교육)과 관련하여 매우 중요한 점을 드러내었다. 우선, 영어 사용의 적절성의 밑바탕에는 그 사회/문화에 형성되어 있는 권력 관계, 이념이 자리 잡고 있다는 점이다. 그래서 언어를 '사회적 실천'으로 이해하는 것이 중요한 것이다. 둘째, 영어교육의 궁극적 목표는 영어 학습자 . 사용자들이 영어 의사소통 역량을 함양해야 하지만, 아울러 시대 . 역사적 맥락에 형성되어 있는 영어의 '정치성 . 이념성'을 이해하고 그 상황에서 자신을 주체적으로 자리매김할 수 있으며, 그것을 건전한 방향으로 바꾸어 나갈 수 있는 행위자성(agency)를 형성하도록 도와주는 것이어야 한다는 것이다.[2]

언어의 정치성에 대한 인식은 언어를 '담론'(Discourse)으로 보는 포스트구조주의적 관점으로 발전한다. 여기서 담론이란 '사회적 실존과 사회적 재생산을 구성하는 기호(sign)와 실천의 복합체'이며(Norton Peirce, 1989, p. 404), 역사적으로 그리고 실질적으로 한 사회의 주류 집단의 이익을 지지하는 방향으로 구성된다고 이해된다. 어찌 보면 이는 Locke의 사회계약론과 민주주의의 다수결 원칙의 귀결이라고도 하겠다.

이에 바탕을 둔다면, 교육적으로, 유창한 영어 화자는 언제, 무엇을, 누

---

[2]   이 측면은 소위 '교육의 정치적 중립성'이라는 이념과 상충되는 것처럼 보인다. 그러나 실상 이 이념을 제대로 실현하기 위하여는 학습자들이 영어의 정치성에 대하여 의식하고 논의하여 그에 대처하도록 돕는 것이 필요하다 하겠다. 이에 대한 좀 더 자세한 논의는 Crookes(2013, 8장)을 참조하기 바란다. 만약 그렇지 않다고 하면 주류 영어사용자들의 신념, 이념 등을 맹목적으로 받아들이는 불합리한 결과를 초래할 수도 있다.

구에게, 어떤 방식으로 말하는 것이 적절한지를, 즉 사용의 법칙을 알아야 할 뿐 아니라(Hymes, 1979, p. 15), 한 걸음을 더 나아가 필요시 좀 더 심층적으로 언어의 정치성에 대한 '비판적' 질문도 제기할 수도 있어야 한다. "그러한 적절성 규칙이 왜 존재하는가? 그 규칙들이 누구의 이익에 도움이 되는가? 그런 규칙에 이의가 제기된 적이 있는가? 우리 학생들의 가능성을 제한하지는 않는가? 가능성을 확장하는 다른 규칙 체계는 없는가?" 등이다(Norton Peirce, 1989, p. 406). 그리고 역시 필요시 그러한 사회언어학적 규칙의 근간이 되는 바로 그 조건들에 도전하는 '비판적' 방식으로 영어를 사용하고, 김서율(2018. 7. 13. 개인 논의)이 지적한 바와 같이, 필요시 자신의 삶의 맥락에서 바람직한 사용 규칙을 만들어 갈 수 있어야 하는 것이다. 남아공 개혁가들은 대영제국의 식민지배와 그에 따라 형성된 사회문화적 '질고'를 벗어나고자 하는 몸부림을 통하여 영어교육의 새로운 지평을 여는 큰 진보를 이루었다고 평가할 수 있겠다.

2. 영어 읽기에 대한 깊어지는 성찰

위에서 도달한 영어교육 목표의 '이중성'(duality)의 관점에서 우리는 우리나라 중등교육에서 지금까지 가장 집중해 온 영어 읽기에 대하여 되짚어 볼 필요가 있겠다. 전통적으로 읽기란 독자가 텍스트를 접할 때 진행되는 것이다. 제2언어 교육에서 텍스트는 학습자들의 '도전적 잠재성'을 북돋우기보다는 언어 구조의 학습을 위한 도구로 여겨지기가 일상다반사이다. '비판적 읽기'는 EFL 환경에서 일반적으로 추천되지 않는다(Wallace, 1992). 의사소통중심교수법의 기본 철학에도 불구하고, 학생들은 자신들의 개인적 문해력 경험에 기대거나, 사회적 실천으로서의 문해력에 접근하도록 교육되지도 않는다. 자기들의 미래 사회와 직장에서의 역할에 대하여도 '도전'하기보다는 '수용'하도록 기대되고 있다. 그래서 영어를 외국어로 배우는 EFL 학습자들은 수용적인 읽는 자로 흔히 '주변화'되고 있고, 쓰여진 텍스트를 접하는 것도 오로지 언어 학습을 하기 위함인 것을 당연시해 왔다(Na & Kim, 2003).

그러나 효과적인 독서를 하려면, 비판적 읽기를 할 수 있어야 한다. 읽은 내용에 동의하는지 그렇지 않은지 그 이유를 따져 볼 수 있어야 한다는 것이다. 그리고 '행간을 읽을 수도 있어야' 한다. 우리나라의 대학수학능력시험 영어문제 유형 중에서 글의 종류, 목적, 분위기나 글쓴이의 심경 등을 '추론'해 내도록 요구하는 문제들이 이와 관련되어 있다. Wallace(1992)에 따르면, 행간을 잘 읽는 독자는 "쓰여진 텍스트에 있는 명제적 지식 뿐 아니라 이념적 가정에 대해서도 도전할 수 있어야 한다"(p. 60). 그런데 수용적 독자는 글쓴이의 의도의 이해 그 이상을 추구하도록 '절대' 자리매김 되지 않는다. 행간을 읽더라도 극히 제한된 허용 범위 내에서만 그렇게 하도록 길들여지는 것이고, 이는 글쓴이에게 엄청나게 큰 '권위'를 부여하도록 훈련되는 것이다.

위에서 Wallace는 텍스트 이해와 관련하여 실상 두 종류의 비판성을 말하고 있는 것이다. 좀 더 명시적으로 말하면, 텍스트에 대한 시스템내적 비판성과 텍스트와 글쓴이 . 사회 이념 간의 관계에 대한 시스템간의 비판성이다(The New London Group, 1996).

이 두 종류의 비판성은 텍스트 구성 과정에서 일어나는 두 종류의, 즉 의식적 그리고 무의식적인, 선택의 존재에 기인한다. 텍스트를 디자인할 때에 우리는 의식적으로 어휘 . 문법 요소들을 선택하면서 내용을 구성한다. 무의식적으로는, 우리가 속한 공동체에서 통용되는 말하는 방식에 기댈 수밖에 없고, 그래서 이 세계 . 사회에 대한 신념 . 이념, 가치 그리고 그 공동체의 실천을 반영하는 '담론'이 그 과정에서 텍스트에 짜여 넣어지고 독자에게 전달될 수밖에 없는 것이다. 행간의 이런 이념적 내용을 비판적으로 읽어 성찰하지 않으면, 독자들은 그것들을 나도 모르게 수용하게 될 수 있다는 것이다. 잘못하면 우리나라 영어 학습자들은 영미권 글쓴이들이 생각하는 방식대로 생각하고, 그 문화를 동경하며, 우리 자신의 것들은 경시하게 되는 것이 아닐까? Kern(2006)에 따르면, Ess(2005)는 컴퓨터라는 매개체 자체가 '효율성' 등 서구적 가치를 반영한다면서 그에 따른 '문화적 식민지화'도 경계한다.

전술한 바와 같이, 21세기는 세계화와 기술의 발전으로 인하여 언어, 텍스트, 이념, 이미지 등이 고도로 연결되고 소통된다. 텍스트가 위와 같이 의식적으로 그리고 무의식적으로 디자인된 것이라면, 소통되는 시각적 이미지, 음원, 제스처 그리고 우리가 생활하는 공간 등도 의식적 혹은 무의식적인 디자인을 포함한 것으로 파악하는 것이 옳을 것이다(The New London Group, 1996). 비디오 광고나 영화 등은 다중모드의 디자인을 포함한다. 따라서 이 여러 모드에서의 디자인들이 상호 연결되어 의미를 창출할 것이므로 이에 대한 '기호학'적인 접근을 통하여 이들 각각에서 문화적 산출물을 디자인하고 이해 . 해체 . 재디자인할 수 있을 뿐 아니라, 이들을 융복합적으로 처리할 수 있도록, '다중문해력'(multiliteracies)을 갖도록 가르치는 것이 절실히 필요하다 하겠다. 영어는 그 중의 (중요한) 일부인 것이다(김영우, 2017).

The New London Group(1996)은 벌써 오래 전에 이와 관련한 교수적 실천으로 매우 구체적인 제안을 하였다. 우선, 다중문해력 교육은 '상황 속에서의 실천'을 통해 이루어져야 한다. 학습자들의 디자인 산출물과 디자인 경험에 기반할 필요가 있다. 교실과 세계가 단절되지 않게 하고 구체적인 학습자 상황 속에서의 실천을 통하여 학습이 일어나도록 한다. 둘째, 디자인의 명확한 메타언어를 이해하고 이용하도록 '적극적 개입'을 한다. 셋째, '비판적 틀 잡기'를 유지하여, 구성된/되는 의미를 사회적 맥

락과 목적과 연결시킬 수 있도록 돕는다. 넷째, '변혁적 실천'을 견지한
다. 기존 디자인을 해체하고 재디자인하며, 한 영역의 의미를 다른 영역
으로 전이시켜 재디자인하는 등 이 세상을 변화시키는 실천을 하게 한다
(Freire, 1970/2000; Janks, 2010; Janks, et. al., 2014).

이러한 측면은 우리나라의 주류 영어교육에 잘 수용되지 않고 있다. 한
편으로는 영어사용자들의 정치경제적인 식민지배와 수탈을 명시적으로
당한 경험이 없고, 다른 한편으로는 EFL 상황에서 전통적인 영어의 4기
량의 함양이라는 교수·학습의 목표를 달성하는 것도 쉽지 않기 때문일
것이다. 그런데 이런 기초적 의사소통 기량의 함양이 인공지능 등의 기계
의 도움으로 훨씬 잘 이루어질 수 있다고 하면, 우리나라의 영어교육은
한 단계 도약하여 비판성과 그에 기반한 창의성 그리고 다중문해력의 함
양을 중요한 목표로 포함하는 근본적으로 새로운 정향을 이룰 수 있을
것이고, 그래서 그렇게 되도록 철저한(radical)한 성찰과 실천을 필요로
한다 하겠다.[3]

IV. 영어교육의 대응

영어 구사력은 여전히 중요하게 요구될 것인가? 세계의 연결성이 강화
될수록 현재 가장 지배적인 국제어 혹은 매개어(lingua franca)로 사용되
고 있는 영어의 중요성은 증가할 것이다. 이는 영어교육이 더욱 중요해질
것임을 의미한다. 기계 장치를 사용하여 소통하더라도 영어를 할 줄 알아
야 '제대로' 쓸 수 있을 것이기 때문이다. 그렇다면 상황적 변화가 주문하

---

[3] 기초적 문해력 배양에 기계의 도움을 받을 수 있지만, 김서융(2018. 7. 13. 개인
논의)이 지적한 바와 같이, 이 측면에서도 Freire(1970/2000)나 Janks(2010)의 비
판적 접근이 여전히 소홀히 되어서는 안 될 것이다.

는 시대적 요청에 영어교육은 어떻게 대응하여야 하는가?

본 절에서는 우선 세계화가 가져오는 거대 흐름들과 제4차 산업혁명의 이기를 이용하여 영어교육이 기존 문제에 대하여 어떻게 대응할 수 있을지를 논의하고, 전인류적 비인간화의 위협에 직면하여 사회 . 문화적 맥락에서의 영어에 어떻게 집중함으로써 영어교육이 사회체제의 윤리화를 이루어낼 수 있는 인재 양성에 도움이 될 수 있을지 그리고 학습자들이 혁신적 마인드를 계발하여 융합적 인재로 성장하도록 도우려면 영어교육이 어떤 방향으로 교육적 좌표를 설정해야 할지에 대하여 고찰하도록 하겠다.

1. 기존 문제에의 대응: 인간과 기계의 상호보완성

Autor(2014)가 지적하듯이, 대부분의 경우에 가장 바람직한 성과는 인간이 기계와 일을 함께 수행할 때 달성될 것이다(브린욜프슨, 매카피, 2013; O'Reilly, 2016). 우선, 가상현실과 증강현실 그리고 인공지능/로봇 공학 기술의 확산은 EFL 상황에서의 영어교육의 치명적 약점인 의사소통 기회의 부족 문제를 획기적으로 개선해 줄 것이다. 이 흐름을 타기 위해서는, 현재의 영어교육은 현 상황에서 영어교육에서 기계의 힘을 빌릴 수 있는 방안이 무엇일지 적극적으로 모색하여야 한다. 현재의 CALL에서 예를 들면, <클래스카드>(www.classcard.net)을 이용하여 학생들이 효과적으로 단어 암기를 할 수 있도록 도울 수 있다(실제 활용 예는 장은경(2017) 참조). 서울대 인지로봇인공지능 연구센터에서는 ≪뽀로로≫와 같은 만화영화를 보고 아이들과 그에 대하여 대화하며 영어를 가르치는 교육용 로봇 '뽀로로봇'을 개발하였다(허유정, 김경민, 장병탁, 2015). 지금 '스케일업'하면서 '개념설계'의 과정(이정동, 2017)에 있겠지만, 이와 같은 측면은 우리나라의 영어교육이 EFL의 태생적 한계점(이병민, 2003)

을 극복하고 획기적으로 발전하여 ESL과 구분하기 어려운 환경을 조성할 수 있는 밑바탕이 될 수 있고, 이는 우리 국민이 영어의 '질고'에서 해방될 날이 다고오고 있음을 의미한다.

그리고 현장의 교실 수업에서 '사물인터넷'(Internet-to-Things)은 영어 교수학습 방법의 개선에 획기적인 기여를 할 것이다. 예를 들면, '암시교수법'(Suggestopedia)을 위한 최적의 음악, 조명 등의 여건 조성에 잘 이용될 수 있을 것이다. 또 (즉석)번역기 등이 '공동체언어학습'을 더 수월하게 할 수 있다. 즉 맹목적으로 의사소통중심교수법 등 한 가지 접근을 따르기보다는 주어진 상황 여건과 기제를 최대한 활용하는 절충적 접근을 순발력 있게 해 나가야 할 것이다(Kumaravadivelu, 1994). 문법번역식 교육이나 영어로의 번역도 적극적으로 활용할 필요가 있을 것이다(Cook, 2010).

4차 산업혁명은 또 다른 측면에서 미래의 교육에 대하여 매우 긍정적인 전망을 갖게 한다. 미래의 교육은 인공지능과 기계학습 기술을 통하여 온라인 교육에서 학습자들의 학습 특성을 파악하고 그 결과 수업이 질이 향상되며, '개인 맞춤형 교육'의 제공이 가능할 것이다(장병탁, 2016, 53쪽; Rose & Meyer, 2002). 이는 모든 학생들에게 동일한 영어 기량의 습득을 '강요'할 필요가 없이, 개인의 준비도, 적성, 진로와 필요에 맞게 선택할 수 있는 교육과정적 융통성 · 유연함이 획기적으로 강화될 수 있음을 의미한다. 학생들이 자신의 현재 수준 · 관심 · 흥미에 맞는 영어 과목을 '선택'하여 수강할 수 있도록 할 필요가 있는데, 이러한 교육 제도의 유연함도 문재인 정부 들어서 확산 일로에 있는 소위 서울 도봉고등학교의 '과목 전면 선택제'를 확대 적용하는 '고교 학점제' 등을 통하여 더 용이하게 구현될 것이다(박세인, 2017; 안성호, 심수진, 2016).[4]

----

[4] 이러한 교육 제도의 유연함은 궁극적으로 학습자가 필요한 시기에 필요한 분야에 대하여 언제든지 (재)교육을 용이하게 받을 수 있도록 온라인 및 평생 교육 체제를 갖춤을 통하여 실현될 것이다.

이렇게 고찰해 보면, 4차 산업혁명과 관련된 이러한 예측들은 영어의 4기량(skills) 함양의 기본적 목표를 달성함에 있어서 획기적인 진전을 이룰 수 있게 해 줄 것으로 기대된다. 영어교사는 이 목표 달성에서 '기계적'인 일들은 '기계'에게 맡기고, 전문가로서의 인간이 할 수 있는 일을 하도록 정체성의 체제적 '전환'을 이루어야 한다. 중간 수준의 기술이나 전문성을 요구하는 직업도 소위 '응용프로그램 인터페이스'(API) 아래 직업으로 '전락'하거나 로봇으로 대체될 것으로 예상되기(Kosner, 2015) 때문에, 영어교사는 그러한 응용프로그램 인터페이스를 사용하여 인간을 교육할 수 있는 위치로 스스로를 업그레이드하여야 하지 않을까? 영어교사의 정체성에 대한 심각한 재정립이 요구되는 것이다.

영어교사는 "인간을 최우선으로 여기고 인간에게 힘을 실어주는 새로운 과학기술은 결국 사람에 의해, 사람을 위해 만들어진 가장 중요한 도구임을 항상 기억하면서 모두를 위한 미래를 학생들과 함께 만들어나가야"(슈밥, 2016, 261-2쪽) 할 것이다. 위의 클래스카드 활용의 경우에서와 같이, 기계와 기술을 잘 이용하여, 영어교사는 학생들이 자기주도적으로 학습하며, 더 고차원적인 사고 역량을 계발하고, 개인 뿐 아니라 사회/공동체의 가치를 존중하며, 도전적으로 경제/사회정의 측면에서 혁신을 일으킬 수 있는 민주(세계)시민으로 성장하도록 도와야 할 것이다. 기계가 보편화되고 값이 더 저렴해 질수록 그것들을 이용할 줄 아는 사람의 봉사는 더 고부가가치적 실천이 될 것이다(판 벨레험, 2017). 영어교사는 주어진 교과서/교육과정을 '그대로' 실행하는 '기술자'(technician) 수준을 넘어서, 기술발전의 힘을 빌어서 좀 더 바람직한 인간을 길러낼 수 있는 교육 '전문가'(professional)로 자리매김하여야 할 것이다(Giroux, 1988; Pinar, 2004). 전문성 신장에 획기적인 교원연수의 한 예는 서울특별시교육청교육연수원(2016)에서 볼 수 있다.

2. 실존적/인간주의적 접근: 사회·문화 속의 영어교육

과학기술의 발달이 기본적 영어 문해력 배양 문제를 상당히 해결해 줄 것이기 때문에, 영어교육도 그 본질에서 변화가 일어나야 할 것이다. Freire(1970/2000)와 같은 선각자는 학생을 인격체(person)로 존중하고자 하는 실존적/인간주의적 접근에서는 "교육의 목적이 학생 자신의 상황을 문제로 제시하여 그것에 대하여 인식, 성찰, 행동할 수 있도록 비판적 사고력의 배양하는 것이라"고(Crawford-Lange, 1981) 가정하였는데, 이러한 교육적 이상의 실현에 좀 더 가까이 갈 수 있게 될 것이다. 학생들이 자신들의 상황, '실존적' 문제에 대하여 비판적으로 성찰하고 그에 따라 더 '인간화'하는 방향으로 필요한 실천을 함으로써 영어 학습을 좀 더 자발적으로 할 수 있게 될 가능성이 더 커지기 때문이다.

'담론/담화'로서의 언어에 대한 지금까지의 연구는 언어와 다른 사회 체제가 어떤 관계를 맺는지를 이해하기에 이르렀다. 언어가 사회적 실재(reality)의 일부이며 그 형성에서 지대한 역할을 함이 밝혀진 것이다(Fairclough, 2010). 영어를 제대로 학습함은 이 관계를 충분히 이해함으로써 영어에 대한 그리고 그것이 사용되는 사회/문화에 대한 문해력(Freire & Macedo, 1987)을 지니게 됨을 의미한다. 이는 영어교육 목표의 심각한 확장을 요구한다.

아울러 이런 목표를 달성하기 위하여 소위 '철저한' 혹은 '비판적'인 교수. 학습 방법(Crookes, 2013, 2017)에 대한 한국적 개념설계가 필요할 것이다. 영어 수업은 학습자들의 수용적(receptive) 기량에서 생산적(productive) 기량을 대폭 강화하는 방향으로 전환될 수 있을 것이다. 이는 자연스럽게 문제를 제기하고 실존적으로 해결해 나가는(김성우, 2006) '거꾸로 수업'이 정착될 수 있음을 의미한다(Cockrum, 2014).[5] 이와 관련하여 학생들이 영어로 소통하고 협력하면서 자신의 비판적인, 창의적인 생각을 영어로 표현하고 그에 따라 행동하는 능력을 갖추도록 도와야 할 것이다 (실제 예는 장은경(2017) 참고).[6]

이렇게 그 사회 . 문화와 관련하여 영어에 접근하는 것은 4차 산업혁명의 폐해(김성우, 2006)를 막고, 개인의 행복과 공동체/사회의 문화 발전과 가치를 병행하여 추구함으로써 사회 시스템의 윤리화를 기해야 하는 우리의 과제에 어울리는 영어교육의 발전 방향이라고 하겠다.

이와 관련하여 우리나라의 사회 . 문화뿐 아니라 우리와 관계를 맺고 있는 영어권 사회 . 문화를 좀 더 심각하게 다룰 필요가 생길 것이다(김경한, 2008). 사실 국가 영어교육과정에서는 (다)문화 이해의 중요성이 강조되면서(교육부, 2015b), 영어 기량 습득이 수월해짐에 따라 영어권 문화를 좀 더 본격적으로 다룰 수 있게 되었다. 단순하게 영어 기량을 익히기 위한 소재로서가 아니라 문화적 의식 고양과 간문화적 역량 함양이 수업 목표의 일부로서 진지하게 취급되어야 할 것이다.

기술 발달이 구현하는 초연결성과 초융복합성이 영어교육의 이러한 개선에 크게 기여할 것이다. 우선 고궁 등 특정 지역에서 국제방문객을 만날 가능성이 크게 늘고 있고, 국제적인 학교간의 소통 가능성이 더욱 확산될

---

5 거꾸로 수업은 당장 우리나라 영어 교육의 고질적인 병폐를 해소하는 데에도 좋은 방안이 될 듯싶다. 우리나라에서는 학습자들이 영어유치원, 학원 등 사교육이나 기타 기회를 통하여 불균등한 혜택을 입고 있고, 그로 인해 영어 교실에서는 선행 학습의 차이가 매우 큰 학생들을 갖게 되었으며, 그에 따른 학업준비도의 격차로 인하여 교사와 학생들이 곤란을 겪고 있다. 대개의 경우 중간 수준에 맞추어 수업을 진행하는데, 상급 수준의 학습자들에게는 새로운 내용이 없어서, 하급 수준의 학습자들에게는 알 수 있는 내용이 없어서 의미 없는 수업이 되기 십상인 것이다. 거꾸로 수업이 잘 정착되면, 수업준비도에서의 학습자간 간극을 줄이고, 모든, 최소한 더 많은, 학생들에게 더 의미 있는 수업을 마련할 수 있겠다는 것이다.

6 김서울(2018. 7. 13. 개인 논의)이 지적한 바와 같이, 이렇게 영어 교육과 사용이 우리나라 사회 . 문화에 토착화됨에 따라 학습자들은 우리나라 문화에 대한 더 깊은 이해를 통하여 자신의 정체성의 근간을 확립하고, 주체적인 태도로 글로벌 사회에서 활동할 필요가 있을 것이다. 이를 위해서는 자국 사회·문화와 관련된 텍스트를 더 많이 생산하고 다룰 필요가 있겠다.

것이다. 지금도 가능한 이러한 간문화적 활동을 포함한 교수/학습 방식 (Corbett, 2010)이 더욱 확대되고 보편화될 것이다. 이는 우리나라 학생들이 다른 문화권의 학생들과 실제적인 의사소통을 통하여 영어를 배우는 기회를 대폭 확대하게 되고, 그만큼 더 긍정적인 결과를 가져올 것이다. 예를 들면, 장은경(2017)은 실제로 '글로벌 기량'(global skills)과 '문화적 의식'의 필요성(Schleicher, 2016)에 의거하여 실시한 '세계시민성 교육 프로그램'의 내용과 교육적 성과를 소개한다(유아세계시민교육에서는 배지현(2013), 고등학교 시민교육에서는 Cha, Ham, & Lee(2017) 참조).

3. 21세기 핵심역량 중심 교육과정: 융복합 영어교육

우선 교육 목적과 관련하여 교육부(2015a)의 개정 교육과정에서 제시한 인재상은 적절해 보인다. '창의융합형 인재', 즉 '자주적인 사람', '창의적인 사람', '교양 있는 사람', '더불어 사는 사람'을 길러 내자는 것은 여전히 합당하다고 사료된다. 조상식(2016)과 이주호(2017)도 "창조적 문제해결 역량과 소통기반 협력 역량"(131쪽)이 필요하다고 피력한다.

다만 영어교육과 관련하여 창의성과 그의 전제가 되는 비판적 사고력의 강조가 더 필요해 보인다(차윤경 외, 2014; Crawford-Lange, 1981). 총론에서 제시한 6개 역량('자기관리 역량', '지식 정보처리 역량', '창의적 사고 역량', '심미적 감성 역량', '의사소통 역량', '공동체 역량') 중 '창의적 사고 역량'과 '심미적 감성 역량'을 제외할 것이 아니라 이 모든 역량의 함양을 영어교과의 교육 목표에 포함하되, 지식 정보처리 역량의 일부로, 기계를 사용하여 영어를 학습하게 함으로써 소위 '테크놀로지 문해력'도 포함시켜야 할 것이다.

이와 관련하여 학생들이 일생의 전 과정을 통하여 사용할 수 있는 지식, 태도, 가치, 기량 즉 공통적, 개별적 역량들을 진단할 방안을 마련하여야 하며 그것들을 함양하도록 도와야 할 것이다. 교수자들이 형성 평가를 위한 루브릭 작성 및 사용과 성찰적 평가 전략을 더 정교하게 할 필요가 있겠다(Brookhart, 2013; Ellis, 2001).

이는 영어학습자들이 자신들이 살아갈 세계에 대한 통전적인(holistic), 간교과적인(inter-subject) 접근을 함으로써, '복잡계'로서의 이 세상에 대한 올바른 이해에의 접근이 가능하게 할 것이다(차윤경 외, 2017). 이는 핀란드 교육에서 소위 '현상기반 학습'을 지향하는 것(Zhukov, 2015)과 맥을 같이한다. 이러한 교육적 접근은 전략적으로 좀 더 실제적인 발전에 필요한 국가 전체 시스템의 끊임없는 재구조화(권영선, 2016)가 더 용이하게 실현될 국민적 기반을 마련하는 데 도움이 될 것이다. 왜냐하면, 이를 통하여 한편으로는 전체 국민의 지성이 향상될 것이기 때문이고 다른 한편으로는 소위 '경계인들'이 새로운 기술을 활용해 당면 문제를 해결하는 혁신을 하는 데 그러한 통전적 시야를 필요로 하기 때문이다. 그리고 그와 같이 혁신가가 중심부로 환류함을 용이하게 할 국가 시스템을 구축하는 것도 많은 사람들이 그와 같은 통전적 관점에서 사태를 보는 볼 줄 알아야 가능할 것이기 때문이다.

그런데 이와 같은 요구 사항들은, 21세기 역량 함양을 교육목표로 설정하면서(이광우 외, 2008),[7] 그 목표의 달성에 필요한 교육 원리를 탐구하고 개념화해 온 소위 '융복합 교육' 모형을 통하여 상당 부분 충족될 수 있을 것으로 사료된다(이선경 외, 2013; 차윤경 외, 2014, 2016; 함승환 외, 2012, 2013).

융복합교육 원리들은 다음 4가지로 정제되었다. 최소한 학생 . 교사 . 학교의 자율성을 최대한 보장하여야 한다['자율성'(Autonomy)의 원리]. 학

---

7   21세기 역량 함양을 목표로 하는 교육은 기본적으로 전통적인 교과 내용에 역량을 추가한 교육목표를 설정하는 '통합교육'의 양상을 띠게 된다(이영만, 2001; Fogarty, 2009).

생 . 교사 . 학교 간의 활발한 소통과 협력을 지향한다['가교성'(Bridge-ability)의 원리]. 교육은 학생 · 지역사회 . 세계사회의 맥락적 상황 안에서 일어나야 한다['맥락성'(Contexuality)의 원리]. 교육 참여 주체들의 다양성을 인정하고 가치롭게 존중한다['다양성'(Diversity)의 원리].

이러한 원리들을 충족하는 '융복합 영어교육'은 '실질적인 교육 목표', '학습자 중심 교수 . 학습', '실질적인 학습 양상을 가늠할 평가'를 구현해야 할 것이다(안성호, 심수진, 2016).

이를 위해서는 국가 영어교과 교육과정은 좀 더 역량 중심으로 편성하면서, 모든 교과의 규정에 필요한 중요한 공통 개념이나 원리를 통합적으로 지칭하는 '상위언어'를 구성 . 적용하도록 하여야 할 것이다. 교과서는 이러한 교육이 좀 더 원활하게 이루어질 수 있도록 구성하되, 특히 '개인화'(personalization/individualization)(Griffiths & Keohane, 2000; Grittner, 1975)와 '맥락화' 그리고 상이한 교과나 수준과의 '연결성', 즉 '융복합성'이 극대화되도록 편성되어야 할 것이다(더 구체적인 전망과 요구 사항은 김영우(2017), 김해동(2017)을 참조하시오). 교수 활동에서는 블록타임제를 필요로 하는 프로젝트 학습이나 문제기반 학습 등을 확대하여야 할 것이며(Warschauer, 2000), '학년/반'(class)보다 무학년제 등을 적극 도입한 다양한 수준별 '코스' 형태, 코너 학습 등의 채택과, 개인/자율 학습의 확대 그리고 융복합교육 프로그램의 신장이 이루어져야 할 것이다.

V. 결론

지금까지의 논의를 통하여 우리는 4차 산업혁명이 교육에 미칠 영향과 관련된 영어교육적 대응 방안을 고찰하였다. 영어교육은 최소한 21세기 핵심 역량을 목표로 포함하면서 간교과적 접근에 열려 있어야 하고, 개별 맞춤형 교육을 잘 활용하며, 기계와 인간의 상호보완성에서 테크놀로지 문해력을 높임으로 교사 전문성을 신장하여야 한다. 이와 관련하여 교육부(2016)은 그 방향을 잘 설정하고 있다고 사료된다. 그리고 실존적/인간주의적 접근을 통하여 사회체제의 윤리화에 기여할 뿐 아니라, 영어에 대한 총체적 이해에 기반한 '비판적' 접근을 통하여 학생들이 영어와 사회/문화에 대한 문해력을 지니도록 도울 필요가 있는 것이다.

영어교육이 영어학과 영문학 연구에 내용적으로 의존하고 있음을 감안하면, 이러한 시대적 전환기는 영어학자들로 하여금 좀 더 '사회/문화 안에서의 영어' 연구에 집중할 것을 요구할 듯싶다. 이는 기존의 분과적인 탐구(음성학, 음운론, 형태론, 통사론, 의미론, 화용론, 사회언어학, 심리언어학, (비판적) 담화분석, L2 습득, L2 처리)를 상호 연결 · 융복합하여 연구할 필요가 있음을 의미한다.[8] 구조와 기능의 통합적 이해가 필요하고, 언어와 문화의 통합적 이해가 필요하다.

이렇게 포괄적이고 통합적인 이론 틀은 어떤 면에서 소위 '체계기능언어학'(Systemic Functional Linguistics)에서 그 한 버전이 실현되었다고 볼 수 있다(Halliday & Matthiessen, 2014). 여기서는 언어 체계의 '의미 잠재성'이 구체적 상황/문화 맥락에서 어떻게 제약을 받고 또 실현되는지를 탐구할 수 있다. 그를 위하여 문법 요소들이 어떻게 체계화되어 있고 또 선택되는지를 기호학적으로 탐구하므로 시각/청각/제스처/공간/다중양태 디자인의 문법과 통합하기가 용이하다. 그리고 사회 · 문화적 목적/실천에 따라 형성되어온 장르에 기반한 영어문해력 교육과 비판적 교수법과 잘 접목된다. '산출물로서의 영어'인 문학 작품의 분석과 이해에도 잘

---

8 한국영어학회는 이러한 시도로서 한국생성문법학회/한국영어학회/한국언어학회 2017년도 춘계 공동학술대회(5. 27., 고려대)는 '언어 연구에 대한 융복합적 접근'을 주제로, 한국영어학회/한국교육과정평가원 2017년도 추계 공동학술대회(10. 21., 한양대)는 '우리 안의 영어'를 주제로 하여 진행하였다.

활용될 수 있는 것이다. 이러한 체계기능적 접근이 구조주의적 연구가 주류를 이루어 온 우리나라 영어 연구의 전경에서 중심부로 시급히 '환류'할 필요가 있다는 것이다.

4차 산업혁명이 초래하는 초연결성/초융복합성은 많은 이주민들을 낳는다. 그들을 받아들이는 미국이나 우리나라의 상황에서는, 예를 들면 윤성호(2013)와 같은, 그들의 삶의 재현에 대한 영문학 연구가 강화되어야 할 것이다. 즉 문학이 지역적 사회/문화와의 좀 더 밀접한 관련 하에 생산되고 연구될 것이다.

앞에서 영어/문화 연계 교육을 강조한 바와 같이, 학습자들로 하여금 언어/문화의 연계성을 이해하게 돕는 것이 중요하다. 이는 학습자들이 '산출물로서의 영어'인 영어 문학 작품에 반영되어 있는 문화적 산물 . 관행 . 관점 . 공동체 . 개인에 대한 이해를 포괄하고, 역사적으로 형성되는 '삶의 방식'으로서의 (다)문화에 대한 '비판적' 이해를 하도록 도울 필요가 있음을 의미한다.

이런 의미에서 영어 문학 교육은 비판성 . 창의성 . 인성을 함양하게 하는, 즉 '세상을 읽고 쓰는' 역량을 함양하게 하는 데 매우 긴요한 통로가 될 것이다(Freire & Macedo, 1987). 영어 교육에 있어서도, 학습자들이 자신의 삶의 문제를 좀 더 긴밀하게 다루어 영어 텍스트를 생산 . 공유하도록 격려하여야 할 것이며, 관련하여 문학 . (멀티)미디어를 활용하는 영어 교육의 중요성은 나날이 증대될 것이다. 기술 발전의 도움으로 EFL 환경과 ESL 환경의 구분이 무너지면서 우리나라에서도 학습자들이 문학 소비자에서 문학 생산/소비자(prosumer)로(Toffler, 1980) 전환하도록 적극적으로 도와야 할 것이다.

영어 문학 전공에서도 광운대학교 영어영문학과의 사례 '개인 창의성 기반 SHOBS형 인재 육성사업단'처럼 영어영문학과 빅데이터/말뭉치 등을 다루는 컴퓨터 기술과의 접목을 시도할 수 있을 것이다(김선웅, 2017).

4차 산업혁명은 교사와 학생의 역할과 그에 따른 수업 활동 면에 대하여서도 불가피하게 영향을 미칠 것이다. 우선 학생/교사/학교의 '자율성', '가교성', '맥락성'을 강화하고 '다양성'을 인정하며 촉진하는 방향으로 재구조화될 필요가 있는 것이다. '기계적'인 학습의 부분은 점점 더 기계에 맡기고, 영어교사들은 고차원적인 사고 능력 계발, 영어학습 계획이나 격려 등 감성적인 인간관계 형성과 상호작용의 측면에 더 집중하여야 할 것이다.

참고문헌

교육부. (2015a). 초 . 중등학교 교육과정 총론. 교육부 고시 제2015-74호 [별책 1].

교육부. (2015b). 영어과 교육과정. 교육부 고시 제2015-74호 [별책 14].

교육부. (2016). 2030 인재강국 실현을 위한 대한민국 미래교육 청사진: '지능정보사회에 대응한 중장기 교육정책의 방향과 전략' 시안 발표.

권영선. (2016). 「산업혁명과 인간의 삶: 과거, 현재, 미래」. 『호모 컨버전스: 제4차 산업혁명과 미래사회』, 권호정 외, 14-40.

권호정 외. (2016). 『호모 컨버전스: 제4차 산업혁명과 미래사회』. 파주: 아시아.

김경한. (2008). 「영어과 문화교육과정 확립 방안」. 『영어교과교육』, 7(2), 17-37.

김대식. (2016). 『김대식의 인간 vs 기계: 인공지능이란 무엇인가』. 서울: 동아시아.

김선웅. (2017). 「4차 산업혁명과 영어전공자의 미래」. 2017년도 제1회 한국교육과정평가원 영어교육 세미나 발표 자료집.

김성우. (2016). 무크(MOOC)와 거꾸로 교실: 기술은 교육을 구원할 수 없다. http://slownews.kr/39610에서 2018년 9월 17일에 검색했음.

김영우. (2017). 「4차 산업혁명과 미래 영어 교과서」. 2017 교육과정평가원 영어교육 세미나: 제2차(2017. 5. 19.)에서 발표된 논문. 국제영어대학원 대학교 원고.

김해동. (2017). 「4차 산업혁명과 중등 영어 교과서」. 2017 교육과정평가원 영어교육 세미나: 제2차(2017. 5. 19.)에서 발표된 논문. 국제영어대학원 대학교 원고.

박세인. (2017. 6. 2.). 국정기획위, "고교 학점제, 절대평가 연계 되어야". 한국 일보 http://www.hankookilbo.com/v/121974e978b5417caf953aaa57a290ea

배지현. (2013). 「유아세계시민교육을 위한 '글로벌 친구 만들기 프로젝트' 적용에 관한 실행 연구」. 『다문화교육연구』, 6(2), 59-81.

브린욜프슨, E., 매카피, A. (2013). 『기계와의 경쟁: 진화하는 기술, 사라지는 일자리, 인간의 미래는?』, 정지훈, 류현정 옮김. 서울: 틔움. (원전: Brynjolfsson, E. & McAfee, A. (2012). *Race against the machine: How the digital Revolution is Accelerating Innovation, Driving Productivity, and Irreversibly Transforming Employment and the Economy.* Lexington, MA: Digital Frontier Press.)

서울특별시교육청교육연수원. (2016). 2015-2016 Snowball 연수 결과보고서 (서교 2016—중등—II—208). 서울특별시교육청교육연수원.

송현숙, 이혜리. (2013). 현장 리포트 2013–학교를 떠난 영어(2): '영포자' 속 출하는 초등학교. 경향신문, 2013. 7. 22.

슈밥, 클라우스. (2016). 『클라우스 슈밥의 제4차 산업혁명』, 송경진 옮김. 서울: 새로운현재. (원전: Klaus Schwab. (2016). *The fourth industrial revolution.* Cologny/Geneva, Switzerland: The World Economy Forum.)

안성호, 심수진. (2016). 「21세기를 위한 '융복합 영어교육'의 개념화: 현장교 사들의 목소리를 담아서」. 『언어학』, 24(2), 149-182.

양혁승. (2016). 「제4차 산업혁명과 고용생태계 변화」. 『호모 컨버전스: 제4차 산업혁명과 미래사회』. 권호정 외, 106-133.

엄기호. (2013). 『교사도 학교가 두렵다』. 서울: 따비.

윤성민. (2016). 「인간 삶의 가치와 미래 과학기술의 과제」. 『호모 컨버전스: 제4차 산업혁명과 미래사회』, 권호정 외, 73-87.

윤성호. (2013).『언더독의 글쓰기』. 서울: 서울대학교출판문화원.

이광우, 민용성, 전제철, 김미영, 김혜진. (2008).『미래 한국인의 핵심역량 증 진을 위한 초 중등학교교육과정 비전 연구(II)–핵심역량 영역별 하위요 소 설정을 중심으로』. 서울: 한국 교육과정평가원.

이노신, 이신재, 이재영, 이주희. (2016).「통번역의 미래지평」.『번역학연구』, 17(2), 65-89.

이병민. (2003).「EFL 영어학습 환경에서 학습시간의 의미」. *Foreign Language Education*, *10*(2), 107-129.

이선경, 구하라, 김선아, 김시정, 문종은, 박영석, 신혜원, 안성호, 유병규, 이삼 형, 이승희, 이은연, 주미경, 차윤경, 함승환, 함세영. (2013).「융복합교 육 프로그램 구성을 위한 기초 연구: 현장 사례 분석을 통한 구성틀 적용 가능성」.『학습자중심교과교육연구』, 13(3), 485-513.

이승주. (2016).「제4차 산업혁명과 기업가정신」.『호모 컨버전스: 제4차 산업 혁명과 미래사회』, 권호정 외, 141-154.

이영만. (2001).『통합교육과정』. 서울: 학지사.

이정동. (2017).『축적의 시간: MADE IN KOREA의 새로운 도전』. 지식노마드.

이주호. (2017).「제4차 산업혁명에 대응한 교육 대전환」.『철학과 현실』, 130-154.

장병탁. (2016).「인공지능과 미래 인간의 삶」.『호모 컨버전스: 제4차 산업혁 명과 미래사회』, 권호정 외, 41-56.

장은경. (2017).『4차 산업혁명 시대, 교육을 묻다』. 서울시교육청 진로중심 교원수업동아리 연수(2017. 4. 7. 창덕여자중학교) 자료.

전성은. (2011).『왜 학교는 불행한가』. 서울: 메디치미디어.

조상식. (2016).「제4차 산업혁명과 미래 교육의 과제」.『미디어와 교육』, 6(2), 152-185.

차윤경, 김선아, 김시정, 문종은, 박미영, 박영석, 신혜원, 안성호, 유금복, 이문 우, 이선경, 정수용, 주미경, 황세영. (2017).『문제해결기반의 융복합교 육 프로그램: 당신은 어떤 옷을 입습니까?』. 서울: 학지사.

차윤경, 김선아, 김시정, 문종은, 송륜진, 박영석, 박주호, 안성호, 이삼형, 이선 경, 이은연, 주 미경, 함승환, 황세영. (2014).『융복합교육의 이론과 실제』. 서울: 학지사.

차윤경, 안성호, 주미경, 함승환. (2016). 「융복합교육의 확장적 재개념화 가능성 탐색」. 『다문화교육연구』, 9(1), 153-183.

판 벨레험, 스티븐. (2017). 『디지털과 인간: 4차 산업혁명 시대의 마케팅 전략』, 이경식 옮김. 서울: 세종연구원. (원저: van Belleghem, S. (2015). *When digital becomes human: The transformation of customer relationships.* Kogan Page.)

함승환, 구하라, 김선아, 김시정, 문종은, 박영석, 박주호, 안성호, 유병규, 이삼형, 이선경, 주미경, 차윤경, 황세영. (2013). 「'융복합교육' 개념화: 융(복)합적 교육 관련 담론과 현장 교사 포커스 그룹 면담을 중심으로」. 『교육과정평가연구』, 16(1), 107-136.

함승환, 안성호, 주미경, 차윤경. (2012). 「글로컬 수준의 융복합교육 개념화: 현장 교사 대상 Focus Group Interview 분석」. 『2012년 다문화교육학회. SSK 프로젝트 심포지엄: 21세기 국가 교육 경쟁력 제고를 위한 글로컬 교육 모델 포럼 자료집』, 21-36. 한양대학교.

허유정, 김경민, 장병탁. (2015). 「뽀로로봇: 딥러닝 기반의 질의응답 로봇」. 『한국정보과학회 학술발표논문집』, 645-647.

Ahn, S.-H. G. & Lee, M. W. (2017). "'Sleeping Beauties' in English classrooms: The English divestment of Korean high school students". *Korean Journal of English Language and Linguistics, 17*(3), 547-579.

Appadurai, A. (1996). *Modernity at large: Cultural dimensions of globalisation.* Minneapolis, MN, US: University of Minnesota Press.

Autor, D. (2014). "Polanyi's paradox and the shape of employment growth". *Working Paper* No. 20485, National Bureau of Economic Research, Cambridge, MA, US.

Brookhart, S. M. (2013). *How to create and use rubrics: For formative assessment and grading.* Danvers, MA, US: ASCD.

Canale, M. & Swain, M. (1980). "Theoretical bases of communicative approaches to second language teaching and testing". *Applied Linguistics, 1*, 1-47.

Cha, Y. K., Ham, S. H., & Lim, M. E. (2017). "Citizenship Education in Korea: Challenges and New Possibilities". In J. A. Banks (Ed.), *Citizenship education and global migration: Implications for theory, research, and teaching,* 211-236. Washington, DC, US: AERA.

Cockrum, T. (2014). *Flipping your English class to reach all learners: Strategies and lesson plans.* New York, US: Routledge.

Cook, G. (2010). *Translation in language teaching.* London, UK: Oxford University Press.

Corbett, J. (2010). *Intercultural language activities.* Cambridge, UK: Cambridge University Press.

Crawford-Lange, L. M. (1981). "Redirecting second language curricular: Paulo Preire's contribution". *Foreign Language Annals, 14*(4), 257-268.

Crookes, G. V. (2013). *Critical ELT in action: Foundations, promises, praxis.* New York, US: Routledge.

Crookes, G. (2017). "Critical Language Pedagogy Given the English Divide in Korea". *English Teaching, 72*(4), 3-21.

Ellis, A. K. (2001). *Teaching, learning, & assessment Together: The reflective classroom.* New York, US: Routledge.

Ess, C. (2005). Moral imperatives for life in an intercultural global village. In R. J. Cavalier (Ed.), *The impact of the Internet on our moral lives* (pp. 161-193). Albany, NY, US: State University of New York.

Fairclough, N. (2010). *Critical discourse analysis: The critical study of language* (2nd ed.). New York, US: Routledge.

Fogarty, R. (2009). *How to integrate the curricula* (3rd ed.). Thousand Oaks, CA, US: Corwin.

Freire, P. & Macedo, D. (1987). *Literacy: Reading the word and the world.* West Port, CT, US: Bergin & Garven.

Freire, P. (1970/2000). *Pedagogy of the oppressed.* New York, US: Bloomsbury.

Fuller, R. W. (2004). *Somebodies and nobodies: Overcoming the abuse of rank*. Gabriola Island, BC, Canada: New Society Publishers. (안종설 역. (2004). 『신분의 종말』. 서울: 열대림.)

Giroux, H. A. (1988). *Teachers as intellectuals: Towards critical pedagogy of learning*. Westport, CT, US: Bergin & Garvey.

Griffiths, G. & Keohane, K. (2000). *Personalizing language learning*. Cambridge, UK: Cambridge University Press.

Grittner, F. M. (1975). "Individualized Instruction: An Historical Perspective". *The Modern Language Journal, 59*(7), 323-333.

Halliday, M. A. K. & Matthiessen, C. M. I. M. (2014). *Halliday's introduction to Functional Grammar* (4th ed.). New York, US: Routledge.

Halliday, M. A. K. (1973). *Explorations in the functions of language*. London, UK: Edward Arnold.

Hymes, D. (1979). "On communicative competence". In C. J. Brumfit & K. Johnson (Eds.), *The communicative approach to language teaching*, 5-26. Oxford, UK: Oxford University Press.

Janks, H. (2010). *Literacy and power*. New York, US: Routledge.

Janks, H., Dixon, K., Ferreira, A., Granville, S., & Newfield, D. (2014). *Doing Critical Literacy: Texts and activities for students and teachers*. New York, US: Routledge.

Kern, R. (2006). Perspectives on technology in teaching and learning languages. *TESOL Quarterly, 40(*1), 183-210.

Kosner, A. W. (2015). Google cabs and Uber bots will challenge jobs below the API. Retrieved on Jul. 10, 2018, from the World Wide Web: https://www.forbes.com/sites/anthonykosner /2015/02/04/google-cabs-and-uber-bots-will-challenge-jobs- below-the-api/#668cf8c569cc

Kumaravadivelu, B. (1994). "The postmethod condition: (E)merging strategies forsecond/foreign language teaching". *TESOL Quarterly, 28*, 27-48.

Na, Y. H. & Kim, S. J. (2003). "Critical literacy in the EFL classroom". *English Teaching, 58*(3), 143-163.

Norton Peirce, B. (1989). "Toward a pedagogy of possibility in the teaching of English internationally: People's English South Africa". *TESOL Quarterly, 23*(3), 401-420.

OECD. (2005). The definition and selection of key competencies: Executive summary. Paris, France: OECD.

O'Reilly, T. (2016. 7. 17.). Don't replace people. Augment them. Retrieved on 20 July 2017 from https://medium.com/the- wrf-economy

Pinar, W. F. (2004). *What is curriculum theory?* Mahwah, NJ, US: Lawrence Erlbaum Associates.

Rose, D. H. & Meyer, A. (2002). *Teaching every student in the digital age: Universal Design for Learning.* Alexandria, VA, US: ASCD.

Saussure, F. de. (1959). *Course in general linguistics.* New York, US: McGraw-Hill.

Schleicher, A. (2016. 5. 27.). PISA tests could include 'global skills' and cultural awareness from 2018. Retrieved on 19 July 2017 from http://www.bbc.com/news/business-36343602

Siciliano, L. (2017. 2. 13.). This device instantly translates Japanese and Chinese. Inside Business, UK. Retrieved on 22 July 2017 from http://uk.businessinsider.com/japanese-company-instant-translation-device-travellers-ili-words-languages-chinese-english-2017-2

Sinclair, J. & Coulthard, R. M. (1975). *Towards an analysis of discourse: The English used by teachers and pupils.* Oxford, UK: Oxford University Press.

The New London Group. (1996). "A pedagogy of multiliteracies: Designing social futures". *Harvard Educational Review, 66*(1), 60-92.

Toffler, A. (1980). *The third wave.* New York, US: Bantam Books.

Trilling, B. & Fadel, C. (2009). *21st century skills: Learning for life in our times.* San Francisco, CA, US: Jossey-Bass Books.

Wallace, C. (1992). "Critical literacy awareness in the EFL classroom". In Norman Fairclough, N. (Ed.), *Critical language awareness,* 59-92.

London, UK: Longman.

Warschauer, M. (2000). The changing global economy and the future of English teaching. *TESOL Quarterly, 34*(3), 511-535.

Widdowson, H. G. (1978). *Teaching language as communication*. London, UK: Oxford University.

Xhukov, T. (2015). Phenomenon-Based Learning: What is PBL? Retrieved on 21 July 2017 from https://www.noodle.com/articles/phenomenon-based-learning-what-is-pbl

제2장

4차 산업혁명과 초등 영어과 교육과정

홍선호

본 장에서는 2015 개정 영어과 교육과정에 제시된 핵심역량에 대해서 논의하고, 2011 초등영어과 교육과정의 성취기준과 비교하여 2015 개정 초등영어과 교육과정에 제시된 성취기준의 문제점들을 살펴본다. 그리고 4차 산업혁명시대에 접어드는 시점에서 초등영어과 교육의 방향은 어떻게 정해져야 하는지 교육과정에 기초하여 살펴보고, 바람직한 성취기준의 변화는 무엇인지 제시한다. 초등학교 현장에서 사용되고 있는 기술 융합의 사례를 소개하고, 이런 기술을 학교 현장에서 어떻게 활용할 수 있을지 고려해 본다. 이러한 변화는 학교 현장의 선생님들이 배우고 이해해야 기술 요소들이 늘어나고 있다는 것을 의미하며, 4차 산업혁명시대에 인공지능 기반 과학과 기술의 융합 또한 선생님들이 배워서 갖추어야 할 요소가 되고 있다. 끝으로 미래세대를 위해 초등 영어교사가 갖추어야 할 요건이 무엇인지 제시한다.

I. 서론

본 장에서는 2015 개정 교육과정에 제시된 영어과 교과역량이 무엇인지 살펴보면서, 어떤 내용이고 의미를 지니고 있는지 살펴본다. 그리고 2015 초등 영어과 개정교육과정 성취기준이 과거 기존 2011 초등 영어과 교육과정의 성취기준과 비교하여 지니고 있는 문제점에 관련하여 논의한다. 특히, 2015 개정 영어과 교육과정에서는 듣기, 읽기와 같은 이해 및 입력 기능이 강화된 반면, 말하기와 쓰기와 같은 표현 및 출력 기능에 해당하는 영어언어 영역은 기존 교육과정의 성취수준과 크게 다르지 않아, 입력과 출력 기능의 불균형이 다시 초래된 점을 심각하게 지적하고 이러한 문제를 어떻게 해결해 나가는 것이 바람직한지 되짚어본다. 아울러 4차 산업혁명 시대에 접어드는 시점에서 초등 영어과 교육의 바람직한 방향은 어떻게 정해져야 하는지 교육과정에 기초하여 살펴본다. 이런 논의를 토대로, 초등 영어교과의 전체 성취기준 또한 문제점을 해결하기 위해 어떻게 변하는 것이 바람직한지 고민하도록 한다. 아울러 4차 산업혁명 시대 기술융합의 영어교육의 현장 사례를 현장교사들의 연구를 통해 소개하고, 이런 기술을 학교 현장에서 어떻게 활용할 수 있을지 고려해 본다. 끝으로, 4차 산업혁명 시대에 앞으로 미래세대의 영어교육을 위해 초등교사가 갖추어야 할 요건은 무엇인지 살펴보고 간단하게 제시해 본다.

II. 2015 개정 초등 영어과 교육과정

1. 핵심역량 기반 영어과 교육과정

2015 개정 영어과 교육과정의 목표는 영어를 의사소통의 수단으로 말과

대화를 듣고 이해하고, 글을 읽고, 중심내용, 세부정보를 파악하고, 제시된 과제를 해결하고, 자신의 의견, 생각, 판단 등을 말이나 글로 표현하는 능력을 함양하는 것이다. 이와 같은 영어의사소통능력을 함양하는 것이 초등학교에서 고등학교에 이르기까지 영어 교과가 성취해야 할 목표이다.

우리나라의 빠른 사회 변화의 속도에 비해, 영어교육의 환경은 여전히 EFL(English as a Foreign Language)상황이다. 영어 수업 이외에 영어 사용 기회가 아직 제한적이고, 학교 밖에서 영어를 사용하지 않고도 생활하는 데 불편함이 없는 환경이다. 따라서 아직 한국의 영어교육의 환경은 자연스런 외국어 습득의 환경이 조성되어 있다고 할 수 없으며, 이를 극복하기 위한 여러 방안을 필요로 하고 있다. 2015 개정 영어과 교육과정의 목표 달성을 위해 필요한 교수 . 학습 방법의 계획과 평가 방안을 개발하고, 활용하는 것이 필요하다. 더불어 4차 산업혁명 시대를 대비한 영어를 활용한 정보의 획득과 공유, 정보 처리 능력 등 IT 활용의 영어교육도 영어과 핵심 역량에 속한다. 영어과 교과역량 요소를 제시하면 다음과 같다.

〈표 1〉 영어과 교과역량

교과역량요소	의 미	하위요소
영어 의사소통 역량	일상생활 및 다양한 상황에서 영어로 의사소통 할 수 있는 역량	영어 이해능력, 영어 표현능력
자기관리 역량	영어에 대한 흥미와 관심을 바탕으로 학습자가 주도적으로 영어 학습을 지속할 수 있는 역량	영어에 대한 흥미, 영어 학습 동기, 영어 능력에 대한 자신감 유지, 학습전략, 자기 관리 및 평가
공동체 역량	지역 . 국가 . 세계 공동체의 구성원으로서의 가치와 태도를 바탕으로 공동체 문제 해결에 참여할 수 있는 능력	배려와 관용, 대인관계 능력, 문화 정체성, 언어 및 문화적 다양성에 대한 이해 및 포용 능력
지식정보처리 역량	지식정보화 사회에서 영어로 표현된 정보를 적절하게 활용하는 역량	정보 수집, 분석, 활용 능력, 정보 윤리, 다양한 매체 활용능력

위에 2015 개정 교육과정에서는 '의사소통능력'과 '영어 의사소통능력'을 구별하여, '영어 의사소통 역량'으로 제시하고 있다. 일상생활 및 다양한 상황에서 영어로 의사소통이 가능하도록 영어 이해능력과 표현능력을 함양하는 데 목적이 있다. 두 번째, '자기관리 역량'은 영어에 대한 흥미와 관심을 바탕으로 학습자가 자기 주도적으로 영어 학습을 지속할 수 있도록 하는 데 목적이 있다. 세 번째, '공동체 역량'은 다문화 시대로 점차적으로 접어들고 있는 한국 사회에 영어교육을 통해 지역·국가·세계 공동체의 구성원으로서의 가치와 태도를 바탕으로 공동체 문제 해결에 참여할 수 있는 능력을 기르도록 하는 데 목적이 있다. 네 번째, '지식 정보처리 역량'은 4차 산업혁명 시대에 정보 수집, 분석, 활용 및 정보 윤리 그리고 다양한 매체 활용능력을 함양하는 데 목적이 있다. 이와 같은 영어교과의 성격과 핵심역량을 바탕으로 초등학교 영어교육은 초등학생들의 인지적, 정의적 특성을 고려하여 실생활에 접할 수 있으면서, 즐겁게 체험 할 수 있는 경험들과 교육을 접목하여, 학습의 부담을 줄이고, 창의성과 인성을 함양할 수 있도록 교과 내용을 구성하고 교수방법을 연구하는 것이 바람직하다.

2. 초등 영어과 성취기준과 문제점

초등학교 영어는 일상생활에서 사용하는 기초적인 영어를 이해하고 표현하는 능력을 길러, 의사소통이 바탕이 되는 언어 기능 교육에 중점을 두고 있다. 대체로 음성언어에 중점을 두고 있고, 문자 언어 교육은 쉽고 간단한 내용의 글을 읽고 쓸 수 있는 내용으로, 음성 언어와 연계하여 내용을 구성한다. 2011 개정교육과정부터 초등학교는 3-4학년 군과 5-6학년 군으로 구분하여 영역별 내용요소와 성취기준을 설정하고 있다.

2011 개정 영어과 교육과정부터 학년 군별, 영역별, 학습내용별 성취

기준을 명확하고, 구체적으로 제시하고, 주요 학습 활동을 예시로 제공하고 있다. 아울러 교과지도 계획 수립 및 교과서 개발 등에 활용될 수 있도록 학년 군내에 수준별 성취 기준을 학교급 간의 연계성을 고려하여 제시하고 있다. 중학교 문자교육과 연계가 되도록 초등학교 영어교육에서 문자 언어 교육에서 읽기와 쓰기 성취 기준을 보완하였다. 그리고 초등 영어 문자 언어 교육 수준과 연계를 고려하여 중학교 읽기와 쓰기 영역의 수준을 조정하였다. 2011 개정 영어과 교육과정에서 전체적으로 그동안 한국의 영어교육에서 가장 문제가 되었던, 듣기와 말하기 그리고 읽기와 쓰기 영역의 불균형이 초등 영어교육 성취기준에서 어느 정도 맞춰지는 효과를 보게 되었다. 언어 발달과 습득에 있어, 학습자에게 입력과 출력의 기회가 균형 있게 제공됨으로써, 학습자가 언어의 네 기능을 통합적으로 자연스럽게 균형 발전시킬 수 있게 하는 것은 매우 중요하다. 그런 면에서 2011 개정 영어과 교육과정에서 특히 초등 영어 성취기준의 듣기, 말하기 그리고 읽기, 쓰기 성취기준의 균형 있는 제시는 매우 의미가 있다.

〈표 2〉 2011 영어과 교육과정 성취기준

3-4 학년 군
(가) 듣기 ① 소리를 식별 한다 ② 낱말이나 대화내용을 이해한다. ③ 찬트, 노래, 게임의 중심표현을 이해한다. ④ 과업을 수행한다. **(나) 말하기** ① 소리를 따라 말한다. ② 낱말이나 문장을 말한다. ③ 말하거나 묻고 답한다. ④ 찬트나 노래, 게임을 한다.

(다) 읽기
- ① 알파벳을 읽는다.
- ② 소리와 철자의 관계를 이해하고 낱말을 읽는다.
- ③ 어구나 문장을 읽는다.
- ④ 낱말이나 어구의 의미를 이해한다.

(라) 쓰기
- ① 알파벳을 쓴다.
- ② 낱말이나 어구를 쓴다.

5-6학년 군

(가) 듣기
- ① 중심 내용을 이해한다.
- ② 세부 내용을 이해한다.
- ③ 전화 대화를 이해한다.
- ④ 과업을 수행한다.

(나) 말하기
- ① 중심 내용을 말한다.
- ② 세부 내용을 묻고 답한다.
- ③ 전화 대화를 한다.
- ④ 지시하거나 요청한다.

(다) 읽기
- ① 소리 내어 읽는다.
- ② 문장을 읽고 이해한다.
- ③ 글의 내용을 이해한다.

(라) 쓰기
- ① 철자법에 맞게 쓴다.
- ② 낱말이나 어구를 쓴다.
- ③ 문장이나 짧은 글을 쓴다.

<표 2>에 3-4학년 군과 5-6학년 군의 듣기, 말하기, 읽기, 쓰기 영역의 큰 항목들에서 보듯이, 성취기준의 내용이 대부분 일치하고 있음을 알 수 있다. 세부 항목들도 대부분 이에 준하고 있다. 언어 발달의 과정에서 볼 때 초등학생 정도의 아동은 모국어 발달을 통해 언어의 네 기능 영역이 충분히 활발하게 운용될 수 있는 능력을 갖고 있기 때문에, 들은 내용에 대해서 발화를 하고, 읽은 내용에 관련하여 쓰기를 하는 것이 언어 교육

적으로도 바람직하다.

2015 개정 영어과 교육과정 초등 영어 성취기준에서는 2011 개정 초등 영어과 교육과정과 달리 듣기와 말하기, 읽기와 쓰기의 영역에서 입력과 출력의 균형이 다시 무너지는 경향을 볼 수 있다. 예전의 교육과정처럼 입력 중심으로 듣기와 읽기의 이해기능 중심의 성취 수준이 강화되면서, 상대적으로 표현기능인 말하기와 쓰기의 성취 수준과의 균형이 깨지고 있다. 아래 2015 개정 초등 영어 3-4학년 군 교육과정의 듣기와 말하기 성치기준을 살펴보도록 하자.

〈표 3〉 2015 개정 초등 영어교육과 3-4학년 군 듣기, 말하기 성취기

듣기
<성취기준1> 알파벳과 낱말의 소리를 듣고 식별할 수 있다.
<성취기준2> 낱말, 어구, 문장을 듣고 강세, 리듬, 억양을 식별할 수 있다.
<성취기준3> 기초적인 낱말, 어구, 문장을 듣고 의미를 이해할 수 있다.
<성취기준4> 쉽고 친숙한 표현을 듣고 의미를 이해할 수 있다.
<성취기준5> 한두 문장의 쉽고 간단한 지시나 설명을 듣고 이해할 수 있다.
<성취기준6> 주변의 사물과 사람에 관한 쉽고 간단한 말이나 대화를 듣고 세부정보를 파악할 수 있다.
<성취기준7> 일상생활 속의 친숙한 주제에 관한 쉽고 간단한 말이나 대화를 듣고 세부정보를 파악할 수 있다.

말하기
<성취기준1> 알파벳과 낱말의 소리를 듣고 따라 말할 수 있다.
<성취기준2> 영어의 강세, 리듬, 억양에 맞게 따라 말할 수 있다.
<성취기준3> 그림, 실물, 동작에 관해 쉽고 간단한 낱말이나 어구, 문장으로 표현할 수 있다.
<성취기준4> 한두 문장으로 자기소개를 할 수 있다.
<성취기준5> 한두 문장으로 지시하거나 설명을 할 수 있다.
<성취기준6> 쉽고 간단한 인사말을 주고받을 수 있다.
<성취기준7> 일상생활 속의 친숙한 주제에 관해 쉽고 간단한 표현으로 묻거나 답할 수 있다.

위의 <표 3>에 제시된 3-4학년 군의 듣기 성취기준에서 <성취기준 6>과 <성취기준 7>의 "세부정보를 파악한다"는 내용의 수준은 2011 초등 영어교육과정에서는 5-6학년 군의 듣기 성취기준에 해당한다. 2011 초등 영어교육과정에서는 5-6학년 군의 말하기 성취기준에서 이에 준하는 "세부내용을 묻고 답한다"라는 내용의 성취기준을 제시함으로써, 듣기와 말하기의 성취기준의 수준을 균형 있게 제시하고 있다. 그러나 2015 개정 초등 영어과 교육과정에서는 듣기는 5-6학년 군의 성취기준이 일부 내려와 수준이 높아진 반면, 말하기의 성취기준은 2011 초등 영어과 교육과정의 3-4학년 군의 수준을 그대로 유지하고 있어, 듣기와 말하기의 성취수준의 균형이 깨지고 있다. 이와 같은 성취기준의 불균형은 읽기와 쓰기에서도 나타난다.

〈표 4〉 2015 개정 초등 영어교육과 3-4학년 군 읽기, 쓰기 성취기준

읽기
<성취기준 1> 알파벳 대·소문자를 식별하여 읽을 수 있다.
<성취기준 2> 소리와 철자의 관계를 이해하여 낱말을 읽을 수 있다.
<성취기준 3> 쉽고 간단한 낱말이나 어구나 문장을 따라 읽을 수 있다.
<성취기준 4> 쉽고 간단한 낱말이나 어구를 읽고 의미를 이해할 수 있다.
<성취기준 5> 쉽고 간단한 문장을 읽고 의미를 이해할 수 있다.

쓰기
<성취기준 1> 알파벳 대소문자를 구별하여 쓸 수 있다.
<성취기준 2> 구두로 익힌 낱말이나 어구를 따라 쓰거나 보고 쓸 수 있다.
<성취기준 3> 실물이나 그림을 보고 쉽고 간단한 낱말이나 어구를 쓸 수 있다.

2015 개정 초등 영어과 교육과정의 읽기 <성취기준 5>의 "문장을 읽고 의미를 이해할 수 있다"는 수준의 내용은 2011 초등 영어과 교육과정에서는 5-6학년 군의 성취수준에 해당 한다. 그리고 2011 초등 영어교육과정에서는 쓰기에 이에 준하는 문장을 완성하거나 문장이나 짧은 글을

쓰는 수준의 균형 잡힌 성취기준을 제시하고 있다. 반면, 2015 개정 초등 영어과 교육과정에서는 읽기만 성취기준이 5-6학년 군의 성취기준이 일부 내려온 반면, 쓰기영어의 성취기준은 여전히 낱말과 어구를 따라 쓰고, 보고 쓰거나 완성하여 쓰는 수준이다. 다시 읽기와 쓰기의 성취수준의 균형이 깨지고 있다.

이와 같은 듣기, 말하기, 읽기, 쓰기의 불균형은 2015 개정 초등 영어과 5-6학년 군 교육과정에 제시된 성취기준에서도 발생하고 있다. <표 5>의 듣기와 말하기 영역의 성취기준을 살펴보도록 하자.

〈표 5〉 2015 개정 초등 영어교육과 5-6학년 군 듣기, 말하기 성취기준

듣기
<성취기준 1> 두세 개의 연속된 지시나 설명을 듣고 이해할 수 있다.
<성취기준 2> 일상생활 속의 친숙한 주제에 관한 간단한 말이나 대화를 듣고 세부정보를 파악 할 수 있다.
<성취기준 3> 그림이나 도표에 대한 쉽고 간단한 말이나 대화를 듣고 세부정보를 파악할 수 있다.
<성취기준 4> 대상을 비교하는 쉽고 간단한 말이나 대화를 듣고 세부정보를 파악할 수 있다.
<성취기준 5> 쉽고 간단한 말이나 대화를 듣고 줄거리를 파악할 수 있다.
<성취기준 6> 쉽고 간단한 말이나 대화를 듣고 목적을 파악할 수 있다.
<성취기준 7> 쉽고 간단한 말이나 대화를 듣고 일의 순서를 파악할 수 있다.

말하기
<성취기준 1> 그림, 실물, 동작에 관해 한두 문장으로 표현할 수 있다.
<성취기준 2> 주변 사람에 관해 쉽고 간단한 문장으로 소개할 수 있다.
<성취기준 3> 주변 사람과 사물에 관해 쉽고 간단한 문장으로 묘사할 수 있다.
<성취기준 4> 주변 위치나 장소에 관해 쉽고 간단한 문장으로 설명할 수 있다.
<성취기준 5> 그림이나 도표의 세부정보에 대해 묻거나 답할 수 있다.
<성취기준 6> 자신의 경험이나 계획에 대해 간단히 묻거나 답할 수 있다.
<성취기준 7> 일상생활 속의 친숙한 주제에 관해 간단히 묻거나 답할 수 있다.

2015 개정교육과정 5-6학년 군 듣기영역 <성취기준 1>, <성취기준 5>,

<성취기준 7>에 "두세 개의 연속된 지시어나 설명", "줄거리를 파악", "일의 순서를 파악"하는 내용이 들어감으로써, 기존 2011 초등 영어과 교육과정에 비해 듣기 성취기준의 수준이 향상되었다. 반면, 2015 개정 초등 영어과 교육과정에서 말하기 영역은 대부분 2011 교육과정의 수준을 유지하고 있고, <성취기준 6> "자신의 경험이나 계획에 대해 간단히 묻거나 답할 수 있다"라는 내용이 추가 되었다. 이 추가된 성취기준은 듣기 영역에 이에 상응하는 성취기준이 명확하지 않아, 듣기와 말하기의 세부 항목별 성취기준의 불균형을 초래하고 있다. 2015 개정 초등 영어과 교육과정의 5-6학년 군 읽기와 쓰기 영역의 불균형은 더 심각하다.

〈표 6〉 2015 개정 초등 영어교육과 5-6학년 군 읽기, 쓰기 성취기준

읽기
<성취기준 1> 쉽고 간단한 문장을 강세, 리듬, 억양에 맞게 소리 내어 읽을 수 있다.
<성취기준 2> 그림이나 도표에 대한 쉽고 짧은 글을 읽고 세부정보를 파악할 수 있다.
<성취기준 3> 일상생활속의 친숙한 주제에 관한 쉽고 짧은 글을 읽고 세부정보를 파악할 수 있다.
<성취기준 4> 쉽고 짧은 글을 읽고 줄거리나 목적 등 중심 내용을 파악할 수 있다.

쓰기
<성취기준 1> 소리와 철자의 관계를 바탕으로 쉽고 간단한 낱말이나 어구를 듣고 쓸 수 있다.
<성취기준 2> 인쇄체 대소문자와 문장부호를 문장에서 바르게 사용할 수 있다.
<성취기준 3> 구두로 익힌 문장을 쓸 수 있다.
<성취기준 4> 실물이나 그림을 보고 한두 문장으로 표현할 수 있다.
<성취기준 5> 예시문을 참고하여 간단한 초대, 감사, 축하 등의 글을 쓸 수 있다.

위의 <표 6>에서 5-6학년 군 읽기 영역의 <성취기준 2,3,4>에서 "세부 정보를 파악"하고, "중심 내용을 파악할 수 있다"는 내용이 성취기준의 표현에 부가되었는데, 이는 2011 초등 영어 교육과정에 비해 수준이 높

아졌음을 의미한다. 반면 쓰기영역에서는 <성취기준 3> "구두로 익힌 문장을 쓸 수 있다"는 내용이 추가된 것 이외에는 큰 변화가 없다. 그리고 추가된 <성취기준 3>도 읽은 내용에 대한 쓰기 성취기준의 제시도 아니어서, 실제론 2015 개정 초등 영어과 교육과정의 읽기성취기준의 향상된 항목에 대한 쓰기 성취기준의 향상은 없다고 할 수 있다. 이는 읽기와 쓰기의 성취기준의 불균형을 초래하고 있다.

위에서 살펴보았듯이 전체적으로 2015 개정 초등 영어과 교육과정은 입력에 해당하는 이해기능의 성취기준이 강화되고, 출력에 해당하는 표현기능의 성취기준의 수준은 큰 변화가 없이 제시됨으로써, 2011 초등 영어과 교육과정에 비해 성취기준의 균형이 상당히 무너졌다고 할 수 있다. 이러한 영역별 성취기준의 불균형은 문자언어에서 더 심하다고 볼 수 있는데, 그러한 문자언어 영역의 성취기준의 심한 불균형 현상은 중학교 영어과 교육과정에서도 마찬가지이다.

〈표 7〉 2015 개정 중학교 영어교육 성취기준

읽기
<성취기준 1> 문장을 의미 단위로 끊어 읽으면서 의미를 파악할 수 있다.
<성취기준 2> 일상생활이나 친숙한 일반적 대상이나 주제에 관한 글을 읽고 세부 정보를 파악할 수 있다.
<성취기준 3> 일상생활이나 친숙한 일반적 주제의 그림, 사진, 또는 도표에 관한 글을 읽고 세부 정보를 파악할 수 있다.
<성취기준 4> 일상생활이나 친숙한 일반적 주제의 글을 읽고 줄거리, 주제, 요지를 파악할 수 있다.
<성취기준 5> 일상생활이나 친숙한 일반적 주제의 글을 읽고 필자의 심정이나 태도를 추론할 수 있다.
<성취기준 6> 일상생활이나 친숙한 일반적 주제의 글을 읽고 필자의 의도나 목적을 추론할 수 있다.
<성취기준 7> 일상생활이나 친숙한 일반적 주제의 글을 읽고 일이나 사건의 순서, 전후 관계를 추론 할 수 있다.
<성취기준 8> 일상생활이나 친숙한 일반적 주제의 글을 읽고 일이나 사건의 원인과 결과를 추론할 수 있다.

<성취기준 9> 일상생활이나 친숙한 일반적 주제의 글을 읽고 문맥을 통해 낱말, 어구 또는 문장의 함축적 의미를 추론할 수 있다.

쓰기
<성취기준 1> 일상생활에 관한 주변의 대상이나 상황을 문장으로 나타낼 수 있다.
<성취기준 2> 일상생활에 관한 자신의 의견이나 감정을 문장으로 표현할 수 있다.
<성취기준 3> 일상생활에 관한 그림, 사진, 또는 도표 등을 문장으로 설명할 수 있다.
<성취기준 4> 개인생활의 경험이나 계획을 문장으로 나타낼 수 있다.
<성취기준 5> 자신이나 주변사람, 일상생활에 관해 짧고 간단한 글을 쓸 수 있다.
<성취기준 6> 간단한 초대, 감사, 축하, 위로, 일기, 편지 등의 글을 쓸 수 있다.

위의 <표 7> 2015 개정 중학교 영어교육과정 읽기와 쓰기 영역의 성취기준에서 알 수 있듯이, 읽기 성취기준은 글에 대한 세부내용 이해 및 해석, 함축적 의미 추론에 이르기까지 높은 수준을 제시하고 있다. 반면, 쓰기는 이에 상응하는 수준은 아니더라도 읽기에 해당되는 글에 대한 쓰기 성취기준이 제시되어야 하는데, 그렇지 못하고 있다. 입력에 해당하는 출력 글쓰기가 되어야 하는데, 입력과 출력이 따로 분리된 느낌이고, 전혀 언어기능 통학교육의 느낌이 들지 않는다. 언어 발달 과정에 있어 이해기능과 표현기능의 균형은 매우 중요하다. 이는 모국어 발달과 외국어 발달이 크게 다르지 않다. 그런 면에서 영어의 4기능 영역의 균형 잡힌 성취기준의 제시는 매우 중요하다.

3. 4차 산업혁명 시대 초등 영어과 교육의 방향

4차 산업혁명 시대에 직면하여 영어교육은 입력(듣기, 읽기) 중심의 지식저장과 정확성 중심의 교육에서 벗어나야 할 때이다. 다양한 주제와 문화를 경험하고 이를 말과 글로 표현해 보면서 서로의 생각을 공유하고, 좋은 생각을 발전시켜 나가는 창의성과 논리성 함양이 교육의 중심이 되는 시대로 접어들었다. 통제된 수동적 의사소통능력이 아닌, 다양한 사고에 기반한 창의성과 논리를 갖추어 말하고, 글을 써보는 능동적 의사소통 능력 배양이 영어교육에서도 매우 중요하다.

4차 산업혁명을 대비하는 교육의 방향은 학생들이 정형화된 주입식 교육에서 벗어나, 다양한 지식을 융합, 응용하고 창의적으로 사고하도록 하게 함으로써, 문제 해결 능력을 기르고, 성장, 발전하도록 이끄는 데 있다. 이런 점에서 영어교육 또한 입력 중심으로 치우친 교육보다는 입력과 출력이 균형 잡힌 교육의 방향이 바람직하다. 학생들이 자기 주도적 학습능력을 갖추고, 창의적 사고력을 함양하게 함으로써 이를 표현하는 능력을 더불어 갖출 수 있도록 출력(말하기, 쓰기) 중심의 영어교육 또한 매우 중요하다. 능동적 의사소통 능력의 배양은 학습자의 창의성과 논리성 함양과 깊이 연관되어 있다. 영어가 단순한 의사소통 수단이 아닌, 인간의 창의적 사고와 논리를 전달하는 언어로서의 가치를 갖추기 위해서는 바로 이러한 말하기와 쓰기능력의 함양 또한 매우 중요하다. 이런 점에서 영어교육을 시작하는 초등 영어 교육과정에서부터 단순한 음성언어 중심의 의사소통능력을 기르는 데 목표를 두기보다는 학생들의 인지능력과 사고능력에 맞추어 생각하고 표현하는 능력을 함께 균형 있게 발전시키는 것이 매우 중요하다. 학교 교육 현장에서는 학생들이 이러한 능동적 의사소통능력의 향상과 언어 4기능 영역의 균형 잡힌 성장이 가능하도록 교수방법에 대한 연구과 적용에 관심과 심혈을 기울여야한다.

III. 4차 산업혁명 시대 기술융합과 영어교육

1. 영어교육에서 인공지능 기술

여전히 EFL 환경인 한국의 영어교육 상황에서 입력(듣기, 읽기)에 비해 출력(말하기, 쓰기)의 기회가 많지 않은 것은 사실이다. 그렇지만 4차 산업 혁명 시대에 접어들면서, 현장의 젊은 교사들은 다양한 IT기술과 교육을 융합하여 초등학생들에게 출력의 기회를 제공하고자 노력을 하고 있다.

추성엽(2018)은 구글에서 만든 AI 스피커인 구글홈을 활용하여 초등학생들에게 AI와 대화를 나눌 수 있는 기회를 제공하였다. 구글홈은 사람과의 대화를 통해서 행동패턴을 분석하고, 그 결과를 통해 사람의 모든 일상생활을 보조하는 인공지능 음성 비서인 구글 어시스턴트가 핵심 프로그램이다. 구글홈은 제휴된 회사에서 제공하는 주문, 쇼핑 등의 다양한 서비스를 음성 대화를 통해 제공할 수 있다. 현재 세계 유수의 기업들이 구글홈과 같은 AI 스피커를 제작하고 있다. 2017년에는 구글에서 작은 크기의 휴대용인 구글홈 미니를 소개했다. 대표적인 스피커로 애플의 '시리', SKT의 'NUGU', KT의 'GiGA Genie', 아마존의 '에코' 등이 있다.

구글 홈　　　SK텔레콤 누구　　　네이버 웨이브　　　카카오 미니

〈그림 1〉 AI 스피커

추성엽(2018)은 구글홈을 통해 학생들이 AI와 기본적인 질문과 대답을 나누게 함으로써, 일상의 기초적인 대화가 가능 할 수 있도록 기회를 제공하고 있다.

인공지능을 활용한 학교 현장의 수업 중에 또 다른 사례로 손영훈

(2017, 2018)이 개발한 딥러닝 챗봇인 토비(Toby)가 있다.

〈그림 2〉 인공지능 로봇 토비

<그림 2>의 토비의 특징은 인공지능 프로그램의 활용이다. 인공지능 음성 프로그램은 일반적으로 질문과 대답의 일대일 매칭이 아니라 중간 지점에 인공지능을 활용한 트레이닝이 들어간다. 질문을 받게 되면, 트레이닝된 데이터에 맞추어 이 질문이 어느 범주에 속하는지를 통계적으로 자동 분석하고, 확률이 높은 쪽으로 범주화하여 답변을 하기 때문에 문맥적으로 자연스런 답변이 가능하게 된다. 이러한 딥러닝 활용 챗봇인 토비의 초등 영어 수업에 활용에 대하여 손영훈(2017, 2018)은 다음과 같이 그 가치를 주장하고 있다. 우선, 일반 구글 어시스턴트는 영어를 모국어로 쓰는 모든 연령대의 사용자에게 초점이 맞춰져 있기 때문에, EFL 환경인 우리나라 초등학생의 수준에서 인공지능과 영어로 자연스러운 대화를 하기에는 조금 무리가 있다. 손영훈은 이런 문제를 해결하기 위해 토비에 한국 초등학생의 수준에 맞게 2015 개정 교육과정에 나오는 500 단어를 사용하여 교과서에 나오는 문장들로 대화 레퍼토리를 먼저 구축한 후, 학생들이 영어 교과서에 나오는 표현을 실제로 실습할 수 있도록 하였다. 반면, 영어 교과서를 벗어난 표현들이 입력 데이터로 들어올 경우, 자동으로 딥러닝 알고리즘으로 대화 주제를 분석하여 주제에 맞는 일반적인 대답이 나올 수 있도록 프로그래밍하여 다양한 수준의 학생들이 토비와 대화를 나누는 데 있어 흥미를 가질 수 있도록 하였다. 다음으로, 학생들의 관심과 흥미가 높았다. 구글 어시스턴트와 같은 인공지능 프로

그램에 비해 성능이 떨어지더라도, 학생들은 자신들의 수준에 맞는 쉬운 영어를 제공하는 챗봇인 토비에게 더 관심과 흥미를 느꼈다고 한다.

2. 인공지능 기술의 활용

손영훈(2017, 2018)은 챗봇인 토비가 3-4학년 학생들에게 좋은 영어대화 친구가 될 수 있다고 주장하고 있다. 구글 어시스턴트처럼 스피커형이나 박스형이 될 수도 있지만, 인간형 로봇 형태를 학생들은 좋아하고, 친근하게 생각한다고 한다. 학생들은 로봇과 친구처럼 수업시간에 재미있게 공부했던 표현들을 직접 대화해 보고, 로봇이 거기에 대답도 해 주고 움직이고 하면 더 관심을 가지고 대화를 하려고 한다. 손영훈은 실제로 영어 학습부진아들이 인공지능 로봇과 대화를 통해 영어에 대한 관심을 갖게 된 사례를 긍정적인 효과로 제시하고 있다. 5-6학년의 경우 인공지능 기술을 활용하여 더 도전적인 프로젝트를 시도해 볼 수 있다. 영어에 어느 정도 익숙해진 5-6학년 학생들의 경우 정보를 찾아가는 활동 자체를 영어로 해 보는 것도 좋은 시도이다. 이 때 대화형 인공지능을 활용하면, 학생들의 입력과 출력 기능을 균형 있게 발전시킬 수 있다. 한국의 영어과 교육과정에서 살펴 볼 수 있었듯이, 초등학생들의 경우 검색을 할 때, 컴퓨터에 무언가를 영어로 써서 입력하고, 방대한 영어자료를 읽어가며 검색하는 것에 많은 부담을 느낄 수 있다. 대화형 인공지능은 아직 음성언어 중심의 교육과정인 초등 영어학습자에게 이런 면에서 많은 도움을 줄 수 있다. 영어로 궁금한 것을 물어보면 대답해 준다. 초등 영어 학습자들에겐 아직 글로 영작하는 것보다 음성으로 질문을 하는 것이 쉽다. 그리고 바로 대화를 나누듯이 질문에 대답해주고, 이와 관련한 다른 질문을 할 수도 있어서 초등학생들의 호기심을 충분히 만족시켜준다. 초등학생들에게 자기 주도적 학습이 가능하게 하고, 정보 수집 및 분석 능력을 향상 시켜줄 수 있어서, '자기 관련 역량'과 '지식정보처리 역량'을 함양 시키는 데 인공지능 기술이 일조할 수 있다. 2015 개정 교육과정에서는 학생들에게 프로젝트 학습, 토의 토론 학습, 거꾸로 수업 모델 등 여러 가지 활동 중심의 수업 참여를 권장하는데, 이런 부분들이 학생들의 영어 과 핵심역량을 키우는 데 도움을 줄 수 있다.

따라서 현장 교사들의 이러한 인공지능을 활용한 영어교육은 여전히 EFL 환경에서 영어교육을 시작하는 한국의 초등학생들에게 2015 교육과 정의 핵심역량인 '영어의사소통 역량', '자기 관리 역량', '지식정보처리 역량' 등을 함양시키는 데 많은 도움이 될 것이다. 더불어 일상생활 중에 영어로 말할 기회가 적은 학습자들에게 영어로 대화를 나눌 수 있는 기회 를 제공함으로써 2015 교육과정에서 취약한 표현기능, 즉 말하기 능력을 듣기 능력과 함께 균형 있게 발전시킬 수 있을 것이다.

IV. 4차 산업혁명 시대 초등 영어교사의 요건

영어 과목은 내용적 지식의 다른 과목과 달리 언어를 가르치는 과목이 기 때문에 교사의 영어에 대한 역량과 교사와 학습자 간의 관계가 매우 중요하다. 초등 영어교육의 경우, 교사의 영어 사용이 매우 중요하고, 학 습자와 다양한 방법의 영어 참여와 소통이 중요하다. 이런 부분을 고려하 여, 초등 영어교육을 성공시키기 위해서는 무엇보다도 훌륭한 교사 양성 이 중요하다.

특히 초등 영어 교사의 경우는 초등교육과정을 통해 아동의 발달에 대 해 오랜 기간 교육을 받았기 때문에, 중등 및 성인 영어를 가르치는 교사 와 달리 아동의 언어발달 및 인지발달에 대한 이해와 아동의 정서적 발달 과정에 대한 이해가 충분하여 초등학습자들에게 적절한 교수 방법을 연구하고 제공할 수 있다. 일반적으로 초등학생들은 영어에 대한 호기심이 많고, 언어를 내용적 지식으로 받아들이기 보다는, 노래를 부르게 하거나, 이야기, 무용, 역할극 등을 통해 자연스럽게 학습하고자 하는 경향이 있다. '교육의 질은 교사의 수준을 넘지 못 한다'라는 말이 영어교육에서 자주 인용된다. 이 말이 시사하는 것처럼 교사의 자질이야말로 교육의 성패를 가름하는 가장 큰 관건이 된다. 초등 영어교사의 경우 이와 같이 초등학생들에게 적절한 방법으로 영어를 가르칠 수 있는 전문성이 요구된다. 이완기(2015a)는 영어를 잘 가르칠 수 있는 교사의 요건을 다음과 같이 요약하고 있다. 우선, 초등 영어교사의 경우 첫째, 영어 사용자(English language user)이어야한다. 영어를 비교적 자유롭게 사용할 수 있어서, 효과적인 수업이 가능하여야 한다. 둘째, 영어 교수자(English language teacher)이어야 한다. 학습자에게 적합한 내용을 선택하고 적합한 교수방법의 원리와 적용에 있어서 능숙하여야 한다. 셋째, 영어 분석자(English language analyst)이어야 한다. 가르치는 영어에 대한 언어학적 지식을 가지고 있어야, 발음, 어휘, 문법, 담화 등의 지도에 있어서 올바른 영어를 가르칠 수 있다. 넷째, 학습 조정자(learning manager)이어야 한다. 학습자의 학습과정에서 발생하는 어려움을 이해하고 도와 줄 수 있고, 학습자의 개인차를 이해하고 효과적으로 내용과 속도를 조절할 줄 아는 학습 조정 기술을 갖추어야 한다.

끝으로, 위의 네 요건에 더불어 4차 산업혁명 시대에 초등 영어교사는 2015개정 교육과정에 제시된 핵심역량을 키워 줄 수 있는 교사이어야 한다. '영어 의사소통 역량', '자기관련 역량', '공동체 역량', '정보처리 역량'을 갖추는 데 머무는 것이 아니라, 이를 통합적으로 활용하여 수행할 수 있는 능력을 키워 줄 수 있는 교사가 되어야 한다. 학생들에게 지식을 전달하고 기능을 숙련시키는 것을 넘어서 특정 주어진 상황에서 언어, 심리, 정보, 사회 등 통합적 방법을 활용하여 문제를 해결하는 능력 키워주어야 한다. 21세기의 도전적 과제를 효과적으로 해결하기 위한 역량을 키워 주는 교육이 되어야 하고, 이 시대의 초등 영어교육 또한 이러한 역량을 갖춘 창의 · 융합형 인재를 양성하는 초석이 되도록 전환되어야 한다.

참고문헌

교육부. (2011). 『영어과 교육과정』. 교육부고시 제2011-361호 [별책 14]

교육부. (2015). 『영어과 교육과정』. 교육부고시 제2015-74호 [별책 14]

국가정보전략화위원회, 교육과학기술부. (2011). 『인재대국으로 가는 길: 스마트 교육 추진전략 실행계획』.

손영훈. (2017). 「Guided Student-Centered Learning으로 만들어가는 학생 자기주도 영어 학습력 신장」. 『Proceedings of the 2017 KAPEE Summer Workshop, Back to the Basic: 영어수업에 즐거움을 더하다』, 125-132.

손영훈. (2018). 「핵심역량 중심 영어수업, 디자인 그리고 인공지능」. 『Proceedings of the 2018 KAPEE Summer Workshop, Teachers are Better than AI: 감성이 살아있는 창의적 영어수업 열기』, 135-144.

이완기. (2015a). 『초등영어교육론』 개정6신판. 경기: 제이와이북스

이완기. (2015b). 「영어과 교육과정의 변천과 영어교육의 과제」. 『영어교육』, 70(5), 35-52.

정채관. (2017). 4차 산업혁명과 영어교육...영어 가르치는 인터넷 클라우드 기반의 인공지능 로봇. 조선pub, 2017.2.17.

추성엽. (2018). 「AI 체험 및 멀티미디어를 활용한 창의적 영어학습」. 『Proceedings of the 2018 KAPEE Summer Workshop, Teachers are Better than AI: 감성이 살아있는 창의적 영어수업 열기』, 125-134.

제3장
4차 산업혁명과 중등 영어과 교육과정[*]

정채관

이 장에서는 4차 산업혁명과 중등 영어과 교육과정에 대해 논의한다. 인간은 오랫동안 손과 도구로 물건을 만들어왔고, 손으로 물건을 만드는 생산방식은 오늘날에도 여전히 유지되고 있다. 하지만 물건을 하나씩 손으로 만드는 방식은 시간이 오래 걸릴 뿐 아니라 가격도 비싸다. 인구가 증가하고, 인류는 수많은 전쟁을 치르며 더 빠르고 저렴하게 물건을 만드는 방법을 고민하였다. 18세기 후반 물을 끓여 만든 증기의 힘으로 기계를 사용하는 생산체제가 구축되며 인류의 삶 자체가 획기적으로 달라지기 시작하였다. 증기의 힘으로 기계를 돌려 물건을 생산하는 1차 산업혁명은 석유와 전기 에너지를 사용하여 더 빠르고 더 저렴하게 대량생산하는 2차 산업혁명으로 이어졌고, 인터넷과 재생에너지의 결합이 본격화되면서 혁신적인 자동화와 다품종 소량생산이 가능한 3차 산업혁명으로 발전했다. 4차 산업혁명은 3차 산업혁명을 토대

[*] 이 장은 영국 왕립 국제문제연구소 채텀하우스의 룰에 따라 회의나 토론에서 자유롭게 말하지만 구체적으로 누가 어떤 발언을 했는지에 대한 사실을 알리지 않는 규칙을 채택했다. 이미 알려진 4차 산업혁명이나 교육에 관한 지식 일반에 새로운 지식을 보태고 싶었기 때문이다. 문헌 자료를 사용할 때는 참고 문헌을 넣었고, 적절한 대목에서 각주를 달았다. 이 장은 개인의 견해이며 한국교육과정평가원의 공식 입장과 무관하다.

로 물리적, 디지털적, 생물학적 공간의 경계가 희석된 디지털 기술융합 시대
이다. 4차 산업혁명은 단순히 생산방식의 혁명이 아니라 인공지능, 로봇, 인
터넷 클라우드, 가상현실과 증강현실 등이 자연스러운 '디지털 네이티
브'(Prensky, 2001) 전성시대다. 이 장에서는 해방 이후, 1945년 미 군정의
일반명령 제4호가 포고되면서 시작된 우리나라 초기 교육과정에서부터 2018
년 3월 전국 학교에 적용되기 시작한 2015 개정 교육과정까지 우리나라 국
가 수준 영어과 교육과정 전반에 대한 변화와 흐름을 짚어보고, 4차 산업혁
명 시대 중등 영어과 교육과정 개발 방향에 대해 짚어본다.

I. 국가교육과정

교육은 국가와 사회발전의 근본이다. 그래서 교육을 백 년 앞을 내다보
는 큰 계획이라는 의미로 백년지대계라고 부른다. 국가 수준 교육과정은
해당 국가에서 추구하는 인간상을 담는다. 교육과정은 국가가 육성하고자
하는 국민으로 육성하기 위해 학교 현장에서 학생에게 무엇을, 어떻게 가
르치고, 어떻게 평가할 것인지 등을 담은 구체적인 지침이다. 국가마다
추구하는 인간상이 조금씩 다를 수 있지만, 보편적으로 인종, 종교, 출신
국가, 민족, 피부색, 장애, 성별, 성적 정체성, 성적 취향, 연령 등과 관계없
이 다른 사람을 존중하고, 편견 없이 다른 사람을 대할 수 있도록 교육한
다. 우리나라의 교육은 교육법 제1조에 명시된 대로 "홍익인간의 이념 아
래 모든 국민으로 하여금 인격을 완성하고 자주적 생활능력과 공민으로서
의 자질을 구유하게 하여 민주국가발전에 봉사하며 인류공영의 이념실현
에 기여하게 함을 목적"으로 한다. 이때 우리나라에서 추구하는 인간상인
'홍익인간'이란, 널리 인간을 이롭게 한다는 단군의 건국 이념으로서 우리
나라 정치, 교육, 문화의 최고 이념이며, 자주적인 사람, 더불어 사는 사람,
창의적인 사람, 교양있는 사람을 의미한다. 우리나라는 이러한 교육 목적

을 달성하기 위해 교육목표, 교육내용, 교수학습방법, 평가 등에 관한 구체적인 교육과정을 법령으로 정한다. 지난 2015년 9월 23일 확정 및 고시되어 2018년 3월부터 전국 초·중·고등학교 현장에 적용되기 시작한 2015 개정 교육과정은 바른 인성을 갖춘 창의융합형 인재를 목표로 의사소통역량, 공동체역량, 심미적감성역량, 지식정보처리역량, 창의융합사고 역량, 자기관리역량 등 역량 배양을 강조한다(교육부, 2015a).

국가에 따라 특정 이념을 바탕으로 특수한 교육 목적을 가진 나라도 있다. 예컨대 북한은 교육을 "혁명의 승패와 민족의 장래운명을 좌우하는 근본문제의 하나"(김일성, 1986, p. 372)로 보고, 교육 목적을 "국가는 사회주의 교육학의 원리를 구현하여 후대들을 사회와 인민을 위하여 투쟁하는 견결한 혁명가로, 지덕체를 갖춘 공산주의적 새 인간으로 키운다"고 북한 헌법 제43조에 명시한다. 이때 북한에서 육성하고자 하는 '공산주의적 새 인간'은 노동을 사랑하고 즐기며 이에 자각적으로 참여하는 사람, 개인주의, 낡은 사상, 자본주의 사상을 철저히 뿌리 뽑고 김일성 유일사상으로 무장된 사람, 자기 개인의 이익을 돌보지 않고 오직 사회 전체를 위해서만 일하는 사람을 의미한다(사회주의교육학, 1991).

전언하였듯이 이처럼 국가마다 추구하는 인간상은 다를 수 있다. 하지만 학교에서 학생들을 국가가 추구하는 인간으로 키우기 위해 나라마다 공통으로 존재하는 학교 교육의 실무 지침이 바로 국가 수준 교육과정이다.[1] 우리나라에서는 초·중등교육법 제23조 제2항에 따라 초·중등학교의 교육 목적과 목표를 달성하기 위해 국가 수준의 교육과정을 제시하며, 초·중등학교에서 편성·운영하여야 할 학교 교육과정의 공통적이고 일반적인 기준을 정한다.[2] <그림 1>은 지난 2015년 교육부에서 고시한 2015

---

[1] 북한에서는 '교육과정'을 '교육강령'이라고 부른다(정채관, 조정아, 2017).

[2] 우리나라 교육부에서 인가한 학교라면 모두 국가 교육과정을 충실히 따라야 할 의무가 있지만, 교육부 비인가 대안학교는 국가 교육과정을 반드시 준수해야 할

개정 교육과정의 기본 방향을 도식화한 것이다.[3]

미래사회를 살아가는 데 필요한 능력 함양을 위해 핵심역량 반영
- 초·중등 교육 전반에 걸쳐 1) 자기관리 역량, 2) 지식정보처리 역량, 3) 창의적 사고 역량, 4) 심미적 감성 역량, 5) 의사소통 역량, 6) 공동체 역량 함양과 교과서 수업을 통해 기를 수 있는 교과 역량 제시

인문·사회/과학기술 기초 소양과 인성교육 강화
- 생각하는 힘, 자연 현상과 사회 문제를 통합적으로 탐구하는 능력을 기르고, 타인과 협력하고 배려하는 인성 함양

배움을 즐기고 행복교육이 가능하도록 교과 학습량 적정화
- 각 교과의 학습내용을 핵심개념 및 핵심원리 중심으로 정선하고, 학습 경험의 질을 개선하여 미래사회를 대비하는 교육 기반 구축

교수학습 및 평가 방법을 개선하여 교실수업을 혁신
- 토론학습, 협력학습, 탐구학습, 프로젝트 학습 등 교과 특성에 따라 다양한 교수·학습 방법을 도입하고 과정 중심 평가를 가오하하여 학생들의 활발한 수업 참여를 유도

〈그림 1〉 2015 개정 교육과정의 기본 방향(교육부, 2015a)

II. 우리나라 영어과 교육과정의 변천

우리나라 근대 교육과정은 1945년 8월 일본 패망 이후, 미 군정이 1945년 9월 18일 학무국을 통해 내린 일반명령 제4호『신조선의 조선인을 위한 교육방침』이 그 효시라고 할 수 있다. 미 군정은 일본의 패망으로 학교가 문을 닫고 갑자기 학교 교육이 중단되면 사회적으로 혼란이 가중될 것이라는 판단 하에 신속히 "신조선의 조선을 위한 교육방침을 상세히 규정하는 동시에 그 내용을 각도에 지시"하였다(매일신보, 1945a). 이때 전국에 내려

의무가 없다. 따라서 교육부 비인가 학교는 자체 교육과정을 마련하여 학교를 운영하기도 한다.

[3] 2015 개정 교육과정은 2018년 3월부터 단계적으로 적용되기 시작하며, 2020년 3월 마지막 단계를 적용하여 2015 개정 교육과정의 전면 적용을 완성할 예정이다.

진 일반명령 제4호는 1) Reopening of Public Schools(공립학교의 재개),
2) Private Schools(사립학교), 3) Race and Religion(민족과 종교), 4) Lan-
guage of Instruction(교수용어), 5) Curriculum(교육과정), 6) Teachers(교
사), 7) School Buildings(학교 건물)로 구성되어 있다(<그림 2> 참조).[4]

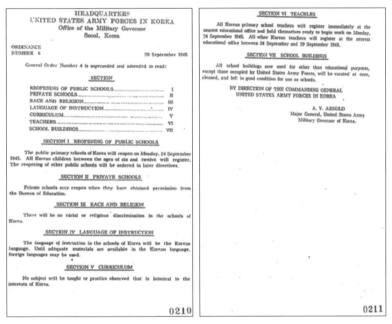

〈그림 2〉『신조선의 조선인을 위한 교육방침』(일반명령 제4호)

당시 전국에 하달된 『신조선의 조선인을 위한 교육방침』은 지난 2018
년 3월부터 전국에 적용된 2015 개정 교육과정(총론을 포함한 42종의 별
책으로 구성)과 비교하면 양적으로나 질적으로나 상대적으로 매우 소박

4　『신조선의 조선인을 위한 교육방침』은 흡사 군사 명령서처럼 보이는데, 이를 통
해 당시 상황이 얼마나 급했는지 추측해 볼 수 있다. 돌이켜보면 기존 시스템이
붕괴한 상황에서 개인에 따라 다르게 해석될 수 있는 복잡한 교육방침보다는 단순
명료하면서도 직설적인 교육방침이 당시에는 더 적절했을지도 모른다.

한 모습을 보인다. <표 1>은 『신조선의 조선인을 위한 교육방침』을 저자가 우리말로 해석한 것이다.

<표 1> 『신조선의 조선인을 위한 교육방침』 해설(정채관, 2017a)

연번	항목	내용
1	학교재개	공립 초등학교는 1945년 9월 24일 월요일에 재개한다. 6세에서 12세 사이의 모든 어린이가 등록한다. 다른 공립학교의 재개는 추후 지침에서 지시될 것이다.
2	사립학교	사립학교는 학무국으로부터 허가를 받아 재개할 수 있다.
3	민족과 종교	학교에서 인종 차별이나 종교 차별이 없다.
4	교수용어	학교에서 수업 언어는 한국어이다. 한국어로 된 적절한 자료가 제공될 때까지 한시적으로 외국어로 된 교재를 사용할 수 있다.
5	교육과정	한국의 이익에 불리한 주제를 가르치지 않는다.
6	교사	모든 초등 교사는 가장 가까운 학무국에 즉시 등록하고 1945년 9월 24일 월요일에 일을 시작할 준비를 한다. 이때 등록하지 못한 교사는 1945년 9월 24일에서 9월 29일 사이에 가장 가까운 학무국에 등록한다.
7	학교 건물	미 육군에 의해 점령된 학교 건물을 제외한 교육 목적 이외의 모든 학교 건물은 즉시 비우고 청소하여 양호한 상태로 유지하여 학교로 사용한다.

전언하였듯이 미 군정은 우리나라 사람을 일본인으로 만들기 위한 제국주의 일본식 교육을 철저히 배제하면서 급변 사태에 학생과 학부모가 혼란에 빠지지 않도록 간략하면서도 명료한 교육방침을 신속하게 고시하였다. 그 내용을 조금 더 자세히 살펴보면, 우선 공립초등학교는 1945년 8월 15일 일왕의 항복 선언한 지 한 달이 조금 넘은 9월 24일 월요일에 신속히 학교를 재개할 것을 알렸다. 일본 강점기가 끝나더라도 교육은 계속되어야 하기 때문이다. 공립학교와 달리 사립학교는 학교를 재개하기

전에 반드시 미 군정 학무국으로부터 허가를 받도록 하였다. 미 군정에서 추구하는 신조선의 조선인을 육성하는 기본방침과 방향이 다른 교육이 이루어지면 안 되기 때문이었다.

일제강점기에 조선에서 이루어진 일본식 제국주의 교육은 일본이 추구하는 엘리트주의 복선형 학제이다. 권위주의, 전체주의, 군국주의를 표방한다. 인종적 우월성 교육과 국가에 대한 강제적 복종을 강조하기도 한다. 미 군정에서 하달한 새로운 교육방침은 군국주의, 전체주의, 인종적 우월성이나 인종 차별, 종교 차별을 금지한다. 교수용어도 그동안 사용하던 일본어가 아닌 한국어로 바꾸도록 하였고, 현실적인 상황을 고려하여 지금 즉시 쓸 수 있는 한국어 수업 교재가 없을 때는 적절한 수업 자료가 마련될 때까지 한시적으로 외국어로 된 교재를 사용할 수 있도록 허용하였다. 교육과정은 우리나라의 이익에 불리한 주제는 가르치지 않도록 하였다. 교사는 가까운 학무국에 등록하여 9월 24일부터 학생들을 가르칠 수 있도록 하였고, 학교 건물은 미 육군이 점령한 건물 이외에 다른 용도로 사용되는 건물은 즉시 비우고 청소하여 양호한 상태로 유지하여 학교로 사용하도록 하였다.

미 군정 학무국에서 공표한 『신조선의 조선인을 위한 교육방침』 이외에도, 학무국은 1945년 9월 30일 교육과정 편제표를 마련하여 각 학년에서 가르칠 과목과 수업 시수를 고시하였다(<그림 3> 참조).

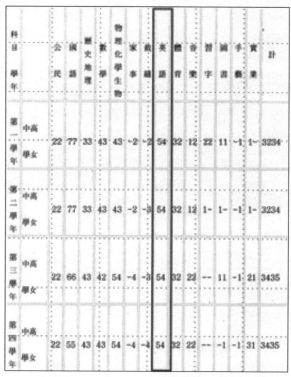

〈그림 3〉 교육과정 편제표(매일신보, 1945b)

    <그림 3>에 제시된 편제표를 자세히 살펴보면, 우리말인 국어 과목에 가장 많은 수업 시수를 배정한 것으로 나타났다. 그다음은 영어, 물리화학생물, 수학, 역사지리, 체육 순서로 수업 시수를 배정하였다. 흥미로운 점은 당시 교육방침은 <표 2>에 정리한 것처럼 국어는 저학년에 상대적으로 많은 수업 시수를 배정하였고, 고학년으로 가면서 수업 시수를 상대적으로 축소하였다. 영어(빨간색 박스 표시), 수학, 체육은 학년에 구분 없이 동일 수업 시수를 배정하였고, 지리역사와 물리화학생물은 저학년에서 상대적으로 적은 수업 시수가 배정하였고, 고학년으로 가면서 상대적으로 수업 시수를 확대하는 양상을 보인다.

교과	저학년	고학년
국어	수업시수 높음	수업시수 낮음
영어, 수학, 체육	동일 수업시수	
지리역사, 물리화학생물	수업시수 낮음	수업시수 높음

이 편제표만 놓고 보면, 과목에 따라 국어처럼 어릴 때 집중적으로 배워야 할 과목은 저학년에 상대적으로 많은 수업 시수를 배정하고, 고학년에 상대적으로 적은 수업 시수를 배정한 것으로 보인다. 영어, 수학, 체육처럼 학년과 관계없이 지속해서 같은 비중으로 공부해야 할 과목은 교과마다 수업 시수를 달리하되 같은 교과에서는 학년과 관계없이 같은 수업시수를 배정하였다. 지리역사나 물리화학생물 등 학생들의 인지능력이 상대적으로 조금 더 발달한 상태에서 가르쳐야 할 과목은 저학년보다 고학년에 상대적으로 더 많은 수업 시수를 배치한 것으로 보인다. 이러한 편제표는 현재 적용되고 있는 2015 개정 교육과정과 다소 다른 모습이다.[5]

해방 이후 우리나라 교육을 새로 정립하게 된 교육방침 중 첫 번째는 "교육제도와 법규는 금후 실시해 나갈 교육 정신에 저촉되지 않는 한 당분간 현실대로 하되 일본주의적 색채에 관한 일체의 사항을 말살"하는 정책이다(매일신보, 1945c). 미 군정에서 시작한 우리나라 교육과정은 일제강점기를 벗어나 우리만의 교육과정을 만들어가며, <그림 4>에 도식화한 것처럼 1946년 교수요목기를 거쳐, 1955년 제1차 교육과정, 1963년

---

5 2015년도 기준(2009 개정 영어과 교육과정기), 영어 교과의 평균 수업시수는 초등학교 3-4학년은 2, 초등학교 5-6학년은 3, 중학교 1학년은 3.3, 중학교 2학년은 3.4, 중학교 3학년은 4.3, 고등학교 1학년은 4.2, 고등학교 2학년은 4.5, 고등학교 3학년은 4.8이다. 즉, 학년이 올라갈수록 수업시수가 증가하는 양상을 보인다(김인석 외, 2015).

제2차 개정 교육과정, 1973년 제3차 개정 교육과정, 1981년 제4차 개정 교육과정, 1987년 제5차 개정 교육과정, 1992년 제6차 개정 교육과정, 1997년 제7차 개정 교육과정, 2007년 2007 개정 교육과정, 2011년 2009 개정 교육과정을 거쳐 2015년 2015 개정 교육과정을 하였다(정채관, 2017b; 정채관, 권혁승, 2017).[6]

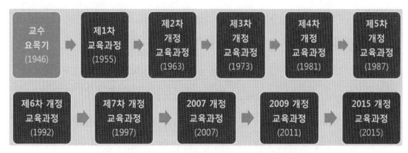

〈그림 4〉 우리나라 영어과 교육과정의 변천(정채관, 2018)

영어과 교육과정이 개정되며 각 교육과정 시기별로 중요시 된 언어 능력과 관련된 목표도 조금씩 변화되었다. 영어과 언어기능 목표와 관련하여, 교수요목기에는 영어를 이해하고 활용할 기초 실력을 양성하는 것이 큰 목표였다(권오량, 2016). 이후 제1차 영어과 교육과정에서는 더 구체적으로 학문적 접근이 시작되었다고 볼 수 있는데, 이 시기부터 영어의 성음, 어휘, 문법, 어태, 서식 등을 이해시키고 체득시키는 것을 영어교육의 목표로 삼았다. 제2차 개정 영어과 교육과정에서는 교수요목기에 사용한 '이해'라는 용어가 다시 등장하며 이해하고 표현하거나 활용하는,

---

[6]   참고로 2009 개정 교육과정은 2009년에 개정 및 고시되었지만, 영어과 교육과정은 2009년이 아닌 2011년에 개정 및 고시되었다(이완기, 2015). 따라서 비록 영어과 교육과정이 2011년도에 개정 및 고시되었다고 하더라도, 본 고에서는 전체 교육과정이 개정된 연도에 맞춰 2009 개정 영어과 교육과정이라 하였다.

즉 나중에 '의사소통'이라고 불리게 되는 용어가 반복 사용된다. 영어과 교육과정의 핵심이라고 볼 수 있는 '의사소통'이라는 용어는 제6차 개정 영어과 교육과정에서 등장하였고, 이후 현재의 2015 개정 영어과 교육과정의 초. 중. 고등학교에서 '일상적인 주제에 관하여 영어로 의사소통할 수 있다'는 것이 언어 능력 관련 중심 목표로 제시되어 있다.

〈표 3〉 영어과 언어기능 관련 목표(권오량, 2016)

교육과정	언어 능력 관련 목표
교수요목기	영어를 이해하고, 활용할 기초 실력을 양성
제1차	영어의 성음, 어휘, 문법, 어태, 서식을 이해 체득시킴
제2차	일상생활에서 사용하는 외국어를 정확히 이해하고 표현하는 능력을 배양
제3차	영어 사용능력을 길러 이해와 표현 또는 사용의 초보적 기능을 체득
제4차	생활 주변 및 일반적인 화제에 관한 쉬운 영어를 이해하고 사용할 수 있는 능력을 기른다.
제5차	쉬운 영어를 이해하고, 생각과 느낌을 바르게 표현할 수 있는 기본능력을 기른다.
제6차	쉬운 말이나 글로 상황에 적합하게 의사소통을 할 수 있게 한다.
제7차	일상생활과 일반적인 화제에 관해서 자연스럽게 의사소통을 할 수 있게 한다.
2007	초: 일상생활에서 영어로 기초적인 의사소통을 할 수 있는 바탕을 마련한다. 중: 일상생활과 일반적인 주제에 관하여 효과적으로 의사소통한다.
2009	초: 일상생활에서 영어로 기초적인 의사소통을 할 수 있는 능력을 기른다. 중: 친숙하고 일반적인 주제에 관하여 영어로 기본적인 의사소통을 할 수 있는 능력을 기른다.
2015	초: 자기 주변의 일상생활 주제에 관하여 영어로 기초적인 의사소통을 할 수 있다. 중: 친숙한 일상생활 주제에 관하여 영어로 기본적인 의사소통을 할 수 있다. 고: 친숙한 일반적인 주제에 관하여 목적과 상황에 맞게 영어로 의사소통할 수 있다.

2018년 3월부터 적용되기 시작한 2015 개정 영어과 교육과정 역시 다른 교과와 마찬가지로 매년 단계적으로 적용되어 2020년 3월 마지막 단계를 적용하게 된다. 2015 개정 영어과 교육과정에서는 지식 위주의 문제풀이 교육을 탈피하고, 미래의 지능정보사회를 대비하여 새로운 환경과 상황에서 학생 스스로가 다양한 상황을 조합하여 사고하는 방식으로 문제를 해결하고 새로운 지식과 가치를 생성하는 인재 육성을 목표로 교육과정이 개정되었다(교육부, 2015a). 특히 2015 개정 영어과 교육과정은 미래사회가 요구하는 창의·융합형 인재, 영어 의사소통 능력 함양뿐 아니라 외국 문화 이해 등 인문 소양 함양, 학교급 간의 내용 체계를 구조화하고 수준별 어휘와 언어형식 제시, 학생 중심 수업, 참여, 협력 수업이 가능한 교수, 학습, 평가 방법을 추구하고자 한다(교육부, 2015b).

III. 산업혁명

1. 1, 2, 3차 산업혁명

호모 하빌리스(Homo habilis)는 기원전 233만 년 전에 살았던 화석인류이다(<그림 5> 참조). 호모 하빌리스는 오늘날 '손재주가 좋은 사람(Handy man)'으로 불리며, 화석인류 중에서도 월등히 높은 수준의 다양한 도구를 만들어 사용한 것으로 알려져 있다(Wood, 2014).

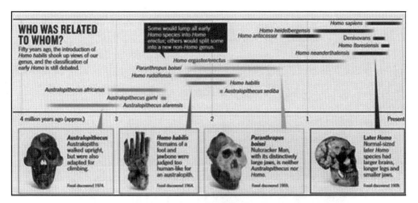

〈그림 5〉 호모 하빌리스의 출현(Wood, 2014, p. 31)

　인류는 불을 사용하면서 지구 상에 있는 다른 존재들과 구별되기 시작한다. 인류의 불 사용은 인류로 하여금 자기보다 몸집이 더 크거나 힘이 센 동물들로부터 자신을 보호할 수 있게 되는 계기가 되었다. 또한, 도구를 사용하여 곡물 재배를 시작하며 인류가 한 곳에 정착하여 살게 되는 정착 생활로 이어졌다. 이렇듯 불과 도구는 인류 역사상 인류에게 타고난 물리적인 한계를 뛰어넘어, 그 이상의 힘을 발휘하여 거주지를 벗어나고 행동반경을 넓히는 데 결정적인 역할을 하였다. 산업혁명은 인류의 불과 도구의 사용이 그 시발점이라고 해도 과언이 아니다.

　영국의 발명가이자 기계공학자인 제임스 와트는 나무와 석탄으로 물을 끓여 만든 증기의 힘으로 기계를 움직여 일하게 하는 증기 기관을 발명하였다(<그림 6> 참조).[7] 와트의 증기 기관은 영국 버밍엄에서 공장을 운영

----

[7]　저자는 산업혁명의 발상지인 영국 버밍엄에 위치한 버밍엄대학교(University of Birmingham) 기계공학과를 졸업하였다. 버밍엄대학교 공대 건물 벽면에는 산업혁명의 선구자로 불린 제임스 와트와 증기 기관과 관련된 조각상이 화강암 벽에 새겨져 있다. 그때는 버밍엄이라는 도시가 산업혁명의 발상지이고, 그래서 제임스 와트 조각상이 있는 줄 알았다. 20여 년이 지나 저자가 다시 버밍엄과 제임스 와트를 언급하게 될 줄은 몰랐다.

하던 매튜 볼턴과 설립한 '볼턴앤드와트(Boulton & Watt)'를 통해 본격적인 상업화에 성공하였다. 이후 이들의 증기 기관은 광산에서 지하수를 끌어 올리는 초기 증기 기관이 사용되던 영역뿐 아니라 다양한 분야에 활용되며 1차 산업혁명 시대를 선도하게 된다.

〈그림 6〉 제임스 와트와 초기 증기 기관 모델

2차 산업혁명은 석유와 전기 에너지를 기반으로 본격적인 대량생산 체제가 구축되며 전개된다. 특히 미국 포드 자동차 회사는 기계의 힘을 빌려 '포드 모델 T'[8]를 대량으로 생산하는 데 성공한다. 포드 자동차 회사는 이러한 혁신적인 생산설비를 통해 시간, 비용, 노동력 등을 획기적으로 절감하였고, 이로써 본격적인 2차 산업혁명 시대를 맞이한다. 2차 산

8 　'포드 모델 T(Ford Model T)'는 미국 포드 자동차 회사에서 제조하여 판매한 자동차이다. 컨베이어 벨트를 활용한 조립 공정을 활용하여 제조 방식에 획기적인 원가절감과 가격 혁신을 가져온 첫 번째 자동차 모델이다. 참고로 '포드 모델 T' 이전의 자동차는 주로 수제품으로 만들었고, 제작 기간도 오래 걸렸을 뿐 아니라 가격도 2,000~3,000달러에 이를 정도로 고가였으나, '포드 모델 T'는 850달러에 불과했고, 이후 1920년대에서 300달러까지 가격이 내려갔다('포드 모델 T'에 대한 자세한 내용은 다음 링크를 참조한다. https://en.wikipedia.org/wiki/Ford_Model_T

업혁명이 인류에게 값싸고 질 좋은 제품을 신속하게 제공함으로써 인류에게 물질적 풍요로움을 공급하였다면, 3차 산업혁명은 인터넷과 재생에너지를 바탕으로 인류에게 다품종 소량 생산된 맞춤형 제품을 제공해주었다. 특히 인류는 기존의 석유와 전기 에너지에 더해 재생에너지까지 에너지원을 확대함으로써 풍부한 에너지원을 바탕으로 기존 생산체제에서 충족시킬 수 없는 부분을 인터넷과 결합하여 복잡하지만 정교한 생산공정을 만들어 다품종 소량생산체제를 구축하여 3차 산업혁명 시대를 맞이하였다(<그림 7> 참조).[9]

〈그림 7〉 1, 2, 3차 산업혁명의 특징

2. 4차 산업혁명의 도래

4차 산업혁명은 스위스 다보스에서 매년 열리는 다보스 포럼에서 클라우스 슈바프 회장이 '4차 산업혁명'으로 이름 지은 그의 저서를 2016년 1월 연례 세계경제포럼회의에서 발표하면서 알려졌다(<그림 8> 참조).

---

[9] 저자는 2002년부터 2006년까지 영국 워릭대학교 공과 대학에서 3차 산업혁명과 관련된 제도 공정의 복잡성(Manufacturing Complexity)을 주제로 공학 박사 과정을 하였다. 박사 전공을 응용언어/영어교육으로 바꾼 다음 10년이 지난 후 예전 연구 주제를 다시 언급하게 될 줄은 몰랐다. 저자가 이 책을 쓰고 있는 것도 '운명'인가?

〈그림 8〉 4차 산업혁명 시대의 도래

세계경제포럼회의 회장이기도 한 슈바프 교수는 4차 산업혁명은 현재의 3차 산업혁명과는 차원이 다른, 물리적, 디지털적, 생물학적 공간의 경계가 모호해지고 우리가 예상치 못한 곳에서 기술융합이 이루어지는 시대라고 주장한다(김진하, 2016). 우리가 4차 산업혁명시대에 주목해야 할 것은 4차 산업혁명이 단순히 그동안 주목받아온 에너지원의 변화와 제품 생산방식의 혁명이 아니라는 점이다. 아직 4차 산업혁명은 대중에게는 빅데이터를 이용한 인터넷 클라우드 기반 인공지능, 다양한 형태와 지능의 로봇, 모바일장비와 사물인터넷의 초연결성, 인공지능 비서 등 상호작용 방식의 질적 변화, 융합으로 대변되는 다소 추상적이고 형이상학적인 개념과 현상이다. 그러나 4차 산업혁명 시대에는 정말 우리가 예상치 못하거나 생각하지 못했던 곳에서 기술융합, 또는 지식융합이 발생하고 돌연변이와 같이 이전에 없던 새로운 모양과 성질이 나타날 수 있다. 4차 산업혁명 시대가 어떻게 될지는 조금 더 지켜봐야 하겠지만, 분명한 것은 4차 산업혁명 시대에는 현실에서의 물리적 이미지와 형태뿐 아니라 가상현실(Virtual Reality, VR)과 증강현실(Augmented Reality, AR)[10] 이 자연스러운 '디지털 네이티브'(Prensky, 2001) 전성시대가 되리라는 것이다(<그림 9> 참조).

....

10 카메라로 찍은 실제 배경에 3차원 가상 이미지를 겹쳐서 하나의 영상으로 보여주는 기술

Ⅳ. 4차 산업혁명 시대 영어교육

1. 인공지능 로봇 보조 영어교육

그동안 영어교육 분야에서는 다양한 형태와 기능의 보조 도구가 활용
됐다. 처음 컴퓨터가 나왔을 때, 이제는 영어교사가 필요 없다고 주장하
는 사람들이 일부 있었고, 이에 대해 우려하는 영어교사도 있었다. 하지
만 이내 컴퓨터보조언어학습(Computer-Assisted Language Learning,
CALL)이라는 용어가 생겨났고, 영어교사들은 오히려 컴퓨터를 활용하여
기존의 교구로는 구현하기 어려웠던 교수학습 방법을 개발하였고, 자연
스럽게 온라인과 오프라인으로 학습할 수 있는 다양한 멀티미디어 콘텐
츠가 쏟아져 나왔다(Jung, 2007a, 2007b, 2008; Jong & Jung, 2008). 이후
노트북이나 태블릿PC, 스마트폰 등의 도구를 활용한 다양한 콘텐츠가 보
급되며 이제는 어떤 형태나 형식의 보조 도구를 활용한 영어교육이 보편
화 되었다.

〈그림 9〉 태블릿PC와 노트북으로 우리말과 영어를 습득하는 어린이
(정채관, 2017b)

<그림 9>에서 왼쪽 사진은 12개월 된 어린아이가 집에서 혼자 태블릿 PC를 통해 애니메이션을 보고 들으며 우리말을 습득하는 모습이고, 오른쪽 사진은 30개월 된 그 아이가 노트북으로 영어 노래가 나오는 동영상을 보며 노래를 부르고 춤을 추는 모습이다.[11] 아이는 부모가 시켜서 해당 콘텐츠를 학습하는 게 아니라, 아이가 원하는 시간과 장소에서 자기 주도적으로 해당 콘텐츠를 가지고 놀았다.

2018년 3월부터 1단계 적용하는 우리나라 영어 교과서를 보면,[12] 4차 산업혁명 시대를 사는 학생들에게 적절한 4차 산업혁명 기술이 적용된 콘텐츠를 찾기 어렵다. <그림 10>은 일본은 중학교 1학년 영어 교과서에 증강현실을 활용한 활동을 보여준다. 일본은 이미 10년 전에 서책형 교과서에 스마트폰을 비추면 스마트폰을 통해 교과서의 등장인물이 애니메이션으로 나타나 대화하는 것을 포함하는 콘텐츠를 담았다(<그림 10> 왼쪽). <그림 10> 오른쪽은 가상현실을 통해 학생이 청중 앞에서 영어로 발표하는 연습할 수 있는 프로그램이다.

----

11 2015년 7월생인 이 아이는 친가나 외가에 가서도 하루에 일정 시간을 '놀이'로서 유튜브 키즈 TV를 보며 영어 학습을 한다. 반면, 2017년 4월생인 이 아이의 동생은 태블릿 PC 보다는 전통적인 TV 동영상에 더 활발한 반응을 보인다. 이는 디지털 네이티브들이 반드시 태블릿 PC나 스마트폰 등에 더 잘 적응하고 반응할 것이라는 통설과 다르다. 디지털 네이티브라 불리는 '요즘' 아이들이 기성세대가 생각하는 것처럼 모두 디지털 기기를 능숙하게 다루고, 가상현실과 증강현실이 자연스럽지 않을 수 있다. 어떻게 보면, 영어 원어민보다 더 영어가 능숙한 비영어 원어민이 있듯이 본인의 노력이나 교육에 따라 디지털 네이티브보다 더 4차 산업혁명 시대가 익숙한 비디지털 네이티브가 있을 수 있다. 한편, 이러한 디지털 네이티브에 관한 체계적인 디지털 리터러시 교육은 또 다른 주제이므로 이 장에서는 다루지 않는다.

12 2015 개정 교육과정에 따라 초등학교 1, 2학년 국정교과서는 2017년에 적용되기 시작하였고, 2018년에 초등학교 3, 4학년, 중학교 1학년, 고등학교 1학년, 2019년에 초등학교 5, 6학년, 중학교 2학년, 고등학교 2학년, 2020년에 중학교 3학년, 고등학교 3학년 교과서가 적용될 예정이다(참고로 중학교 역사, 고등학교 한국사는 2020년 적용)

〈그림 10〉 증강현실과 가상현실을 통한 영어교육

　가상현실과 관련하여, 우리나라 고용노동부(2017)에서는 국가직무능력표준(National Competency Standards, NCS)[13] 학습 모듈을 영상과 가상현실을 통해 훈련받을 수 있도록 가상현실 훈련 콘텐츠 240개를 2017년 3월 개발하였다. 고용노동부는 이러한 가상현실 훈련 콘텐츠를 통해 특성화고 학생들이 무선통신망 구축, 자동차 도장, 자동차엔진정비 등을 가상현실을 통해 훈련할 수 있는 기반을 마련하였지만, 이미 만든 이러한 콘텐츠의 영어 버전을 만들어 특성화고 학생들이 해외 진출을 돕는 사업까지로는 아직 확대하지 못하고 있다.

2. 인공지능 로봇 영어교사의 도전과 공존

　운전사 없이 거리를 달리는 자율주행차, 고객의 문의에 최적화된 알고리즘을 바탕으로 인간의 목소리와 똑같은 음성으로 응대하는 인공지능 고객서비스 상담사 등 4차 산업혁명 시대에는 인간의 일자리가 많이 없어질 것이라고 한다. 자율주행차는 인간처럼 졸음운전을 하지 않고, 인공지능 고객서비스 상담사는 365일 24시간 쉬지 않고 동일한 고품격 고객

---

[13] 국가직무능력표준과 관련된 내용은 다음 링크를 참조한다.
https://www.ncs.go.kr/unitySearchView.do

서비스를 제공할 수 있기 때문이다. 다음은 2018년 8월 9일 국내 일간지에 실린 기사 요약이다.

> 집배원으로 변신한 자율주행 드론이 780m 산 정상으로 5kg 우편물을 8분만에 배송하였다. 과학기술정보통신부 우정사업본부와 한국전자통신연구원은 자율비행이 가능한 우편물 배송 드론을 공동 개발하여 인간이 9km의 산악도로를 자동차로 30분 이상 달려 우편물을 배달하던 방식(왕복 1시간 이상 소요)을 획기적으로 개선하였다. 이 드론의 최대 비행시간은 40-50분. 최대 10kg을 탑재할 수 있고 최대 비행 거리는 30km가 넘는다. 이 드론은 입력한 좌표와 설정 값을 바탕으로 깊은 계곡이나 큰 나뭇가지 등을 피해 고도 150m를 유지하며 자율비행을 한다. 우정사업본부는 2022년까지 우편물 드론 배송 서비스를 상용화하여 물류 사각지대에 있는 국민을 위해 보다 편리하고 효율적인 우편 서비스를 제공하겠다고 한다.
>
> (동아일보, 2018)

기사를 읽으며 묘하게 겹치는 것이 있었다. 만일 내년 이맘때(2019년 10월) 아래와 같은 기사가 국내 일간지에 실린다면 교사, 교수, 연구원, 교육업체 담당자 등 현재 영어교육 관련 이해 당사자들은 어떤 생각이 들까?

> 영어교사로 변신한 인공지능 로봇이 강원도 영월에 있는 B고등학교 3학년 학생 전원이 수능 영어 만점을 맞게 도와주었다. 교육부와 한국전자통신연구원은 인터넷 클라우드 기반의 인공지능 로봇 영어교사 <영어고(EnglishGo)>를 개발하여, 초등학교 4년, 중학교 3년, 고등학교 3년, 총 10년을 공부한 뒤에 시험을 봐도 만점을 맞기 어려운 수능 영어를 학생 전원이 모두 만점을 맞도록 교수·학습 방법을 획기적으로 개선하였다. 이 인공지능 로봇 영어교사는 365일 24시간 쉬지 않는다. 크기도 30cm 정도이고, 무겁지 않아 필요하면 다른 교실로 손쉽게 위치 이동이 가능하

다. 인터넷 클라우드 기반이므로 인터넷 접속 장치, 음성인식 정도의 간단한 기기만 있으면 되기 때문에 로봇 내부가 복잡할 필요가 없고, 결과적으로 가격도 저렴하다. 교육부는 2022년까지 영어교육용 인공지능 로봇 영어교사 <영어고(EnglishGo)>를 전국 학교에 배치하고, 특히 영어교육 사각지대에 있는 학생을 위해 더욱 편리하고 효율적인 영어교육 서비스를 제공하겠다고 한다.

위 기사는 저자가 쓴 가상의 기사이다. 하지만 100% 가상의 기사가 아니라 진짜 기사가 될 수도 있는 진짜 같은 가상의 기사다. 물론 위 기사에 등장하는 <영어고(EnglishGo)>도 저자가 만든 가상의 인터넷 클라우드 기반 인공지능 로봇 영어교사이다. 하지만 4차 산업혁명 시대 초입에 들어선 현재의 기술력을 고려하면 <영어고(EnglishGo)>의 등장은 전혀 실현 불가능한 얘기가 아니다. <영어고(EnglishGo)>의 보급과 확산의 핵심은 가격이 될 것으로 보인다. 하지만 가격이 굳이 비쌀 필요도 없다.

2018년 8월 14일 저자는 해외 온라인 사이트를 통해 인터넷 클라우드 기반 인공지능 비서가 탑재된 구글 홈 미니를 배송비용 포함 약 3만 원에 구입하였다(<그림 11> 참고). 중국에서 제조한 덕분에 저렴한 가격이 특징인 구글 홈 미니는 지름 10cm, 무게 176g에 불과하다. 구글 홈 미니는 와이파이가 연결된 곳이면 어디서나 사용할 수 있다. 휴대용 배터리를 연결하면 어디든 가지고 다닐 수 있다. 이미 구글 홈 미니를 교육적으로 활용한 다양한 콘텐츠가 소개되고 있다. 영어교육과 관련된 무료 콘텐츠도 소개되고 있다.[14] 최근에는 국내 영어교육 전문업체가 구글 홈 미니를 사용하여 부모와 자녀가 함께 전래동화, 세계 명작, 창작 동화 등 스토리북을 통해 영어를 함께 학습할 수 있는 '인공지능(AI) 패키지'라는 콘텐츠

---

[14] 구글 홈 미니를 교육적으로 활용할 수 있는 콘텐츠는 다음 링크를 참조한다.
https://assistant.google.com/explore/c/3/?hl=en-SG

를 출시하기도 하였다.[15]

구글은 2018년 5월 인공지능 비서인 구글 어시스턴트가 주인을 위해 실제 인간 미용실 직원과 대화하며 미용실 시간을 예약하고, 영어가 다소 능숙하지 못한 외국인 식당 종업원과 대화를 이어가는 구글 듀플렉스를 소개하였다. 구글이 소개한 구글 듀플렉스의 목소리는 기계라고 인식하기 어려

〈그림 11〉 인터넷 클라우드 기반 인공지능 비서(구글 홈 미니)

운 기술 수준이 이미 와 있고, 곧 구글 안드로이드 운영체제에 무료로 기본 탑재할 예정이다.[16] 이제 인공지능은 인간이 구사하는 언어의 뉘앙스까지 즉시 인식하고 반응하는 단계에 왔다는 것은 '인공지능 영어 원어민 비서', '인공지능 영어 원어민 개인 교사', 또는 '인공지능 영어 원어민 친구' 등을 내 스마트폰에 무료로 가지고 다니며 내가 궁금한 것을 언제 어디서나 다른 사람 눈치 보지 않고 내가 원하는 시간과 장소에서 물어보고 영어를 연습할 수 있는 시대가 왔다는 것을 의미한다. 다시 드론 이야기로 돌아가 보자.

우정사업본부가 사용한 드론처럼 A 지점에서 B 지점으로 이동하는 비행경로 설정을 하기 위해서는 드론에 지피에스(Global Positioning System, GPS)[17] 기능이 장착되어 있어야 한다. 이 기능이 기본으로 탑재된 드론도 2018년 8월 15일 기준, 해외 온라인 사이트를 통해 보통 6만 원

---

[15] 국내 영어교육 업체의 '인공지능 패키지'에 관한 자세한 내용은 다음 링크를 참조한다. http://www.etnews.com/20180914000060

[16] 구글의 인공지능 비서에 관한 동영상은 다음 링크를 참조한다. https://www.youtube.com/watch?v=bd1mEm2Fy08

[17] 인공위성을 이용하여 비행기, 선박, 자동차 따위의 위치를 확인할 수 있도록 고안된 장치

정도면 살 수 있다. <그림 12>는 저자가 지난 2018년 8월 13일 해외 온라인 사이트를 통해 5만 4천 원에 실제 구입한 드론이다. 날개를 접고 펼 수 있어서 이동할 때 편리하며, 와이파이 버전의 무선 200만 화소 카메라가 기본 탑재되어 있다. 드론의 스피드를 조절할 수 있으며, 리모컨에 달린 버튼 하나를 누르면 드론이 출발했던

〈그림 12〉 고성능 저가 드론

위치로 다시 돌아온다. 스마트폰에 연결하여 드론의 위치를 자동으로 측정할 수 있다. 제자리에서 정지 비행이 가능하고, 소형이지만 100g 정도의 짐을 싣고 날 수 있다. 물론 과학기술정보통신부 우정사업본부 같은 곳에서 사용하기 위해서는 정확성, 정교성, 안정성 등 다각적인 측면에서 저자가 산 저가형 드론보다 훨씬 더 안정적이어야 한다. 드론을 사용하면 적지 않은 시간, 비용, 위험을 무릅쓰고 인간 우체부가 산꼭대기까지 우편물을 배달하러 갈 필요가 없다. 외딴 섬 같은 곳도 드론을 사용하는 것이 더 효율적일 수 있다. 인간 우체부가 해야 할 일을 곧 드론이 대체하는 시대가 불과 4년 뒤로 성큼 다가온 것이다. 다시 인터넷 클라우드 기반 인공지능 로봇 영어교사 이야기로 돌아가 보자.

2018년 8월 1일 충청남도교육연수원에서 2018년도 중등 영어 1급 정교사 자격연수가 있었다. 연수대상은 중고등학교에 임용된 지 4년 차 정도의 젊은 영어교사들이다. 이들에게 영어교육용 인터넷 클라우드 기반 인공지능 로봇 영어교사와 인간 영어교사를 객관적으로 비교하며 인간 영어교사로서의 SWOT(Strength, Weakness, Opportunity, Treat) 분석[18]

----

18 SWOT에 관한 자세한 내용은 다음 링크를 참조한다.

을 해보았다. 영어교육용 인공지능 로봇과 비교하면 인간 영어교사의 강점은 같은 인간으로서의 공감능력을 갖고 있으며 비슷한 경험을 했다는 점과 인공지능 로봇이 결정하기 어려운 윤리의식을 들 수 있었다. 학생도 인간이다. 인간 교사가 어렸을 때 겪었던 비슷한 경험과 기억을 학생들과 공유하고, 어떻게 극복할 수 있었는지를 공감하는 게 강점이다. 인공지능 로봇은 결정적일 수 있는 순간에 프로그램 되지 않은 특수 상황에서 윤리적인 결정을 내리기 어려울 수 있다. 인공지능 로봇은 말 그대로 인공으로 만들어진 지능을 가진 로봇이다. 윤리적으로 중립적이다. 인공지능은 인간이 인공지능 로봇을 사용할 때 비로소 선과 악이 부여된다. 학생들은 간혹 불규칙적이고, 예측하기 어렵고, 거짓말을 하기도 한다. 무엇이 옳고 그르다는 이분법적 결정을 내리기 힘든 상황이 있을 수 있다. 이런 상황에선 인공지능 로봇은 무용지물이 되어버리는 것이다.

반면, 영어교육용 인공지능 로봇 영어교사 대비 인간 영어교사의 약점도 분명히 있다. 인간 영어교사는 인공지능 로봇 영어교사보다 제한적인 기억력을 가지고 있다. 인간이기 때문이다. 또한, 인공지능 로봇 영어교사보다 체력이 제한적일 수밖에 없다. 인간이기 때문이다. 그럼에도 불구하고 인공지능 로봇 영어교사의 등장이 인간 영어교사에게 기회일 수도 있다. 예컨대 인공지능 로봇 영어교사의 방대한 자료를 활용하여 새로운 교수·학습 방법을 개발하고 확대할 수 있다. 인공지능 로봇 영어교사의 등장은 학생들의 언어기능 역량 강화 같은 단순 반복적인 수업은 인공지능 로봇 영어교사에게 전담시킬 수도 있다. 그러면 인간 영어교사는 유대감 형성에 집중할 기회를 더 가질 수도 있다. 물론, 인공지능 로봇 영어교사의 등장이 인간 영어교사에게 위협이 되기도 한다. 이를테면, 인간 영어교사를 대체할 수 있는 고성능 저가 인공지능 로봇 영어교사의 보급으

https://en.wikipedia.org/wiki/SWOT_analysis

로 특히 고령의 인간 영어교사는 일자리를 잃을 수도 있다. 효과성과 효율성을 강조한 인공지능 로봇 영어교사의 등장은 학생과 학부모에게 인간적인 교수 방법이 낡게 느껴질 수도 있어서 점차 '인간적인' 인간 영어교사가 외면당할 수도 있다. 앞서 언급한 <영어고(EnglishGo)>를 활용하면 수능 영어 만점을 받을 수 있다는 이야기는 많은 학생과 학부모의 귀를 솔깃하게 만들 것이기 때문이다.

V. 4차 산업혁명 시대 중등 영어과 교육과정 개발 방향

과거 초등 교육과정에 영어가 도입될 때 학생들이 초등학교부터 영어를 배우면 국어교육이 부실해지고 문화적 정체성 혼란이 온다는 주장이 일부 있었다. 그런 주장 때문인지 아닌지 확인할 수는 없으나, 결론적으로 우리나라에서는 초등학교 3학년부터 영어를 학교에서 배우는 것으로 되었다. 수업 시수 역시 이러한 주장 때문인지 초등학교 저학년에 낮은 수업시수가 배정되어 있다. 우리나라에서는 영어가 초연결사회에서 세계인과 협업하고 새로운 정보를 생성하고 공유하고 활용하는 능력을 배양하는 데 필요한 언어가 아니라, 모국어 습득에 방해되면 안 되는 외국어이며 인지능력 발달에 따라 수업 시수를 점차 늘려가야 효과적으로 배울 수 있는 과목으로 인식되어 있다.[19] 2015 개정 영어과 교육과정에서 제시

---

[19] 학생들의 인지 발달 단계와 수준을 어떤 기준으로 정할지는 현재 우리나라 학생들의 실제 수준이 어떤지에 대한 연구가 선행되어야 할 것이다. 시대의 변화를 무시한 정부 주도의 '인지 발달 단계와 수준'에 대한 임의 해석은 자칫 우리나라 학생들의 자율적인 영어교육에 대한 규제로 이어질 수 있다. 이러한 과도한 규제는 과거 영국에서 기관 차량 조례(Locomotive Act) 사태를 상기할 필요가 있다. '붉은 깃발법(Red Flag Act)'으로 널리 알려진 이 법은 교외에서는 자동차가 6Km/H의 속도로 달릴 수 있고, 시내에서는 3Km/H의 속도 제한을 정한 법이다. 당시 영국에서는 증기 기관으로 움직이는 증기자동차가 상용화 되었는데, 자동차를 운

한 수업 시수와 관련된 문제는 미 군정에서 제시한 동일 시수 적용과 상반된 모습이다. 물론 어떤 교육과정이 더 적절한지 추가 논의가 필요해 보이지만, 분명한 것은 이런 방식으로 우리나라에서 10년 동안 영어교육을 받은 저자가 1997년 영국에 갔을 때 공항에서 땀을 뻘뻘 흘리며 입국 심사를 받고, 패스트푸드점에 가서 커피 한 잔 시키는 것도 어려웠던 경험을 비춰보면 분명히 뭔가 잘못되었다.

잠시 미국의 미국 최대 온라인 서점인 아마존닷컴(이하, '아마존')[20]을 떠올려보자. 아마존이 처음 만들어졌을 때의 모습은 온라인 서점이었다. 초기 아마존은 오프라인에서 책을 팔던 방식과 유사한 홍보 및 판매 전략을 세웠다. 이를테면, 아마존 내부적으로 인기가 있을 것으로 생각하는 저자의 출간기념회를 주로 하였다. 하지만 현실은 달랐다. 다양한 요인들로 인해 독자들의 흥미는 달라졌고, 이러한 상황을 실시간으로 대응하지 못한 아마존은 고전을 면치 못하였다. 이후 아마존은 고객의 구매 데이터를 분석하여 책을 추천하는 알고리즘을 개발하는 데 성공하고, 아마존이 개발한 고객 추천 알고리즘은 기존의 편집자가 추천한 책의 판매량을 압도적으로 앞서게 된다. 빅데이터 기반 고객 맞춤형 서비스가 시작된 것이다. 미국에서 대부분 가정은 1주일에 한 번씩 장을 보기 위해 자동차를

전하려면 운전사, 기관사, 붉은 깃발을 가지고 자동차의 약 50미터 전방을 걷는 3인이 함께 운용되어야 했다. 자동차 앞에서 붉은 깃발을 가진 사람이 걸으며 속도를 지키고, 마부나 말에게 자동차가 접근하는 것을 알렸다. 이후 1878년 법 개정을 통해 붉은 깃발의 필요성은 없앴지만, 전반보행 요원의 거리를 18미터로 단축하였고, 자동차가 우연히 말을 만나면 무조건 정지하고, 말이 놀랄 수 있는 증기를 내뿜는 것은 여전히 금지되었다. 마차산업과 마부의 일자리를 보호하기 위해 만들어진 이 법은 1896년 폐지되었는데, 이 법으로 인해 세계 최초로 자동차 엔진을 개발하였고, 독일이나 프랑스보다도 자동차 상용화를 성공한 영국이 다른나라보다 자동차 산업이 뒤처지게 되는 결과로 이어졌다. 물론 마차산업과 마부의 일자리 문제도 더 나아지지 않은 건 당연하다. '붉은 깃발법'에 관한 더 자세한 내용은 다음 링크를 참조한다. https://en.wikipedia.org/wiki/Locomotive_Acts

20 아마존에 관한 자세한 내용은 다음 링크를 참조한다. http:// www.amazon.com

끌고 집 근처 대형 유통 매장에 가서 1주일 치 음식과 생활용품을 구매한 뒤에 집 안 창고에 쌓아두었다. 하지만 이제는 아마존을 통해 필요할 때 필요한 만큼의 물건을 주문하고, 아마존은 수백만 고객의 요구에 맞춰 다음날 바로 물건을 배달해준다. 아마존은 유통 산업에서 통용되던 게임의 법칙을 새로 만든 것이다. 고객은 상점이라는 제한된 곳으로 직접가서, 그 제한된 장소에만 있던 물건을 사던 시대에서 직접 상점에 가지 않고, 필요한 물건을 필요한 만큼만 온라인으로 주문하고 집에서 물건을 받는다. 아마존은 이제 단순한 유통업체가 아니라 고객의 빅데이터 분석을 통해 새로운 쇼핑 경험을 제공하고, 이제는 전 세계로 새로운 쇼핑 경험을 누릴 수 있도록 확장하고 있다.

아마존이 최저가의 물건을 신속하게 배송할 수 있었던 기술의 핵심은 아마존의 인공지능 물류 시스템 덕분이다. 아마존 물류창고에는 트럭에서 제품이 컨베이어 벨트에 내려지면 수많은 카메라와 스캐너가 제품을 읽고, 프로그램된 알고리즘에 따라 제품의 종류와 크기, 무게 등으로 분류되고, 이후 운반 로봇에 의해 물류창고 안으로 옮겨진다. 이후 무인 로봇은 사람 대신 365일 24시간 고객 주문에 따라 물류창고 안을 돌아다니며 물건을 포장하고 배송 장소로 보낸다.[21] 아마존의 물류창고에서는 점차 사람이 할 수 있는 일이 적어지고 있다. 로봇을 사용하는 것이 훨씬 정확하고, 빠르고, 효율적이기 때문이다.

만일 우리나라 영어과 교육과정도 현재와 같이 영어를 단순히 의사소통중심 언어기능 도구라는 시각에 기인하여 영어과 교육과정을 개발한다면 학교에서는 현실과 매우 동떨어진 교육이 이루어질 것이다. 왜냐하

---

[21] 아마존 물류창고에서 활동하는 로봇의 활약상은 다음 링크를 참조한다.
1. Amazon Warehouse Robots: Mind Blowing Video https://youtu.be/cLVCGEmkJs0 2. Amazon Warehouse Order Picking Robots: https://youtu.be/Ox05Bks2Q3s

면, 머지않아 가정에서 이미 인공지능 로봇 영어교사나 스마트폰에 무료로 탑재된 인공지능 비서를 통해 학생들이 필요한 영어를 이미 습득한 상태로 학교에 입학하게 될 것이기 때문이다. 물론 우리나라 학생들이 아무리 한국어를 잘해도 학교에서 국어를 배우듯이 우리나라 학생들이 아무리 영어를 잘해도 국가 수준 교육과정에서 홍익인가의 이념을 바탕으로 교육해야 하므로 영어과 교육과정 자체가 쉽게 없어지지는 않을 것이다.

그러나 만일 몇 년 뒤에 적용할 우리나라 영어과 교육과정을 새로 개발하게 된다면 현재와 같이 학생들이 학교에 가서 선생님과 동일한 영어 교과서를 가지고 영어를 배우고 평가하는 상황 설정이 더는 통하지 않을 수 있다는 점을 염두에 둬야 할 것이다. 지금으로부터 불과 몇 년 뒤에는 <그림 13>과 같이 지금의 각 가정에 TV가 한 대씩 있는 것처럼 저렴한 가격대의 인터넷 클라우드 기반 인공지능 로봇 영어교사가 가정에 있을 수 있고, 현재 우리나라 많은 학생이 스마트폰을 갖고 있듯이 스마트폰에 인간 영어 원어민과 구별할 수 없는 목소리를 가진 무료 인공지능 비서 앱이 기본으로 탑재되어 언제 어디서나 영어를 학습하고 연습하고 얘기하는 상황을 고려하여 우리나라 영어과 교육과정을 개발해야 할 것이다.[22]

---

22 과거 필자가 영국으로 영어 어학연수를 갔을 때 한국, 일본, 중국, 프랑스, 스페인 등에서 온 학생들과 함께 수업을 받았는데, 머지않아 스마트폰 앱을 통해 인공지능 영어교사가 수업하고 무료 다자간 화상 채팅을 하며 한국, 중국, 일본, 프랑스, 스페인에서 참여하는 학생들과 영어 수업하는 것이 이상하지 않은 세상이 올 것이다.

〈그림 13〉 가정용 인터넷 클라우드 기반 인공지능 로봇 영어교사의 등장

VI. 4차 산업혁명 시대 중등 영어과 교육과정 개발 시 고려사항

2018년 현재 적용되고 있는 2015 개정 영어교육과정을 성격, 목표, 내용 구성, 교수·학습 및 평가 측면에서 간략히 정리하고, 이를 바탕으로 4차 산업혁명 기반 차기 중등 영어과 교육과정 개발 시 고려해야 할 사항을 제안해보면 <부록 1>과 같다. <부록 1>에 제시한 것과 같이 더는 학교 영어교육의 성격이 현행과 같이 영어 의사소통능력 배양에 중점을 둬서는 곤란하다. 영어의 언어적 기능을 강조한 교과가 아니라 영어로 생각할 때 한국어로 생각할 때와 다른 생각을 할 수 있는 '영어적 사고 능력' 배양에 중점을 두어야 할 것이다. 또한, 영어로 소통하며 다른 언어를 사용하는 외국 문화와 예절을 이해하고 우리 문화와 예절을 소개해야 한다. 4차 산업혁명 시대는 초연결사회임을 인식하고, 지구촌 어디에서나 실시간으로 국제어인 영어를 매개로 인간과 인간, 인간과 인공지능 비서·로봇 등과 소통하고 협업할 수 있는 능력 배양에 중점을 둬야 한다. 이때 초연결사회에서는 더 많은 각종 정보가 국제어인 영어로 생성, 공유, 확산함을 인식하고 직관적이고 신속하게 지식정보를 처리할 수 있는 능력

배양에 중점을 둬야 한다.

학교급별 영어 교과의 성격 역시 중학교 영어는 이미 초등학교에서 인간 교사와 인터넷 클라우드 기반 인공지능 로봇 영어교사를 통해 학습한 영어 언어 능력을 적극적으로 활용하는 단계임을 전제로 외국인, 또는 외국 인공지능과 능숙하게 소통하고, 이해하고, 공감하고 인공지능 비서·로봇 등과도 소통하며 심도 있는 지식을 탐구하는 데 중점을 둬야 할 것이다. 고등학교 영어는 시·공간적 제약을 벗어나 인간과 인공지능 비서·로봇 등과 협업하여 학업과 진로 개발에 중점을 둬야 할 것이다. 4차 산업혁명 시대에는 영어 교과의 총괄 목표가 단순히 영어 의사소통능력을 길러주는 것이 아니라 영어를 매개로 세계인과 협업하고, 새로운 정보를 생성 및 공유하고 활용할 수 능력을 기르는 것이 되어야 한다. 4차 산업혁명 시대에 적절한 총괄 목표를 새롭게 정립하고, 중학교와 고등학교에서의 학교급별 세부 목표를 논의할 필요가 있는 것이다.

4차 산업혁명 시대는 가정용 인공지능 로봇·비서 등이 보편화 된 사회이며, 스마트폰, 태블릿 PC 등을 통한 무료 콘텐츠를 활용하여 외국에 살지 않아도 어렸을 때부터 영어 학습이 가정에서도 자연스럽게 이루어지는 사회임을 고려하여 듣기, 말하기, 읽기, 쓰기의 내용 체계는 유지하되, 이에 따른 세부 내용요소와 세부 성취기준은 상향 조정할 필요가 있어 보인다. 이때 학생의 다양성을 충분히 고려하지 않고 천편일률적인 소재와 언어능력 등의 내용 체계를 적용하는 것은 재고할 필요가 있다. 교수·학습과 평가 역시 영어 의사소통과 관련된 언어기능 능력 학습, 연습 등과 관련된 교수·학습 및 평가는 인터넷 클라우드 기반 인공지능 로봇 영어교사에게 전담하고, 인간 영어교사가 학교에서 할 수 있는 교수·학습 및 평가 방향을 새롭게 정립할 필요가 있다.

VII. 소결

학교와 교실이라는 제한된 물리적 장소와 공간에서 동일한 영어 교과서와 제한된 교구로 수십 명의 학생이 동일한 난이도의 내용을 동일한 속도와 시간으로 학습하는 학교 영어교육 방식은 산업화 시대, 즉 2차 산업혁명 시대에 적합한 영어교육 방식이다. 이런 방식의 영어교육은 인터넷 클라우드 기반 인공지능 비서가 무료로 탑재된 스마트폰이 일상인 초연결사회에 사는 디지털 네이티브에게는 적합하지 않을뿐더러 실시간으로 변화하고 진화해가는 4차 산업혁명 시대의 현실을 인정하지 않는 낡은 교육방식이다. 이미 해외에서는 2차원적인 칠판이 3차원의 가상현실과 증강현실로 바뀌어 실감형 교육이 이루어지고 있고, 호주 유치원에서는 인공지능 로봇이 아이들의 친구이자 교사 역할을 하며 아이들과 함께 코딩 수업을 한다(중앙일보, 2018). 자폐증이 있는 아이들이 인간보다 오히려 로봇과 더 친근하게 상호작용한다는 연구결과는 로봇의 특수교육 분야에서의 긍정적인 활용에도 힘을 실어준다. 사회 . 기술적 변화를 인정하고 4차 산업혁명 시대를 사는 학생 개개인의 지력과 협력을 높이기 위해 학생들의 흥미와 적성에 따라 영어 학습 수준과 속도를 조절하고, 시간과 공간에 구애없이 학습하게 될 미래세대에 걸맞은 중등 영어과 교육과정 개발이 시급하다.

최근 사회 전반적으로 영어교육의 필요성이 점차 약화되어가는 분위기가 형성되고 있다. 2018년도 대학수학능력시험에서 영어 과목을 절대평가로 전환함에 따라 중등 영어교육 환경 또한 그리 밝지 않은 상황이다. 구글 번역기와 실시간 통역기 등 과학기술의 급속한 발달과 함께 우리 일상생활에서 외국어 소통을 위한 교육의 근간이 흔들리는 상황도 무시할 수 없다. 이처럼 영어교육 당위성에 대한 근본적인 부정과 평가절하,

또는 영어교육의 불필요성을 주장하는 일부 사회 분위기는 자칫 우리나라가 국가경쟁력 약화로 이어질 수 있다. 4차 산업혁명의 도래를 단순히 영어교육의 위기로만 볼 것이 아니라 오히려 전화위복 기회로 삼아 보다 적극적으로 인공지능 로봇을 활용하여 수업에 적용한다면, 현재보다 한 차원 다른 기술 기반 영어교육의 틀을 마련할 수 있고 현재에는 이룰 수 없는 다양한 요구와 수요를 충족시킬 수 있는 전문화된 영어과 교육과정을 이뤄낼 수 있을 것이다. 한편, 4차 산업혁명과 동시다발적으로 일어나고 있는 현재의 남북한 교육 교류는 4차 산업혁명이라는 시대의 변화와 더불어 차기 영어과 교육과정 개발에서 반드시 반영해야 할 상황적 변수이다(정채관, 2016; 정채관, 김소연, 2015; 정채관, 조정아, 2017). 언제든 닥칠 수 있는 한민족 교육 교류를 염두에 두고 영어교육을 통한 한민족 정체성 강화와 남북한 학생들의 화합을 이끌어내고 남북한 국가경쟁력을 강화하는 차원에서 4차 산업혁명 시대의 영어교육 필요성 및 대처 방안 역시 시급히 연구해야 할 필요가 있어 보인다.

참고문헌

고용노동부(2017). 인공지능·빅데이터 교육기회가 특성화고 선생님에게도 열립니다. 고용노동부 보도자료. 2017.4.11.

교육부. (2015a). 초·중등학교 교육과정 총론. 교육부 고시 제2015-74호 [별책 1].

교육부. (2015b). 영어과 교육과정. 교육부 고시 제2015-74호 [별책 14].

국가교육과정정보센터(2017). 우리나라 교육과정. http://ncic.go.kr/mobile. dwn.ogf.inventoryList.do# (Accessed 2017.07.05.)

권오량(2016). 한국 초·중등학교 교육과정에 반영된 영어 능력 변천사. 한국영어학회 2016년 봄정기학술대회. 서울대 사범대학 사범교육협력센터

(12동). 2016.5.28. 서울.

김인석 외(2015). 2015년 초·중·고 영어교육 환경 분석 및 영어말하기 교육 강화 방안. 교육부 영어교육정책연구과제 2015-7.

김일성(1986). 『김일성저작집 32권』. 평양: 조선로동당출판사.

김진하(2016). 「제4차 산업혁명시대, 미래사회 변화에 대한 전략적 대응 방안 모색」. *KISTEP InI. 15*, 45-58.

동아일보(2018). 산꼭대기 날아간 드론 "딩동, 소포 왔어요". 2018.8.9. http://news.donga.com/3/all/20180808/91433533/1 (Accessed 2018.08.19.)

매일신보(1945a). 군정청 학무국, 신교육방침 각도에 지시. 1945.09.18.

매일신보(1945b). 군정청 학무국, 교유고가정 편제표. 1945.09.30.

매일신보(1945c). 군정청 학무국, 당면한 교육방침 결정. 1945.09.22.

사회주의교육학(1991). 『사회주의교육학(사범대학용)』. 평양: 교육도서출판사.

이완기(2015). 「영어과 교육과정의 변천과 영어교육의 과제」. 『영어교육』, 70(5), 35-52.

정채관(2016). 「북한이탈청소년 영어 실태 및 지원 방안」. 『교육광장』, 60, 40-43.

정채관(2017a). 「4차 산업혁명과 미래 중등 영어과 교육과정」. 2017 KICE 영어교육 세미나. 2017.4.21. 한국교육과정평가원, 서울.

정채관(2017b). 4차 산업혁명과 미래 영어교육의 방향: 중등 영어과 교육과정을 중심으로). 충청남도교육연수원, 2017 중등 영어 1급 정교사 자격연수, 2017.7.28. 공주.

정채관(2018). 「북한 영어교육 정책변화: 2013 영어과 교육강령 분석 및 통일대비 교육협력방안」. 국회 의원회관 제2세미나실, 2018.5.9. 서울.

정채관, 권혁승(2017). 「2015 개정 영어과 교육과정에 따른 기본 어휘 및 외래어 목록 변화형 연구: 코퍼스적 접근」. 『외국어교육연구』, 31(2), 175-201.

정채관, 김소연 (2015). 「정규 고등학교에 재학 중인 북한이탈청소년의 영어학습 실태연구」. 『외국학연구』, 32, 65-88.

정채관, 조정아(2017). 「김정은 체제 북한 중학교 교육과정 연구: 총론과 영어과 교육과정을 중심으로」. 『외국학연구』, 39, 147-166.

중앙일보(2018). 호주 교실 한복판에 심장 뛰고 달이 돈다. 2018.10.03.

Jong, Y. O., & Jung, C. K. (2008). New horizons in linguistics: e-Research for multidisciplinary collaboration in the virtual environment. The EUROCALL review. No. 13, Mar 2008. http://eurocall.webs.upv.es/index.php?m=menu_00&n=news_13#jung (Accessed 2018.10.3.)

Jung, C. K. (2007a). Effective use of CALL technology for L2 writing in South Korea. European Computer Assisted Language Learning (EUROCALL) Conference. 2007.9.5.-8. Coleraine, Northern Ireland.

Jung, C. K. (2007b). EUROCALL 2007: A conference report. IATEFLCALL Review. Winter 2008, 26-31. http://www.ckjung.org/rb/pages/image/CKJung_2007_EUROCALL_Review.jpg (Accessed: 2018.10.3.)

Jung, C. K. (2008). Maximizing the impact of CALL technologies into an L2 writing classroom. International Association of Teachers of English as a Foreign Language (IATEFL) Conference. 2008.4.7.-11. Exeter, UK.

Prensky, M. (2001). "Digital Natives, Digital Immigrants". *On the Horizon, 9*(5), 1-6.

Wood, B. (2014). "Fifty years after Homo habilis". *Nature, 508*, 31-33.

부 록

4차 산업혁명 기반 차기 중등 영어과 교육과정 개발 시 주요 고려사항

성격		현행 2015 개정 영어과 교육과정	4차 산업혁명 기반 차기 중등 영어과 교육과정 개발 시 주요 고려사항	비고
성격	일반적인 성격	영어는 현재 국제적으로 가장 널리 통용되고 있는 언어로서 서로 다른 언어적 배경을 가진 사람들 간의 주요한 의사소통 수단이다. 따라서 국제 글로벌 지식 및 정보화 시대에 영어를 이해하고 표현하는 능력은 반드시 갖추어야 할 의사소통 능력이다. 이에 학교 영어 교육은 영어를 수행하기 위하여 영어를 이해하고 표현하는 능력을 갖추고 세계인과 소통하며, 그들의 문화를 알고 우리 문화를 세계로 확장시켜 나갈 사람을 길러야 한다. 이를 위해 학습자가 영어에 대한 흥미와 관심을 갖고, 이를 바탕으로 자기 주도적인 영어 학습을 지속할 수 있도록 도와야 한다. 더불어 영어에 대한 배려와 관용, 대인 관계 능력과 의사소통 능력, 공동체 의식, 정보 처리 능력, 창의적 사고력 등 미래 사회에서 요구하는 다양한 역량을 길러줄 수 있도록 학교 영어 교육을 통해 해당 역량을 함양할 수 있도록 해야 한다.	• 학교 영어교육의 성격이 더는 영어 의사소통능력을 갖추는 것이 주가 돼서는 안 됨 • 영어로 생각할 때 한국어로 생각할 때와 다른 생각을 할 수 있는 영어권 사고 능력 배양 • 영어로 소통하며 다른 언어를 사용하는 외국 문화와 예절을 이해하고 우리 문화와 예절 소개 • 4차 산업혁명 시대는 초연결사회임을 인식하고, 지구촌 어디서나 영어를 매개로 인간과 인공지능 비서·로봇 등과 소통하고 협업할 수 있는 능력 배양 • 초연결사회에서 더 많은 각종 정보가 국제어인 영어로 생성, 공유, 확산됨을 인식하고 적절하게 처리 능력 배양에 중점	대폭 변화 필요
	학교급별 영어 교과의 성격23	<중학교 영어> 중학교 영어는 초등학교에서 배운 영어를 토대로 학습자들이 기본적인 일상 영어를 이해하고 이를 사용할 수 있는 능력을 기름으로써 외국의 문화를 이해하고, 고등학교 선택 교육과정 이수에 필요한 기본 영어 능력을 배양시키는 데 역점을 둔다. 중학생의 인지적, 정의적 특성에 부합하는 다양한 교수·학습 방법을 활용하여 영어 의사소통능력을 함양할 수 있도록 한다. 또한 영어 학습과 언어에 이해, 습득, 활용에 있어서 필수적인 영어 의사소통 요소인 문화 학습을 유기적으로 연결시켜 영어 학습의 효율성을 꾀할 뿐 아니라 외국의 문화에 대한 개방적인 태도 및 글로벌 시민 의식을 함께 기르고 우리 문화를 외국인에게 소개할 수 있는 의사소통능력을 배양할 수 있도록 한다.	• 중학교 영어는 초등학교에서 이미 인간 교사와 인터넷 플랫폼으로 기반 인공지능 보조 영어교사를 통해 학습한 영어 언어 능력을 활용하는 다양한 교수·학습 방법을 활용하고 이해능력을 공고화하고, 인공지능 비서·로봇 등과 소통하게 심도 있는 지식을 탐구하는 데 중점을 둠 • 고등학교 영어는 시·공간적 제약을 벗어나 인간과 인공지능 비서·로봇 등과 협업하며 하면서 외국어 진로 개발에 중점을 둠	대폭 변화 필요

			변화 필요
목표	**총괄목표**	<고등학교> 공통 과목을 포함한 선택 과목으로서의 고등학교 영어 교과는 영어로 의사소통할 수 있는 능력을 길러 학습자 각자의 지적 역량을 신장시켜 미래의 주역으로서 시대적 변화에 능동적으로 대처할 수 있는 역량을 갖추어 글로벌 시민으로서 성장해나갈 수 있도록 하는 교과이다. 고등학교 영어는 학습자들이 초·중학교에서 학습한 내용을 바탕으로 영어를 이해하고 사용하는 능력을 길러 학업 및 진로에 적극적으로 활용할 수 있도록 영어 의사소통능력을 기르는 데 중점을 둔다.	대폭 변화 필요 • 4차 산업혁명 시대에는 영어 교과의 총괄 목표가 단순히 영어 의사소통능력을 길러주는 것이 아니라, 영어를 활용하여 세계인과 협업하며 새로운 정보를 창출하고 공유 및 활용할 수 있는 것에 중점을 둠
	세부목표	영어 교과의 세부 목표는 첫째, 영어로 듣기, 말하기, 읽기, 쓰기 능력을 습득하여 기초적인 의사소통능력을 기르고 둘째, 평생학습 도구로서의 영어에 대한 흥미와 동기 및 자신감을 유지하도록 하고 셋째, 국제 사회 문화 이해로 외국 문화의 올바른 이해를 바탕으로 우리 문화의 가치를 알고 이를 세계에 알리는 태도를 기르고 넷째, 영어 정보 문해력 등을 포함하여 정보의 진위 여부 가치 판단 능력을 기르는 것이다.	새로운 총괄목표 정립 이후 논의 필요
	학교급별목표	<중학교 영어> 중학교 영어는 학습자들이 초등학교에서 배운 영어를 토대로 친숙하고 일반적인 주제에 관한 기본적인 영어를 이해하고 표현하는 능력을 갖추게 하는 것을 목표로 한다. 가. 영어 학습에 대한 흥미와 관심을 가지고 일상적인 영어 사용에 자신감을 가진다. 나. 친숙한 일상생활 주제에 관하여 영어로 기본적인 의사소통을 할 수 있다. 다. 외국의 문화와 정보를 이해하고 우리 문화를 영어로 간단히 소개할 수 있다. <고등학교 영어> 고등학교 영어는 학습자들이 중학교에서 배운 영어를 토대로 일반적인 주제에 관한 영어를 이해하고 표현하는 영어 의사소통능력을 신장시킨다. 가. 영어 학습에 대한 지속적인 학습 동기를 가지고 영어 사용 능력을 신장시킨다. 나. 친숙한 일반적인 주제에 관하여 목적과 상황에 맞게 영어로 의사소통을 할 수 있다. 다. 영어로 된 다양한 정보를 이해하고, 진로에 따라 필요한 영어 사용 능력을 기른다.	대폭 변화 필요 • 4차 산업혁명 시대에는 가정용 인공지능 비서, 로봇 등이 보편화 된 사회임을 전제로 중학교와 고등학교에서의 영어 목표를 설정할 필요

<table>
<tr><td rowspan="2">내용
체계
및
성취
기준</td><td>듣기</td><td>

<중학교 내용·체계 핵심개념>
소리, (어휘 및 문장), 세부 정보, 중심내
용, 맥락

<고등학교 공통 내용·체계 핵심개념>
(소리), (어휘 및 문장), 세부 정보, 중심
내용, 맥락

※ 괄호( )는 이전 학교급의 내용 요소와
연계하여 학습하되 해당 학교급에 성
취기준이 없음을 의미함(이하 상동)

</td><td>

<중학교 성취기준>
중학교 1-3학년군의 듣기 영역 성취기준은 일상생활이나 친숙
한 일반적 주제에 관련한 말 혹은 대화를 듣고 그 흐름을 이해하며
중심 내용이나 세부 정보를 파악하는 능력을 기르는 데 있다.
학습자들은 중학교 1-3학년군의 듣기 영역 성취기준을 달성함
으로써 영어 이해 능력을 기를 수 있으며, 영어에 대한 흥미와
학습 동기를 유지하고 영어 사용 능력에 대한 자신감을 향상시
킬 수 있다. 또한 개인 생활, 일상생활, 학교생활에 관련되되
는 다양한 주제 및 대상에 관한 말이나 대화를 듣고 주제, 요지,
세부 정보 등을 파악하는 활동을 통해 지식정보처리 역량, 자기
관리 역량, 공동체 역량 등의 역량을 기를 수 있게 한다.

<고등학교 성취기준>
고등학교 영어의 '듣기' 영역에서는 친숙한 일반적 주제에 관
한 말이나 대화를 듣고 세부 정보와 중심 내용을 이해하며, 목
적 및 상황에 맞게 영어로 의사소통하는 능력을 듣다. 실제적
인 의사소통에서 사용할 수 있는 언어 표현을 이해하는 다양한
활동에 참여하여 영어에 대한 흥미, 관심, 동기를 유지시킴으로
써 자기 주도적으로 영어 학습을 지속할 수 있는 역량을 향상시
키도록 한다.

</td><td rowspan="2">

• 4차 산업혁명 시대는 가정용 인공지능 비서, 로봇 등이
보편화 된 사회이고, 스마트폰, 태블릿 및 PC 등을 통해 무
료 콘텐츠를 활용하여 외국에 살지 않더라도 어렵지 않게 많
은 시간 언어 학습의 가정에도 자연스럽게 이루어지는 사
회임을 고려하여 듣기, 말하기, 읽기, 쓰기의 내용·체계
는 유지하되, 이에 따른 세부 내용 및 요소와 세부 성취기
준은 상황 조정함

</td></tr>
<tr><td>말하기</td><td>

<중학교 내용·체계 핵심개념>
(소리), (어휘 및 문장), 담화

<고등학교 공통 내용·체계 핵심개념>
(소리), (어휘 및 문장), 담화

</td><td>

<중학교 성취기준>
중학교 1-3학년군의 말하기 영역 성취기준은 일상생활이나 친
숙한 일반적 주제와 관련된 실제적인 의사소통 중심의 학습 활
동 등을 통해 이미를 교정하고 전달할수 있는 능력을 기르는 데 있
다. 학습자들은 중학교 1-3학년군의 말하기 영역 성취기준을
달성함으로써 구성 원 안에 대한 흥미를 유지하고 친숙한 영
어에 대한 자신감을 가질 수 있도록 한다. 또한 주변의 친숙한 대
상, 개인 생활 및 일상생활에 관한 다양한 주제, 상황, 과업을 할

</td></tr>
</table>

<table>
<tr><td></td><td>용한 말하기 활동을 통해 영어 표현 능력 함양과 더불어 타인에 관계된 행동 및 타인에 대한 배려와 관용 등의 공동체 역량을 기를 수 있도록 한다.

<고등학교 성취기준>
고등학교 영어의 '말하기' 영역에서는 일상생활이나 친숙한 일반적 주제에 관해 주어진 상황과 목적에 맞게 표현하는 능력을 계발하여 다양한 상황에서 효과적으로 의사소통하는데 중점을 둔다. 자신의 의견이나 감정을 자신감 있게 표현하도록 의사소통, 전략을 함께 지도하여 자기관리 역량을 함양할 수 있다. 모둠 활동과 같은 학습자 간의 다양한 상호작용이 일어나는 활동에 참여하도록 하여 배려와 관용, 타인 관계 능력 등 공동체 역량을 향상시킬 수 있도록 한다.

<중학교 성취기준>
중학교 1-3학년군의 읽기 영역 성취기준은 일상생활이나 친숙한 일반적 주제에 관한 글을 읽고 세부 내용이나 중심 내용 및 글의 논리적 관계를 이해하고 글간의 행간의 의미를 이해할 수 있는 능력을 기르는 데 있다. 학습자들은 중학교 1-3학년군의 읽기 영역 성취기준을 달성함으로써 영어 이해 능력을 기를 수 있으며, 영어에 대한 흥미와 학습 동기를 유지하고 영어 읽기 능력에 대한 자신감을 향상시킬 수 있게 한다. 또한 영어 읽기 능력을 통해 다양한 지식정보와 사회에서 영어로 표현된 정보를 수집, 분석, 활용하는 지식정보처리 능력을 기를 수 있도록 한다.

<고등학교 공통 성취기준>
고등학교 영어의 '읽기' 영역에서는 친숙한 일반적 주제에 관한 글을 읽고 세부 정보와 중심 내용을 이해하고 논리적 구조들과 어휘의 글을 종합적으로 이해함으로써 영어 의사소통능력을 기르는 데 중점을 둔다. 과업을 기반으로 한 학습자중심 활동을</td></tr>
<tr><td>읽기</td><td><중학교 내용체계 핵심개념>
(철자, 어휘 및 문장, 세부정보, 중심내용, 맥락, 함축적 의미)

<고등학교 공통 내용체계 핵심개념>
(철자, 어휘 및 문장, 세부정보, 중심내용, 맥락, 함축적 의미)</td></tr>
</table>

쓰기	통해 영어 읽기에 대한 흥미와 학습 동기를 유발시켜 자기 주도적 학습 능력을 신장시킬 수 있으며 영어로 표현된 다양한 정보를 이해하고 분석하는 지식정보처리 역량을 높일 수 있다.

<중학교 성취기준>
중학교 1-3학년군의 영어 성취기준은 일상생활이나 친숙한 일반적 주제와 관련하여 문장 또는 문단 단위의 글을 쓰기, 상황과 목적에 맞게 문장을 쓸 수 있는 능력을 기르는 데 있다. 학습자들은 중학교 1-3학년군의 쓰기 영어 성취기준을 달성함으로써 영어 표현 능력을 신장하며, 문자 언어에 대한 학습자의 흥미와 관심을 유지하고 영어에 대한 자신감을 가질 수 있도록 한다. 또한 다양한 상황과 목적에 맞는 영어 쓰기 활동을 통해 학습자가 주도적으로 영어 학습을 지속할 수 있는 자기관리 역량을 기를 수 있도록 한다.

<중학교 내용체계 핵심개념>
(철자), (어휘 및 어구, 문장, 작문

<고등학교 공통 성취기준>
고등학교 영어의 쓰기 영어에서는 목적, 상황, 형식에 맞는 글을 조리 있고 정확하게 쓰는 능력을 배양하는 데 중점을 둔다. 학습자 중심의 활동, 과정 중심 활동, 동료 수정 활동 등을 통해 창의성과 올바른 인성 및 매체를 활용하여 논리적으로 표현하는 능력을 기르도록 한다. 글의 맥락 및 목적에 맞도록 타 문화의 사람들과 효과적으로 의사소통하기 위한 과정에서 문화적 감수성 및 다양성을 이해하고 포용하는 등 공동체 역량을 신장시킬 수 있다.

<고등학교 공통 내용체계 핵심개념>
(철자), (어휘 및 어구, 문장, 작문

교수·학습 및 평가의

<교수·학습의 방향>
(1) 영어 학습에 대한 학습자들의 동기를 유발하고 흥미와 자신감을 유지할 수 있도록 교수·학습을 수립한다.
(2) 학습자들의 영어 사용능력 및 인지도, 정의적 특성에 있어서의 개인차를 함께 고려한 교수·학습 계획을 수립한다.
(3) 학습자 중심의 과업 및 체험학습을 통해 학습이 주도적 학습이 이루어지도록 교수·학습 계획을 수립한다.
(4) 의사소통 역량, 자기관리 역량, 공동체 역량, 지식정보처리 역량이 구현되도록 교수·학습 계획을 수립한다.

• 영어 의사소통과 관련된 언어기능 능력함 학습 연습 등의 교수·학습과 평가는 인공지능 로봇 영어교사에게 전담
• 4차 산업혁명 시대는 가정용 인공지능 비서·로봇 등이 보편화된 사회이고, 스마트폰, 태블릿 및 PC 등을 통해 매부료 영어 학습을 활용하여 외국에 살지 않아도 어렸을 때부터 영어 학습이 가정에서도 이루어지는 사회임을 고려

대폭 변화 필요

	하여 인터넷 클라우드 기반 인공지능 로봇 영어교사와 학교에서 함께 할 수 있는 의 교수·학습 및 평가 방향을 새롭게 정립
방법	(5) 의사소통능력 신장뿐 아니라 창의적 사고력 및 인성 교육도 함께 이루어지도록 교수·학습 계획을 수립한다. (6) 학습자 요인(영어 학습 배경, 영어 사용능력 등), 학습 환경 요인(학급당 수, 교실의 크기 및 구조, 교수·학습 기자재, 교수·학습 자료 등)을 고려하여 교수·학습 계획을 수립한다. (7) 학습자의 영어 사용 능력, 인지적·정의적 특성, 학습의 유형 및 전략 등을 고려하여 다양한 학습자 중심의 교수·학습 방법을 구안한다. (8) 언어 기능을 통합하는 교수·학습 방법을 구안함으로써 실제적인 영어 사용능력을 신장하도록 한다. (9) 교사와 학습자, 학습자와 학습자 간 활발한 상호작용을 유도할 수 있는 활동·협동·협력학습 문제 해결 학습 및 소그룹, 과업 중심 활동 등을 적절히 활용한다. (10) 학습자들이 협력하여 문제를 해결하는 과업을 통하여 타인에 대한 배려와 관용 등 인성 교육을 강화할 수 있는 교수·학습 방법을 고려한다. (11) 외국의 다양한 문화를 이해할 수 있는 교수·학습 활동을 구안한다. (12) 교수·학습 내용·활동 등이 성취의 따라 교수·학습 방법과 수준을 심화시켜 창의적인 활동을 도움하고, 학습 흥미와 학습 동기를 유발을 도모한다. (13) 창의적이고 융합적인 사고 능력을 배양할 수 있도록 창의적인 활동 및 다양한 매체를 활용한 교수·학습 방법을 구안한다. (14) 학습자들이 학습목표에 도달하도록 학습자들의 능력이나 수준 등을 고려하여 다양한 학습의 기회와 방법을 제공한다. (15) 개별 학습 및 모둠 학습을 적절히 활용하여 자기 주도적 학습 태도와 나눔과 공동체 의식을 기를 수 있도록 지도한다. (16) 수업을 영어로 진행할 때는 학습자의 수준, 학습 내용의 특성 등을 고려하여 영어 사용량과 수준, 속도 등을 적절히 조절한다. (17) 다양한 멀티미디어 자료, 정보 통신 기술 도구 등을 수업에 활용하여 학습의 효율성이 극대화되도록 계획한다. (18) 학습 활동별로 적절하게 안내하고 가능한 시간을 안배하고 한 학습자에게 영어 사용 기회를 많이 제공한다. **〈평가 방향〉** (1) 영어과 평가의 원리를 반영하여 평가 계획을 세운다. (2) 평가 목적을 달성하고 그 효과를 극대화하기 위해 사전에 준비하고 계획한다. (3) 교수·학습 활동과 평가를 연계하여 학습 과정과 성취기준 도달 여부를 평가한다. (4) 창의적 사고력 계발 및 인성 함양에 도움이 되도록 다양한 평가 방법을 구안하여 평가를 계획한다. (5) 학습자의 통합적인 영어 능력을 적절히 신장시킬 수 있도록 듣기, 말하기, 읽기, 쓰기의 개별 기능에 대한 평가뿐 아니

라 두 가지 이상의 기능을 통합한 평가도 적절히 실시한다.
(6) 평가의 목적과 종류, 학습자의 수준에 따라 적합한 평가 방법을 사용한다.
(7) 언어 및 배경지식, 의사소통 전략 등을 활용할 수 있는 평가 방법을 사용한다.
(8) 영어과 평가 내용에 있어서는 영어에 대한 이해 및 영어 사용 능력을 평가할 수 있다.
(9) 표현기능(말하기, 쓰기) 평가는 수행평가를 통해 가급적 직접 평가 방법을 활용한다.
(10) 평가 문항 제작, 평가의 시행과 채점에서 적정한 신뢰도를 유지하도록 한다.
(11) 학습자가 영어 능력을 충분히 발휘하도록 다양한 평가 방법을 사용한다.
 - 교사평가, 학생 상호 평가, 자기평가
 - 지필평가(선택형 문항 : 진위형, 연결형, 선다형, 배열형 서답형 문항 : 단답형, 제한적 논술형, 논술형)
 - 수행평가(관찰, 구술, 면접, 시연 등)
(12) 평가 절차는 평가계획서에 제시된 방법과 절차를 따르며 학습자가 평가의 세부 절차와 유의 사항을 분명히 알 수 있도록 사전에 명확하게 안내한다.
(13) 학습 목표에 따라 형성평가와 총합평가를 적절하게 시행한다.
(14) 수행평가를 실시할 때에는 평가의 목표, 내용, 과제 유형, 채점 기준 등을 명확히 한 후에 실시한다.
(15) 평가 문항 제작, 평가의 시행과 채점에 관한 사항을 평가 계획서에 근거하여 점검표로 만들고 각 항목을 하나씩 점검함으로써 적정한 신뢰도를 유지하도록 한다.
16) 실제로 사용되는 진정성 있는 언어와 유의미한 과업 평가 내용에 포함시킨다.
17) 평가의 결과는 차후 평가 계획 수립에 반영하고 교사의 교수·학습의 개선 및 학습자의 학습동기 유발 및 개별 지도에 활용하도록 한다.
(18) 평가는 영어 학습에 대한 긍정적인 환류 효과를 줄 수 있도록 구안한다.

제4장
4차 산업혁명과 미래 영어과 교육과정

이완기

이 글은 우리 영어교육이 곧 맞이하게 될 4차 산업혁명 시대에 효과적으로
대응하기 위해서는 주도적인 혁신이 필요하다는 점을 주장한다. 4차 산업혁
명 시대에는 인공지능이 인간 생활의 거의 모든 부문에서 적극적인 역할을
할 것이라는 주장은 대체로 인정받고 있는 것 같다. 영어교육의 경우에 실시
간 통/번역이 가능한 인공지능 기반 고성능 통/번역 기기가 일상화 되면, 현
재와 같은 영어교육 방식이나 체제는 그 효능을 잃고, 학교 영어교육의 대부
분을 포기할 수밖에 없을 것이다. 이 글은 현재의 영어 의사소통능력 신장
중심의 학교 영어교육의 목표가 과연 우리 현실에, 또 미래 사회에 맞는지에
대해 심각한 의문을 제기한다. 4차 산업혁명의 시대는 필연적으로 온다 해도
하루 밤새에 전격적으로 오는 것이 아니라, 알지도 느끼지도 못하는 사이에
어느 덧 와 있을 것이다. 필자는 이런 맥락에서 그때까지의 기간, 즉 과도기
동안에 현재의 영어교육 내용과 방식, 교육과정 등을 근본적으로 재구성해야
함을 역설하고, 그 방향을 제안하는 하고자 한다.

I. 서론

1. 배경

근래에 '4차 산업혁명 시대'란 말을 자주 듣는다. 분명 현대의 지식정보화 시대보다 훨씬 더 나아간 시대일 것이다. 2015년에 있었던 알파고(AlphaGo)와 이세돌 9단의 바둑 대결 후에 알파고의 작동 원리나 잠재능력에 대해 많은 추측과 논의가 진행되었다. 그래서 앞으로 4차 산업혁명 시대에는 인공지능(Artificial Intelligence, AI), 빅데이터, 인공지능로봇, 사물인터넷, 생명공학, 나노공학 등이 광범위하게 인간의 삶을 지배하거나 운용할 것이라고 예측된다.

이에, 4차 산업혁명 시대에 교육은 어떻게 운용되어야 하는가에 대한 추측들이 난무하고 있다. 분명해지고 있는 것은, 교사 주도의 전통적인 교육 시스템은 더 이상 유지되기 어려울 것이라는 것이다. 구글이 개발한 알파고의 딥러닝 시스템(deep learning system, 비지도학습)은 기계가 스스로 학습하여 그 결과를 합산, 응용, 적용하는 시스템이다. 이런 특성을 고려해 보면, 지식 전달체계(delivery system)로서의 교육은 곧 그 수명을 다 할 것이고, 기존의 학교체제와 교육과정 체제, 교사체제에 의한 집체교육은 그 성격이나 기능이 완전히 달라질 수밖에 없을 것이다.

4차 산업혁명 시대에 가장 중요하게 요구되는 개인의 역량은 창의적 사고능력일 것이다. 개인의 행복을 최우선 가치로 여기는 개별화 시대엔 모든 사람에게 똑같이 적용되는 지식이나 정보보다는, 각 개인의 필요와 목적에 맞는 개별화된 지식과 정보가 중요할 것이며, 이의 취득과 활용을 위해서는 개인이 각자 자기주도적인 생각의 능력을 갖고 있어야 할 것이기 때문이다. 이 주도적인 자기생각 능력은 다른 사람들의 것과 다를 수밖에 없을 것이다.

2. 현재 우리 교육의 한계

4차 산업혁명 시대를 가늠해 볼 때 현재의 우리 교육이 안고 있는 한계는 크게 두 가지이다. 첫째는, 우리의 학교교육이 전반적으로 대학입시 준비 교육의 형태를 띠고 있다는 것이다. 입학시험이란 필요한 수만큼의 학생을 뽑는 상대평가 성격이 크기 때문에, 시험은 성적으로 학생의 등수나 서열을 내는데 집중하고 있고, 학생들이 경쟁의식을 강하게 가질 수밖에 없도록 만들고 있다. 그래서 학생의 인간적 발달보다는 대학입시에 필요한 과목 중심으로 시험문제 풀이 연습에 열중하게 만든다. 학생 개인의 미래 사회에서의 생활에 필요한 잠재력 개발은 학교생활을 하는 동안에는 소홀하게 취급될 수밖에 없게 되어 있다.

둘째는, 초등 1학년부터 고교 3학년까지 12년 동안 지속적으로 선택형 평가를 시행하고 있는데 이것이 어떤 폐해를 초래하는지에 대해 학생도, 교사도, 학부모들도 잘 인식하지 못하고 있다는 것이다. 선택형 평가가 매우 공정하고 정확한 최고의 평가 방법인 것으로 잘못 알고 있다. 장기적, 반복적으로 시행되는 선택형 평가는 학생에게 암기위주의 맹목적 학습을 조장하고, 모든 문제에 정답이 한 개만 있다는 식의 경직된 흑백논리를 은연중에 심어주고, 출제자와 다른 새로운 생각을 하지 못하게 하는 창의성 억제 등의 치명적 폐해를 가져다준다는 것을 제대로 인식하지 못하고 있는 것이다. 이런 한계의 극복 없이 4차 산업혁명 시대를 대비한다는 것은 한마디로 어불성설이다.

II. 영어교육 패러다임의 변경 필요성

1. 4차 산업혁명 시대의 영어교육

1.1. 인공지능(AI)과 영어교육

이러한 한계 속에서 4차 산업혁명 시대에 영어교육은 어떻게 해야 할 것인가? 2017년에 발표된 영국 옥스퍼드대학과 미국 예일대학의 공동연구에 의하면, 2024년경엔 인간보다 번역능력이 더 높은 AI가 나올 것이며, 2047년경에는 전반적으로 인간능력과 유사한 AI가 탄생할 것이라고 한다(윤석만, 2018).

이런 자료를 보면, 현재의 교육체제 아래에서는 딥러닝 능력을 갖춘 AI로 무장된 로봇이나 프로그램이 영어를 가르친다면 사람 교사가 가르치는 것보다 훨씬 더 잘 가르칠 수도 있을 것이다. 그러나 이러한 AI로봇이 영어를 가르치는 방식은 별로 의미가 없어 보인다. 왜냐하면, 매우 정교해지고 있는 실시간 쌍방향 통/번역 기기의 발달은 사람들에게 영어를 그렇게 힘들게 배울 필요가 없다는 생각을 갖게 만들 것이기 때문이다. 특히 현재 초ㆍ중ㆍ고등학교 영어교육의 거의 전부를 차지하고 있는 영어 의사소통능력 신장을 위한 교육, 즉 일반영어 교육은 AI 통/번역 기기에게 거의 다 뺏기고 말 것이다. 영어로 의사소통만 잘 하기를 원하는 대부분의 사람들은 학교에서 그렇게 어려운 영어를 배울 필요가 없다는 것을 알게 될 것이고 매우 좋아할 것이다.

학생이 영어를 몰라도 의사소통이 된다면 학교에서의 영어교육은 어떻게 해야 할 것인가? 지금과 같은 방식의 미리 만들어진 교육과정에 기반을 둔 교과서 중심의 집체교육이 과연 그대로 유지 발전될 수 있을 것인가에 대해 심각하게 고민해봐야 할 것이다.

1.2. 4차 산업혁명 시대의 영어교육의 목표

한국어를 일상적으로 사용하는 한국 사람에게 그 크고 많은 어려움을 무릅쓰고 외국어인 영어를 가르쳐 온 것은 영어 의사소통능력을 직접 기르기 위해서이다. 오로지 이 목표에만 집중하고 그 이외의 다른 목표들을 간과하거나 경시해 온 것이 이제까지 영어교육의 실상이다. 사실, 외국어인 영어를 국가교육과정을 갖추고 거의 전 국민을 대상으로 하는 일반교육의 한 분야로 시행해 오고 있는 것은 직접적, 명시적 목표인 영어 의사소통능력 신장 이외에 또 다른 간접적, 묵시적 목표가 더 크게 자리 잡고 있기 때문이다. 이 간접 목표들은 직접 목표에 부수적으로, 묵시적으로 달성될 수 있을 것으로 판단하고 직접 목표인 영어 의사소통능력 신장에 초점을 두어 왔지만, 이제 4차 산업혁명 시대에는 오히려 그동안 직접 목표로 내세웠던 영어 의사소통능력 신장을 2차적으로 돌리고, 영어교육의 부수적 결과로 간주되었던 간접 목표를 1차적 목표로 삼는 것이 우리 영어교육의 지속가능성을 확보할 수 있는 방법이라 생각된다. 현재의 학교 영어교육의 패러다임인 영어 의사소통능력 신장에만 계속해서 매달린다면 우리의 학교 영어교육은 지속가능하지 않을 수도 있을 것이다. 대다수의 사람들이 영어를 배울 필요가 없어질 수도 있기 때문이다.

그러면, 영어교육의 간접적, 묵시적 목표 2가지를 살펴보기로 하자(이완기 2015). 첫째는 학생들의 사고의 유연성(flexibility of thinking)을 기르고, 사고의 지평을 확대하는 것이고, 둘째는 자신의 것과 다른 것에 대한 관용성(tolerance of difference)을 기르는 것이다.

언어와 문화를 공유하는 한국인들끼리 한국어로만 의사소통을 하면 생각의 방식이나 범위가 거의 같아지거나 다양한 생각을 다양하게 표출하기가 어렵다. 그렇지만 생각의 표현 방식이 다른 외국어(영어)를 배우면 외국어(영어) 사용자들의 생각의 방식과 생각의 폭이 새롭게 추가 학습되어, 학생의 사고가 유연해지고, 또 유창해질 수 있다. 즉 고정적인 자기 생각에 머물지 않고 다른 방향으로 생각을 쉽고 빠르게 전환할 수 있게 된다. 이를 바탕으로 자신의 생각의 범위와 지평이 넓어진다. 이런 사고의 유연성 신장과 사고의 지평 확대는 4차 산업혁명 시대에 꼭 필요한 창의성과도 직결되는 매우 중요한 능력이기 때문에 보다 적극적으로 영어교육의 목표로 설정해야 할 것이다.

또, 자신의 것과 다른 것에 대한 관용성은 한국인이 한국인들과 한국 문화 속에서만 생활한다면 다른 문화, 다른 생각, 다른 모습을 가진 사람들을 마음속으로 쉽게 받아들이기 어렵다. 영어를 배우면 삶의 다양한 측면에서 자신의 것과 다른 것을 자주 접하게 되고, 세상이 그렇게 다양하게 구성되어 있고 다양한 방식으로 돌아간다는 것을 알게 되어 자신의 것과 다른 것도 진정으로 받아들이고 용인하는 자세를 갖게 된다. 이것은 앞으로 더욱더 빈번 활발해질 세계인과의 교류를 위해 반드시 필요한 자질이다. 이런 맥락에서 본다면, 4차 산업혁명 시대의 학교 영어교육은 영어 의사소통능력 신장보다는, 학생의 창의적 사고능력을 기르고, 차이에 대해 인정하는 자세를 기르는 쪽으로 무게 중심을 옮겨가야 할 것이다. 즉 영어교육의 현재의 패러다임이 근본적으로 바뀌어야 할 것이다. 이러한 패러다임의 변경을 위해서 어떤 형태의 교육 계획이 필요한지에 대해서는 면밀히 연구 검토해야 할 것이다.

사실, 근본적으로 인간이 만든 AI가 만능(萬能)은 아니다. 이를테면, AI는 인간이 정해준 문제는 잘 해결해 내지만, 문제 자체를 스스로 발견하거나 정의하지는 못한다. 또한, 주어진 정보를 비판적으로 받아들이며 남과 다른 자신만의 독특한 관점에서 문제를 바라보며 경계를 넘나들면서 타 분야의 전문가와 소통하며 협력하는 능력은 인간만이 지닌 능력이어서 AI 기술이 아무리 진화하더라도 따라 올 수 없다는 주장도 있다(강홍준, 2018). AI의 이러한 특장과 한계를 잘 고려하여 교육에 효과적으로 활용해야 할 것이다. 이런 관점에서 위에서 논의한 영어교육의 간접 목표 2가지에 대해 주목해야 할 필요가 있다.

영어 의사소통능력이 우리 영어교육의 1차 목표로 상정된 배경에 대해 먼저 살펴보는 것이 앞으로의 교육설계를 위해 꼭 필요할 것이다. 이에 의사소통이 우리 교육과정에 도입된 배경을 알아보기로 하자.

2. 의사소통이 교육과정에 도입된 배경

2.1. 영어 입력과 사용 환경의 차이

의사소통을 외국어 교육의 측면에서 관심을 갖게 된 것은 Chomsky (1965)의 competence와 performance의 구분, 그에 대한 논쟁적 제안인 Hymes(1972)의 communicative competence의 개념, Canale & Swain (1980)의 communicative competence의 4개 구성요소 제안 등에 따른 것이다. 이런 논의는 사실 모국어를 중심으로 한 언어 사용의 본질에 관한 이론적 논쟁의 성격이 짙었다. 미국은 이민 국가이기 때문에 미국에서의 ESL 교육은 주로 미국 내에서 살아갈 사람들을 위한 교육에 초점이 맞추어져 있고, 미국의 ESL 교실 안과 밖에서는 영어를 언제든지 접하고 사용할 수 있는 환경이 만들어져 있다.

반면, 영국에서는 2차 대전 후에 활성화한 au pair girl[1] 제도와 영국 정부의 영어교육 산업화 전략에 따라 영어 이외의 언어를 쓰는 다양한 유럽 청년들이 영어를 배우기 위해 영국에 일정 기간 영어연수를 받는 것이

---

[1] au pair란 at par, equal이란 뜻으로, 이를테면 프랑스인 소녀가 영국인 가정에서 일정 기간 동안 숙식하면서, 가사나 육아를 돕고 영어를 배우도록 하는 프로그램

일반화 되었다.

ARELS[2]의 인증을 받은 공인 사설 영어 학원들에서는 외국인 수강생들이 영어를 실제로 사용하는 능력에 초점을 두고 영어교육을 시행하였다. 물론, 영국의 교실 안과 밖에서도 영어를 접하고 사용할 수 있는 환경이 조성되어 있기 때문에 영어 의사소통능력을 신장시키는데 초점을 두고 교육을 진행할 수가 있었다.

그렇지만, 한국의 영어교육 환경은 영미의 그것과 판이하게 다르다. 일상생활의 모든 것, 즉 정부의 모든 행정용 언어, 모든 학교의 교육용 언어, 신문, 방송 등의 언론 용어가 모두 한국어로 되어 있어서 한국 사람은 영어 없이도 일상생활을 하는데 전혀 불편함이 없다. 즉, 학교 밖에서는 영어를 사용할 필요나 기회가 거의 없는 환경이다. 영어는 단지 교실에서 배우는 하나의 교과목이고, 영어시험을 위한 공부의 대상일 뿐이다. 영어 학습의 필요조건인 입력(input)과 사용(use opportunity)을 양적으로 충분히 확보하기 매우 어려운 상태에 있기 때문에 학교에서 영어를 배워도 쉽게 잊어버리고, 머릿속에 축적이 잘 되지 않고 필요할 때 사용이 잘 되지 않는다. 학생들에게 좌절감을 주기에 충분한 여건들임에 틀림없다.

2.2. 접목이 아니라 이식한 결과

그런데 왜 하필 6차 교육과정(1992년)에 와서 '~ 의사소통 할 수 있게 한다'라는 목표를 교육과정에 포함시켰는가? 그 연유를 추정해 보면, 그 당시의 교육과정 개정 관련자들이 영미에서 이루어지고 있는 의사소통능력 중심의 교육 현상을 겉모습만 보고, 우리의 교육 환경이나 여건 등은 충실히 고려하지 못한 채 직수입하여 적용한 결과라 여겨진다. 외국의 문

---

[2] Association of Recognised English Language Schools의 약자.

물을 수용하는 방법은 크게 두 가지가 있다. 하나는 손쉽게 이식(移殖: transplanting)하는 것이고, 다른 하나는 접목(椄木: grafting)하는 것이다(이완기, 2015b). 이식은 보따리 무역상처럼 물건들을 직접 사 와서 국내에 풀어놓는 방식이고, 접목은 국내의 토양(환경)을 잘 검토. 분석하여 국내 환경에 맞게 접붙이기를 하는 방식이다. 현재 영어교육의 효과가 기대 수준에 미치지 못하고, 교육적 자원 낭비가 너무 많은 이유가 무엇인지를 좀 더 냉철하게 따져 보면, 영미의 의사소통 중심주의의 흐름을 우리 영어교육 환경의 실태를 제대로 고려하지 못한 채 그냥 '이식'한 결과가 근본적으로 작용하고 있는 것으로 보인다. 사실 우리 환경의 특성에 대한 축적된 연구나 경험이 없었기 때문에 '그 당시엔 그게 최선이었다'라고 말하는 것도 대놓고 타박할 일은 아니다. 그렇지만, 교실 밖에서는 영어를 거의 들을 수도, 사용할 수도 없는 환경인데, 교실 안에서 제한적으로 배운 소량의 영어를 자연스럽게 유창하게 사용하기를 바라는 것은 우리 일반 학생들에게는 너무 가혹한 일이 아닐 수 없다.

현재의 영어과 교육과정은 이러한 배경을 갖고 있는데, 미래 사회의 영어교육을 위한 건실한 그림을 그릴 수 있으려면, 현행 교육과정의 문제점, 한계점이 무엇인지 아는 것이 필요하다. 이에 현재의 영어과 교육과정 구성의 문제점을 살펴보기로 하자.

3. 현행 영어과 교육과정 구성의 문제점

3.1. 교육과정 구성의 방식

현행 2015개정 교육과정의 기본 얼개는 1992년에 개정 고시되고 1995년부터 1999년까지 현장 적용된 제6차 교육과정의 틀을 거의 그대로 유지하고 있다. 6차 교육과정의 교육목표 항에 '다. 쉬운 말이나 글로 상황에 적합하게 의사소통을 할 수 있게 한다.'라고 규정함으로써 우리 영어과 교육과정에 '의사소통'이란 용어가 처음으로 등장하였다. 영어교육의 목표가 '의사소통능력을 기르는 것'이라는 것에 대해 대부분의 사람들은 당위적으로 동의할 것이다. 그래서 영어과 교육과정은 '목표' 항에 선언적으로 영어 의사소통능력 기르기를 가장 중요한 목표로 내세우고, 그 목표의 실천을 위한 방안으로 '내용' 항에 듣기, 말하기, 읽기, 쓰기의 각 기능별 성취기준을 제시하고 있다. 뒤이어서 교수·학습 방법 및 유의사항, 평가 방법 및 유의사항 등을 제시하여 영어 교수·학습 평가가 일관성 있게 시행되도록 의도하고 있다. 영어는 소위 도구교과, 기능교과의 성격을 띠기 때문에 '내용' 항에 들어갈 영어교육의 내용을 위계를 갖춰 제시하기 어렵다. 그래서 고유의 교육내용(subject matter)이 없는 영어과에서는 어떤 내용을 다루어도 상관없기 때문에 영어교과에서 다룰 수 있는 '소재'의 영역을 [별표 1]로 별도로 제시하고 있다.

그런데 현행 교육과정 성취기준의 구성 원리를 알아보기 위해 중학교 영어과 교육과정의 듣기 성취기준을 예로 살펴보자.

[9영01-01] 어구나 문장을 듣고, 연음, 축약된 소리를 식별할 수 있다.
[9영01-02] 일상생활 관련 대상이나 친숙한 일반적 주제에 관한 말이나 대화를 듣고 세부 정보를 파악할 수 있다.
[9영01-03] 일상생활이나 친숙한 일반적 주제에 관한 그림, 사진, 또는 도표에 관한 말이나 대화를 듣고 세부 정보를 파악할 수 있다.
[9영01-04] 일상생활이나 친숙한 일반적 주제에 관한 말이나 대화를 듣고 줄거리, 주제, 요지를 파악할 수 있다.
[9영01-05] 일상생활이나 친숙한 일반적 주제에 관한 말이나 대화를 듣고 화자의 심정이나 태도를 추론할 수 있다.
[9영01-06] 일상생활이나 친숙한 일반적 주제에 관한 말이나 대화를 듣고 화자의 의도나 목적을 추론할 수 있다.
[9영01-07] 일상생활이나 친숙한 일반적 주제에 관한 말이나 대화를 듣고

일이나 사건의 순서, 전후 관계를 추론할 수 있다.

[9영01-08] 일상생활이나 친숙한 일반적 주제에 관한 말이나 대화를 듣고 일이나 사건의 원인과 결과를 추론할 수 있다.

[9영01-09] 일상생활이나 친숙한 일반적 주제에 관한 말이나 대화를 듣고 상황 및 화자간의 관계를 추론할 수 있다.

제시된 9개의 듣기 성취기준을 잘 살펴보면, 각각의 성취기준을 모두 달성하는 것이 필요하다고 규정하고 있다. 영어 교과서는 이들 성취기준 모두를 학습하도록 구성된다. 그런데 이러한 구성 방식은 교사와 학생에게 영어 교수 . 학습의 개략적 방향은 제시하지만 궁극적인 목표 도달점은 제시하지 못하고 있다.

3.2. 현행 교육과정 구성의 문제점

교육과정에 제시된 성취기준은 일반적인 의사소통의 모습 혹은 현상을 언어적 구성요소를 중심으로 낱낱이 분석하여, 쉽고 간단한 것부터 어렵고 복잡한 것 순으로 학교급별, 학년별로 임의로 묶어서 제시하고 있다. 이것은 Widdowson(2001)이 이미 지적했던 바와 같이 오히려 의사소통의 본질을 훼손하는 결과를 초래한다. 현행 교육과정 구성의 문제점으로 크게 세 가지를 들 수 있다.

첫째, 각각의 성취기준은 '~할 수 있다'로 규정되어 있는데, 어느 정도, 어느 수준을 성취해야 '~할 수 있다'고 할 수 있는지에 대한 기준이나 안내가 없다. 이것은 특히 교사에게 교육과 평가 양면에서 모두 큰 어려움을 준다.

둘째, 제시된 9개의 성취기준을 모두 달성하면 중학생은 어느 정도의 영어 듣기능력을 획득할 수 있는가? 이것은 교사와 학생 모두에게 도달목표지점을 제시하지 않고 그냥 가라고 하는 것과 다를 바가 없다. 교사의 평가목표, 학생의 성취목표가 뚜렷하지 않은 것이다. 극단적으로는 이 9개의 성취기준을 모두 달성한 학생의 경우, 어느 수준의 영어 듣기 능력을 획득해야 하는지에 대한 안내가 없다. 그래서 성취기준은 모두 달성했지만, 매우 통합적이고 예측 불가능한 성격을 지닌 의사소통에서의 듣기 능력은 매우 모자라는 경우가 생길 수도 있는 구조로 되어 있다.

셋째, 각각의 성취기준은 독립적으로 제시되어 있는데 이들 상호간에 어떤 관계가 있는지에 대한 안내가 없다. 그래서 이 성취기준들은 각각 독립적으로 작동하는 것으로 간주할 수밖에 없다. 각각의 성취기준은 교수 · 학습의 목표이기도 하고, 평가의 목표이기도 하다. 그런데 영어교육의 목표인 영어 의사소통은 위의 성취기준들이 예측불가능하게 서로 연계되고 통합되고 상호작용하면서 일어나는 것이기 때문에, 독립적으로 보이는 이 성취기준들은 일반적인 의사소통의 모습을 충실하게 반영하지 못하고 있다고 볼 수 있다.

이러한 성취기준들을 중심으로 다인수 학급에서 운영되는 영어교육을 통해서 목표인 영어 의사소통능력을 효과적으로 기를 수 있을 것인가에 대해 의문이 들지 않을 수 없다. 영어가 국가교육과정에서 다루는 과목인 만큼 국가교육과정을 이수한 학생 대부분은 국가교육과정에서 요구하는 수준의 영어 의사소통능력을 갖추어야 한다. 그러나 실제로는 그 많은 자원의 투자와 노력에도 불구하고 영어교육의 결과는 기대에 미치지 못하고 있다. 이렇게 형성된 우리 영어교육의 고비용 저효율 구조는 이제 거의 허물기 어려운 철옹성이 되어 버린 것 같다.

3.3. '의사소통'의 의미 확대 해석

'의사소통'이란 용어를 받아들이는 교육정책 관련자, 영어 교과서 저자, 교사, 교수, 학부모, 일반인 등은 의사소통한다는 것에 대해 한국 사람이 한국어로 의사소통 하듯이, 영어 원어민들이 영어로 의사소통 하듯이 자연스럽고 유창하게 해야 하는 수준으로 인식하고 있는 것이 일반적인데, 이것은 잘못된 인식이다. 그동안 '의사소통'이란 용어의 의미와 성취수준 등에 있어서 영어교육 관련자들이 통일된 생각을 갖지 못하고 있었던 점도 영어교육 고비용 저효율의 한 요인이라고 본다.

실제 수업을 하는 교사나, 학생, 학부모는 부지불식간에 매우 유창하고 자연스럽게 영어로 의사소통하는 것을 교수 . 학습의 목표로 삼는다. 이것은 교육과정 범위 내에서의 영어 사용능력 수준을 의미하는 학교 영어교육의 목표에 대한 과도한 확대 해석이고 허망한 목표임에 틀림없다. 여기에는 사교육의 교육 방식과 언어의 일반론적 목적에 대한 의심 없는 수용이 큰 몫을 했다고 본다.

이러한 오해와, 그에 따른 비효율과 낭비를 줄이기 위해 2015 개정 교육과정에서는 그냥 의사소통이 아니라, '영어 의사소통'이라는 용어를 사용하고 있다. 학교에서 배운 영어로 원어민처럼 의사소통할 수 있으면 너무나 좋겠지만 사실 불가능에 가깝다. 초등학교 3학년부터 고등학교 3학년까지 10년 동안 학교에서 최대한 제공할 수 있는 수업 시수는 820여 시간에 불과한데(이완기, 2015a), 이렇게 적은 수업시수와 제한된 단어의 수, 의사소통능력과는 거리가 먼 수능시험 문제 등은 우리 영어교육의 비효율과 낭비를 줄이지 못 하게 하는 요인이 되고 있다. 일상적인 의사소통에서 5개의 선택지를 주고 그중에서 골라서 응답하는 형식은 없는데도, 수능시험이 이런 형태로 제시되는 것은 의사소통의 본질을 심각하게 왜곡하는 것이고 영어교육의 고비용 저효율과 낭비를 줄이지 못하게 하고 있는 요인이다. 그래서 현재와 같은 방식의 교육과정 구성은 4차 산업혁명 시대의 영어과 교육목표에 비추어 볼 때 맞지 않다.

4. 4차 산업혁명 시대의 영어과 교육과정의 구성 방향

대부분의 사람들은 일상적인 영어 의사소통을 목적으로 영어를 배우기 때문에 이런 일반적인 영어 의사소통은 고성능 AI 통/번역 기기가 대신해 준다면 이것은 영어 배우기를 어려워하는 대부분의 사람들에게 구세주와 같은 존재일 것이다. 영어를 배우지 않고도 영어 사용자들과 의사소통이 원활하게 된다면 영어교육의 '시장'이 좁아질 수밖에 없을 것이다. 결국 현재와 같은 방식의 영어과 교육과정, 교육내용, 교육 방법 등을 혁신적으로 바꾸지 않고는 미래 사회에 대비하기 어려울 것이다.

그러면 어떻게 해야 할 것인가? '인간에게 쉬운 일은 기계에겐 어렵고, 기계에게 쉬운 일은 인간에게 어렵다'는 모라벡(Moravec)의 역설을 상기해 볼 필요가 있다. AI는 일종의 알고리즘이기 때문에 정량화하기 어려운 정보, 즉 0, 1로 구성된 디지털 정보로 변환하기 어려운 정보는 AI에 입력하기 어렵다. AI가 잘 할 수 있는 것은 AI에게 맡기고, 인간만이 잘 할 수 있는 분야에 집중하는 것이 보다 효과적이고 의미 있는 일이다.

그렇지만 전적으로 통/번역 기기에 의존하지 않고 영어 자체를 배워서 의사소통을 하고 영미 문화를 바르게 이해하고 주도적으로 자신의 생활에 활용하기를 원하는 사람들을 위해서 AI 기반의 다양한 영어교육 프로그램이 등장할 수도 있을 것이다. 이 경우엔 가르칠 수 있는 기본 얼개로서 교육과정이 필요할 것으로 보인다. 그렇지만, 현재와 같은 전통적 형식의 교육과정은 적합하지 않을 것이다. 이에 4차 산업혁명 시대에 맞는 영어과 교육과정의 구성 방향에 대해 예측을 해보자.

1) 의사소통의 기반이 되고 기초가 되는 내용, 즉 영어의 어휘, 문법, 발음, 읽기 등의 영역을 중심으로 구성한다면, AI가 가르치든 교사가 가르치든 도움이 될 것이다.

2) 외국어 학습이 주는 창의적 사고 방법을 배울 수 있는 내용을 주로 구성
   한다. 다양한 형태의 표현 방식을 접하고 표현 연습을 하는 학습내용 구
   성과 교육방법의 적용이 필요하다.
3) 나의 것과 다른 것, 차이 나는 것들을 바르게 이해하고 바르게 받아들이
   는 자세 및 태도 교육, 즉 인성교육의 내용을 더 강화하는 것이 필요하
   다. 이를 위해서는 자신의 문화와 외국의 문화를 바르게 이해하도록 하
   는 문화교육이 중요하다.

4차 산업혁명 시대에는 영어교육은 위의 2), 3) 항에 집중하는 것이 필
요할 것이다. 즉, 영어교육이 언어교육, 기능교육의 범위를 넘어서 좀 더
인간교육, 내용교육의 방향으로 나아가야 할 것으로 보인다.

5. 과도기적 교육과정의 필요성

4차 산업혁명 시대라는 것이 한순간에 번쩍 오는 것이 아니라, 인간사
회 전체가 서서히 그렇지만 확실히 변해가는 형태로 진행되어 갈 것이다.
그렇다면 4차 산업혁명 시대와 완전히 도래하기까지의 과정에는 과도기
적 교육과정이 필요할 것이다.

교육은 급격한 변화, 현실 여건과 상황을 무시한 혁명적 변화는 부작용
이 더 많아 적절하지 않다. 즉 4차 산업혁명 시대의 특징을 성급하게 예
측하여 교육과정에 즉각 반영하는 혁명적인 조치는 교육 분야에서는 바
람직하지 않다. 그래서 현재의 교육과정을 다가오는 미래 사회에 맞추어
조정해 나가는 과도기적 교육과정이 필요하다. 현재의 교육과정의 구성
원리, 체계, 교육 내용 등을 미래 지향적으로 재구성하는 것이 현재로서
할 수 있는 바람직한 방향이라 할 것이다. 그러면 현행 교육과정을 과도
기적 교육과정으로의 재구성 방향에 대해 알아보기로 하자.

5.1. 영어교육의 목표 설정 방식 개선

초 . 중 . 고등학교 영어교육에서는 학생들이 한국어로 잘 모르는 새로운 개념이나 지식을 가르치는 것을 목표로 하지 않는다. 학생들이 한국어로 이미 잘 알고 있는 개념이나 지식, 사물의 명칭 등을 영어로는 무엇이라고 하는지, 혹은 영어로는 어떻게 표현하는지를 가르치는 것이 주된 목표이다. 즉 한국어 개념, 지식 및 표현에 대한 영어의 표지(標識: label)를 가르치는 것이 중요한 목표이다. 물론 대학에 가서는 영어로 새로운 개념이나 지식을 배우는 것이 필요하고 중요하지만, 고등학교 때까지는 아니다. 우리 영어교육은 이러한 기본 목표를 전제로 영어과 교육과정이 구성되고, 영어교육이 진행되어야 할 것이다.

우리의 교육과정은 초 . 중 . 고의 학교 교육 전체에 관한 것이고, 초 . 중 . 고는 순차적으로 연계된 교육을 기본으로 상정한다. 영어교육도 초등영어교육, 중학영어교육, 고교영어교육이 순차적으로 연계되어 초등학교에서 시작된 영어교육이 고등학교를 마쳤을 때 학생이 어떤 수준의 영어능력을 갖추어야 하는지에 대해 보다 전체 그림을 명료하게 제시해 주어야 한다. 사실 우리나라에서 영어를 배워서 대부분의 학생들이 영어 원어민 수준으로 영어를 구사하기를 바라는 것은 현실적으로 무리이다. 그렇다면, 고등학교 졸업 때까지 성취해야 할 영어 능력의 수준을 크게 상, 중, 하의 단계로 나누고, 하 단계는 초등학교, 중 단계는 중학교, 상 단계는 고등학교에서 성취할 수 있도록 교육과정의 목표를 구성하는 방식을 고려해 볼 수 있다. 이때 상, 중, 하 단계의 의미와 범위를 명료하게 설명 가능하게 규정하는 것이 필수적이다. 그러면, 이러한 하나의 틀 속에서 영어교육이 단계적으로 지속될 수 있을 것이다. 또한 교사와 학생에게 영어교육의 방향감과 지향점과 교육의 방법을 보다 선명하게 제시할 수 있고, 교육의 진행과 평가가 매우 합리적으로, 명료하게 진행되게 할 수 있을 것이다. 그래서 현재와 같은 형태의 교육과정 구성 방식을 벗어나, 초 . 중 . 고의 학교 영어교육 전체를 통해서 성취해야 할, 성취가능한 의사소통의 수준을 먼저 정하고, 학교 급별로 그 중간단계들을 성취하도록 구성하는 방식을 중요하게 고려해야 할 것이다(이완기, 2018).

5.2. 영어교육 내용의 비율 조정

초 . 중 . 고 학생 시절에 영어를 실제로 사용할 기회가 거의 없다면, 나중에 실제로 사용할 기회가 생겼을 때 보다 효과적으로 대응할 수 있도록 하는 방식의 영어교육을 진행하는 것이 전체적으로 영어교육의 낭비를 줄이고 학생들에게 고통을 덜 주는 방법이 될 것이다.

먼저, 초등학교 영어교육은 중고등학교에서의 영어교육에 어떤 기초적 바탕이 되도록 운영되어야지, 중고등학교 영어교육과 독립적으로 운영되는 것은 비효율적이다. 초등 영어는 의사소통능력을 직접적으로 기르는 데 초점을 두기보다는, 중고등학교에서 본격적으로 영어를 배울 때 반드시 필요한 바탕이 되도록 해야 한다. 즉, 기본적으로 초 . 중 . 고의 학교 영어교육은 영어 의사소통능력의 기초를 튼튼하게 만들고 그 기초를 더 크게 늘려가는 방향으로 재정립해야 할 것이다. 교육과정에 듣기, 말하기, 읽기, 쓰기의 4기능의 균형 발달을 목표로 하고 있지만, 실제로는 음성언어중심 영어교육을 강조하고 있는 현재의 상황을 엄정하게 분석 평가하여 그 결과를 바탕으로 영어교육 내용의 비율을 조정하는 것이 필요하다. 즉 영어교육의 시작 단계인 초등 영어부터 영어 의사소통 연습을 주로하기 보다, 그것의 기초가 되고 기반이 되는, 영어의 단어, 문법, 발음, 읽기 등에 대한 교육의 양과 비중을 더 늘리고 강화하여 나가는 것이 바람직할 것이다. 이것들을 영어 의사소통능력의 기초 요소[3]라고 하고, 이들을 실제로 의사소통에 맞춰 연습하는 것을 의사소통 연습[4]이라고 하자.

초등학교 영어는 시작부터 영어 의사소통능력을 신장하기보다 영어 단어를 보다 많이 알게 하고, 영어 발음을 더 정확하고 자연스럽게 하는 훈련을 강화하고, 배우는 단어와 발음, 문장, 표현 등을 활용하여 영어 문법을 보다 확실하게 익히도록 하고, 이것들을 바탕으로 학생이 평소에도 영어책 읽기를 지속적으로 하도록 하는 것이 필요하다. 물론, 학교 영어교육 기간 내내 단어, 문법, 발음 공부만 독립적으로 해야 한다는 것이 아니다. 영어교육의 비중을 전체적으로 기초요소 학습을 주로 하고, 의사소통 연습을 보조적으로 하는 방식으로 시작해서 점점 이 둘의 비중이 역전되도록 하는 방식으로 학교 영어교육을 진행한다면, 학생들이 학교교육을 마치고 취업을 했을 때 실제 의사소통능력은 현재의 방식으로 하는 것보다 훨씬 더 높은 수준에 도달할 수 있을 것으로 예상할 수 있다(예: 초등영어는 기초학습 70%, 의사소통연습 30%, 중학영어는 기초학습 50%, 의사소통연습 50%, 고교영어는 기초학습 30%, 의사소통연습 70%). 이와 더불어 학생들이 영어공부에서 받는 고통과 다양한 종류의 낭비를 현격하게 줄일 수 있는 방법이 될 것이다.

사실 초 . 중 . 고 학교교육 10년간에 분산되어 있는 820여 시간의 영어 수업 시수를 어떻게 활용하는 것이 더 효과적인가를 초 . 중 . 고 학교교육 10년 전체를 염두에 두고 생각해 보아야 할 것이다. 이 820여 시간은 영어의 기초요소 학습만 겨우 할 수 있을 정도이지, 자연스러운 영어 의사소통을 충분히 기르도록 기대하기는 어려운 시간 량이다. 이를테면, 피아노 레슨은 학교 수업만으로 그 기능이 충분히 성취되지 못한다. 학교 수

---

3   기초요소 학습 = 단어, 문법, 발음, 읽기 학습 등
4   의사소통 연습 = 영어 4기능 사용 연습

업시간 이외에 학생이 스스로 꾸준히 연습을 해야 한다. 그러나 영어의 경우엔, 수업시간 이외의 시간에 의사소통 연습을 하기 어렵다. 연습을 할 상대가 없는데다가, 학교 시험, 수능 시험 등에 출제되지 않기 때문이다. 중대한 시험을 앞둔 학생들에게 시험에 도움이 되지 않는 공부를 하라고 하는 것은 잘못된 것이다(이완기, 2015a).

현재의 학교 영어교육은 영어에 대한 기초도 없이 시험 성적에 의해 대학에 들어가고, 대학에 가서야 취업을 위해 영어공부를 또 해야 하는 악순환이 지속되고 있다. 초 . 중 . 고등학교에서 영어에 대한 기초를 확립한 상태에서 대학에 진학하게 된다면, 사회에서 실제로 필요로 하는 영어 능력을 훨씬 효과적으로 갖추어 나갈 수 있고, 이에 따른 시간과 노력이 절약될 것이다.

이 과도기적 교육과정에서는 기본적으로 SMART(Self-directed, Motivated, Adaptive, Resource-enriched, Technology-embedded) 교육이 기본이 되어야 할 것이다. 정보기술을 활용하여, 풍부한 자료를 학생의 수준에 맞게 재미있게 제시하고, 학생이 자기주도적으로 공부하도록 하는 방법이다(국가정보전략화위원회, 교육과학기술부 2011).

III. 결론

교육은 항상 이론적으로 되는 것은 아니다. 교육 이론이라는 것이 교육 현실에 맞아야 교육이 제대로 될 것인데, 대부분 서구의 환경에서 서구의 사람들을 대상으로 연구해서 만들어진 것들이다. 서구 이론의 대부분은 근본적으로 그 바탕이 우리의 환경을 반영한 것이 아니기 때문에 관념적으로는 그럴듯해 보이고, 또 그렇게 되어야 마땅하다고 생각할 수도 있지만, 막상 실제로 우리 환경에 적용해 보면 그대로 되지 않는다. 이론을 수입해서 적용하느냐(the theory-and-then-practice approach), 현실에서 이론을 만들어 내느냐(the theory-out-of-practice approach)의 문제는 교육에서 매우 중요한 문제인데(이완기, 2015b), 이론이 거의 없었던 우리의 과거 현실에서는 서구에서 구축된 이론들을 수입해서 적용할 수밖에 없을 것이다. 그런데 수입한 이론을 적용을 할 때 우리 상황에 맞게 접목하는 형태가 아닌, 직수입-이식의 형태는 결국 성과를 내지 못하고 학생들에게 피해를 입히고 엄청난 교육 자원의 낭비를 초래할 것이다.

　우리 학교에서 가르치고 있는 교육 내용들은 거의 대부분 원래 외국에서 들여온 것들이다. 한국어로 번역해서 가르치고 배울 뿐이다. 이렇게 외국에서 들여온 내용들을 우리 교육현실에 어떻게 접목할 것인가가 우리 교육의 성패를 결정짓는 핵심적 요인이 될 것이다. 4차 산업혁명의 시대를 맞이하며 우리 영어교육은 패러다임 자체를 바꾸는 뼈아픈 노력을 적극적으로 투여해야 할 것이다. 4차 산업혁명 시대가 본격적으로 도래하기까지의 과도기에도 영어과 교육과정은 우리 영어교육의 현실과 환경, 조건 등을 면밀히, 엄정하게 분석하여 교육 자원의 낭비를 줄이고 학생들에게 좌절감을 줄여주는 쪽으로 개선하고 개혁해야 할 것이다.

참고문헌

강홍준. (2018). Special Report 인간지능 넘보는 인공지능... 로봇이 못하는 걸 해야. 중앙Sunday, 2018.6.23.-24.
교육부. (2015). 영어과 교육과정. 교육부고시 제2015-74호 [별책 14]
국가정보전략화위원회, 교육과학기술부. (2011). 인재대국으로 가는 길: 스마트 교육 추진전략 실행계획.

윤석만. (2018). 윤석만의 인간혁명. AI를 사랑한 남자, 그 감정은 진짜일까. 중앙일보, 2018.5.24. p. 16.

이완기. (2015a).『초등영어교육론』개정6신판. 경기: 제이와이북스

이완기. (2015b).『영어교육 방법론』. 경기: 제이와이북스

이완기. (2018).『영어교육: 기본을 튼튼하게, 기본에 충실하게』. 서울: 무지개

Canale M., & M. Swain (1980). "The Theoretical Bases of Communicative Approaches to Second Language Teaching and Testing". *Applied Linguistics*, *1*(1).

Chomsky N. (1965). *Aspects of Theory of Syntax*. Cambridge, MA: The MIT Press.

Hymes D. (1972). "On Communicative Competence". In C. J. Brumfit & K. Johnson (Eds.), (1979). *The Communicative Approach to Language Teaching*. Oxford: Oxford University Press.

Widdowson, H. G. (2001). "Communicative Language Testing: The art of the possible". In C. Elder, A. Brown, E. Grove, K. Hill, N. Iwashita, T. Lumley, T. McNamara, & K. O'Loughlin (Eds.), *Experimenting with Uncertainty: Essays in Honour of Alan Davies. Studies in Language Testing 11.* Cambridge: Cambridge University Press.

제5장
4차 산업혁명과 초등 영어 교과서

심창용 · 이재희

　제4차 산업 혁명은 인공지능을 기반으로 하는 기계 번역의 급속한 발전을 가져오고 있다. 현재로서는 미흡한 부분도 있으나, 기계번역은 점차 완성도를 높여갈 것으로 예측된다. 이러한 상황에서 영어교육은 착용형 통번역기와 경쟁하게 된다. AI 활용 통번역과 관련하여 단순한 의사소통 기능 활용만을 필요로 하는 경우는 AI 의존형으로, 의사결정 권한을 가진 경우는 AI 활용형으로 나뉘게 될 것이다. AI 의존형은 영어교육의 필요성을 부정하고자 할 것이나, AI 활용형은 의사결정 상황에서 번역기의 번역 결과를 평가하고 수정할 수 있는 수준의 영어사용 능력을 필요로 할 것이다. 또한 통번역기의 한계점과 삶의 질 측면에서의 고려는 기초 문해력과 문화 이해 교육을 포함하는 기초 영어교육의 필요성을 강화할 것이다. 이러한 교육환경의 변화는 초등영어 교과서에도 영향을 줄 것이다. 교실 수업이라는 현실적 여건을 고려하면 서책형 교과서는 근본적인 변화를 기대할 수는 없으나, 디지털 교과서는 다양한 교수학습 콘텐츠를 활용하고, 인공지능을 활용한 상호작용이 가능한 형태로 변화할 것이다. 학년별로 제작되던 형태에서 학년 구분이 없는 형태로의 변화는 디지털 교과서가 영어교육의 중심에서 자기주도적 학습을 유도하고, 서책형 교과서는 교실 수업에서 이를 보조하는 형태로 변화할 것이다.

I. 4차 산업혁명과 영어교육

인공지능(Artificial Intelligence), 사물인터넷(Internet of Things) 등의 급속한 발달은 초연결(hyper-connectivity), 초지능(extended intelligence) 의 발전으로 이어지고 있다. 환경을 이루는 생물과 사물, 공간 등 모든 구성요소가 인터넷을 통해 서로 연결되고, 이를 통해 수집된 다양한 정보가 공유되는 초연결이 구현되고 있고, 수집된 다양한 정보를 분석하고 이를 바탕으로 스스로 학습하고 진화하는 새로운 형태의 (인공)지능이 지속적으로 대두하고 있다. 이러한 변화는 4차 산업혁명으로 일컬어지며, 그 발달 속도가 예측을 불허할 정도로 빠르다는 데 그 특징이 있다.

4차 산업혁명과 영어교육의 변화 예측에 대한 연구들은 영어의 위상, 혹은 영어교육의 위상이 변화를 보일 것으로 예측하고 있다. 영어의 중요성이 더욱 증대될 것이라는 점은 이들 연구가 공통적이나, 영어의 사용과 관련하여서는 인공지능 기반 번역이 영어 사용의 주도권을 가지리라는 부정적인 전망(김선웅, 2017; 심창용 2017)과 이들이 역으로 의사소통의 기회를 증가시키리라는 긍정적인 전망(김영우, 2017; 안성호, 2017)으로 나뉘었다. 교육과 관련되어 문화 콘텐츠 지도 등 영어교육의 특화된 미래가 있고(김선웅, 2017), 한국어 리터러시, ICT 리터러시, 영어 리터러시의 통합적 접근이 중요하며(김영우, 2017), 현재보다 더 높은 수준의 영어교사 전문성이 필요하다고(안성호, 2017) 예측하고 있다.

김영숙(2017)과 김형순과 김혜영(2017)은 교사와 교사교육자를 대상으로 영어교육의 전망에 대해 조사하였는데, 역시 긍정적인 전망과 부정적인 전망이 섞여있다. 김영숙은 교사와 교사교육자를 대상으로 한 연구에서, 교사교육자들은 4차 산업혁명이 영어교육에 기회를 제공할 것으로 전망하는데 비해, 초등교사는 영어교육의 위기를 초래할 것이라는 전망과 기회를 제공할 것이라는 전망으로 양분되었다. 김형순과 김혜영(2017)은 초.중.고 영어교사를 대상으로 한 연구에서 4차 산업혁명의 새로운 기술이 영어교육에 적극적으로 도입될 것이고, 영어 수업을 흥미롭고, 효과적이도록 만들어줄 것이라는 전망이 우세한 것으로 보고하고 있다. 그러나 새로운 변화가 영어 사교육 문제나 영어 격차(English divide)의 해소에 대해서는 상당히 부정적으로 인식하고 있음을 보여 주었다.

4차 산업혁명과 관련된 영어교육의 전망에 대한 연구는 기존 연구들이 공통적으로 지적하는 바와 같이 연구자, 혹은 설문 응답자들의 주관적인 예측이고, 이 예측의 타당성이나 신뢰성에 대한 검증은 실질적으로 어렵다. 그럼에도 앞으로의 영어교육에 영향을 줄 것으로 예상되는 요인에 대해 충분한 검토는 필요하고, 해당 요인에 따라 변화하게 될 영어교육의 환경 예측에 대한 연구는 미래에 대한 대비라는 점에서 중요하다. 이러한 측면에서 초등 영어 교육 환경과 초등 영어 교과서에 대한 변화의 방향성을 예측해보고자 한다.

II. 미래의 초등 영어 교과서

초등 영어 교육과 관련하여 예측되는 앞으로의 환경은 영어 관련 기초 문해력의 중요성 증대, 타문화 이해의 중요성 증가, 실감형, 체험형, 게임형 콘텐츠의 사용, 인공지능 기반의 번역기 사용을 포함하고 있다. 따라서 앞으로의 초등 영어 교과서는 이들 교육 자료를 활용할 수 있는 형태가 될 것이다.

1. 인공지능 기반 기계번역

급속한 발전을 보이는 한 영역이 인공지능을 활용한 번역이고 이 번역

기술은 광범위한 데이터와 이를 처리하는 기술의 발달로 그 정확도가 매우 높아지고 있으며, 휴대용 번역기도 이미 상용화되고 있다. 번역기의 등장으로 인해 영어사용 환경이 변화함에 따라 영어교육의 방법과 목표도 재고해야 할 상황이 되었다.

기계 번역 기술의 급속한 발달에도 불구하고 아직까지는 번역 결과에 대해 전폭적인 신뢰를 보내지 않는 것으로 보인다.[1] 특히 음성 언어와 관련하여서는 통역 결과의 품질이 아직 만족스럽지는 않은 상황이다. 그러나 초연결과 초지능의 활용으로 더 많은 데이터가 축적되고 분석되어 진다면 가까운 미래에 만족스러운 결과를 가져올 가능성이 높다. 만약 그러하다면 불가피하게 대두되는 질문은 다음과 같다: 통번역기(이하 번역기)의 활용이 가능한 미래의 상황에서는 영어교육이 필요하게 될 것인가?

현재의 영어과 교육과정의 목표는 일상생활에서 사용하는 기초적인 영어를 이해하고 표현하는 능력을 기르는 교과로서 음성 언어를 사용한 의사소통능력 함양에 중점을 두는 데 있다. 번역기는 이러한 교육과정의 목표를 부정한다. 즉, 일상생활에서 사용하는 기초적인 영어를 이해하고 표현하는 것은 번역기로 해결될 수 있다. 다소의 오류가 있기는 하겠으나, 번역기를 사용한 의사소통이 크게 불편하지 않다면 영어를 습득해야 하는 필요성 자체가 부정될 수 있다. 가령, 외국 영화를 자막으로 즐기는 경우, 번역에 오류가 있을 수 있고, 그 오류가 다소간 내용 이해에 손상을 줄 수도 있다. 그러나 영화를 즐기는 데에 크게 불편함이 없다면 사소한 내용의 손실 정도는 감내할 수도 있다. 이러한 상황은 영어를 불완전하게 습득한 학습자가 영어로 의사소통하는 경우 발생하는 오해와 불통보다 더 문제가 되지는 않을 것이다. 그래서 혹자는 번역기만 있으면 일상생활에 필

---

[1] 장애리(2017)는 문화적 요소가 담긴 유머나 통상적인 문장보다 포함된 단어수가 매우 많은 장문 등은 현재의 기계 번역의 한계로 지적하고 있다. 신지선과 김은미(2017)도 장문의 번역 문제를 지적하고 있다.

요한 의사소통은 충족될 수 있으므로, 더 이상 영어를 습득할 필요가 없이 번역기의 개발과 품질 향상에 더 집중하여야 한다고 주장할 수도 있다.

2. 기초 문해력과 문화 이해

번역을 통해 영어교육에 대한 부담을 덜고 살아갈 수 있다면 이는 궁정적으로 검토해볼 여지가 있다. 그러나 번역기로는 충족되지 않는 영역, 즉 기초 문해력과 근본적인 삶의 질 문제가 고려되어야 한다. 이 문제는 알파벳과 외래어 등 한국어 속의 영어와 결부되어 있다. 우선 알파벳의 문제를 살펴보자. 차량에 사용되는 HYUNDAI, KIA 등의 회사명과 SANTA FE, K9 등 차량명은 일반적으로 영어로 표기되어 있다. 도로 표지판에도 IC, JC 등의 표현을 쉽게 찾아볼 수 있다. 엘리베이터의 B1, CC-TV 등과 같은 표현도 우리 주변에서 많이 사용된다. 이러한 생활 속의 알파벳은 알파벳에 대한 학습을 강요한다. 즉, 국어의 자음모음뿐만 아니라 알파벳도 국어의 한 구성 요소로 인정해야 할 정도로 우리 사회에서 알파벳의 사용은 보편화되어 있다. 한국 상황에서의 알파벳의 사용은 한국어 문해력(Korean literacy)과도 밀접한 관련을 맺고 있고, 따라서 반드시 교육되어야할 기본 요소가 되었다. 이는 번역을 통해 해결할 수 있는 문제가 아니다. 만약 알파벳을 습득하지 못한 경우, 한글을 깨우치지 못한 경우와 다르지 않게 힘겨운 삶을 살아갈 수밖에 없다.

일상생활에서 접하는 영어 단어도 비슷한 맥락에서 문제가 된다. NH 농협은행, KB 국민은행 등 한국어 표현을 영어로 표기한 경우뿐만 아니라 Family Mart 등 다양한 영어 단어들을 간판에서 찾아볼 수 있다. 간판 등에 사용된 영어 단어 외에도 대화에서 사용되는 영어 단어는 무수히 많고 점점 증가하고 있다. 물론 영어 단어가 한국어화되고 지속적으로 사용되는 경우, 대부분의 외래어의 경우들처럼 본래의 의미를 몰라도 한국어에서 사용되는 의미만 이해하면 충분하다고 생각할 수도 있다. 그런 측면에서는 computer, mouse, Windows는 몰라도 컴퓨터, 마우스, 윈도우즈는 이해할 수 있다. 외래어로 정착된 혹은 정착되는 과정에 있는 영어 단어는 그렇다 하더라도, 사회, 과학 등 다양한 학문 분야에서 사용하는 전문 용어는 외래어로 정착되리라고 기대하기 어려운 경우가 많다. 특히 과학기술과 관련된 영역에서는 영어 단어의 사용이 일반적이다. 이러한 상황을 번역이 해결해 주리라고 기대하기는 어렵다. a., b., c.를 '가., 나., 다.'로 바꾸고, Family Mart를 '가족 상점'으로 바꾼다고 해결될 문제가 아닌 것이다. 즉, 번역기가 보편화되더라도 생활 속의 영어 단어는 학습되어야 한다.

알파벳과 생활 속의 영어 단어는 기초 문해력을 이루며, 기초 문해력은 번역기로 해결할 수 없고, 삶의 질 향상을 위해서 반드시 학습되어야 할 요소이다. 따라서 기초 문해력은 영어교육의 환경 변화와 무관하게 영어교육의 최소 영역으로 존재할 것이고, 또한 한국어와의 경계를 이루는 접합 부분(interface)이 될 것이다.

번역기로 해결하기 어려운 다른 문제는 타문화 이해 부분이다. 표면에 드러난 것은 그 문화의 극히 일부에 불과하기 때문에 문화는 빙산으로 비유되곤 한다. 언어로 표현되는 문화적 요소는 그 중에서도 작은 부분이다. 그래서 다른 문화를 이해하기 위해서는 해당 문화 속에서 경험해보는 것이 바람직하다. 즉, 그들의 언어를 사용하면서 그들의 눈으로 세상을 바라보는 것이다. 직접 경험이 불가능하다면 간접 경험이나 설명을 통해서 어느 정도의 이해를 도모할 수도 있다.

언어 표현 속에 숨겨져 있는 문화에 대한 이해가 전제되지 않은 번역은 오해를 가중시킬 수 있다. 특히 문화 간 갈등이 첨예한 영역에서는 더욱 그러하다. 한국의 영어교실 상황에서 학생들이 교사를 'teacher'로 부르는 경우가 많다. 한국어의 '선생님'을 영어로 번역한 결과로 보여질 수 있다. 그러나 영어수업에서 'teacher'라는 호칭을 사용하도록 권장하는 내용은 영어과 교육과정뿐만 아니라 영어교육과 관련된 어떠한 문헌에서도 찾아볼 수 없다.

'teacher'의 사용 이면에는 보다 복잡한 문화적 갈등과 이를 해결하고자 하는 시도가 숨겨져 있다. 영어의 호칭 Mr./Ms. 등은 성을 사용하는 것을 기본 전제로 한다. 한국어의 호칭은 직함을 사용하는 경우와 성+직함을 사용하는 경우로 나누어 볼 수 있다. 영어에서는 성을 부른다는 것은 거리 감(distance)와 격식성(formality)을 의미하는 것이며, 한국어에서 성을 사용하는 것은 청자의 사회적 지위가 화자와 같거나 낮다는 것을 의미한다 (Carter & McCarthy, 2006; Hwang, 1975). '김 군'을 사용하는 경우, 청자의 사회적 지위는 화자보다 낮다. '김 선생' 혹은 '김 선생님'을 사용하는 경우에는 청자의 지위가 화자보다 낮거나 같은 경우이다.[2] 호칭에서 성을 사용하는 것에 대해 영어와 한국어는 서로 상충된다. 그래서 영어교사는 학생들에게 'Call me Mr. Cho.'라고 말을 하여도 학생 입장에서는 교사에서 'Mr. Cho'라고 부르는 것에 대해 불편함을 느끼게 된다. 간혹 'Mr. Cho'라고 부른 경우, 학생들은 웃기 시작하고 교실이 소란스러워진다.

한국인 교사에게 영어의 호칭 'Mr. Cho'를 사용하는 것은 호칭 사용 준거를 한국어에 두느냐 혹은 영어에 두느냐에 대해 혼란을 야기한다. 청자가 한국인임을 인식하고 있는 상황에서 학생들은 자연스럽게 한국어의 호칭 사용 준거를 사용하게 되고, 따라서 'Mr. Cho'는 한국어에서 사용되는 '미스터 조'의 해석을 받게 된다. 한국어에서 호칭에 성을 사용하는

---

[2] 청자가 화자보다 지위가 높을 경우라도 성을 사용하는 것이 허용되는 경우도 있다. 같은 직함을 가진 대상에 여럿인 경우 이를 구분하는 경우에 해당한다.
　a. 김 선생님께서 이렇게 하라시는데요.
　b. 박 과장님이 그러시던데.

것은 청자가 화자보다 지위가 낮을 경우에 해당하며, '미스터 조'는 학생들 자신보다 지위가 낮다는 해석을 도출하게 된다. 그러나 실질적 지위는 교사가 높기 때문에 상충되는 결과를 야기하고, 학생들에게 우스운 상황으로 받아들여지게 된다.

호칭의 경우에서 볼 수 있듯이 타문화 이해는 많은 배경 지식을 요구한다. 문화적 배경과 차이에 대한 충분한 고려가 결여된 번역은 의사소통의 효율성을 높이기보다는 오해를 유발할 가능성이 높다. 문화적 요소 중에는, 호칭과 같이 해당 언어로 사용해 보아야만 이해할 수 있는 속성이 강한 것들이 있다. 이들은 피상적인 지식과 번역만으로는 이해하기 어렵고, 그로 인한 오해를 해소하기는 더욱 힘들다.

3. AI에 의존하는 인간, AI가 의존하는 인간

인공지능(Artificial Intelligence)의 발달과 더불어 미래의 많은 직업이 사라질 것으로 전망하는 보고가 많다(Boston Consulting Group, 2018; McKinsey, 2017). 2013년부터 IBM Watson은 암 진단 및 치료법에 대한 자료를 제공하기 시작하였고, 주식 거래에 있어서도 인공지능 펀드 매니저가 활약하고 있고, 인공지능 변호사 ROSS도 활약하고 있다. 이러한 현상은 의사나 변호사, 펀드 매니저 등의 직업이 인공지능으로 대체될 것이라는 전망도 가능하게 한다. 인공지능 의사가 오진률도 적고 더 효과적인 치료방법을 제시한다면, 인공지능 변호사가 과거의 무수한 판례 속에서 법리 논쟁에 유리한 자료를 쉽게 찾아낸다면, 그러할 수도 있을 것이다. 인공지능은 기존의 자료를 검색하여 주어진 조건에 최적화된 자료를 제공하는 데 강점이 있다. 여기에서 인공지능과 인간과의 관계가 양극화된다.

인공지능과 인간의 관계는, 거칠게 표현하자면, 'AI에 의존하는 인간'(One that depends on AI)과 'AI가 의존하는 인간'(One that AI depends on)으로 구분지어 볼 수 있다. 인공지능에 의존하는 인간은 인공지능이 제시한 바를 수행한다. 기존의 병리학적 데이터와 치료방법에 대한 데이터를 기반으로 특정 환자의 상태에 대한 정보를 인공지능에게 입력하였을 때, 인공지능은 이 환자에게 가장 적합한 기존의 치료 방법을 제시하고, 의사는 이에 따라 환자를 치료하는 상황에서 'AI에 의존하는 인간'의 예를 찾아볼 수 있다. 만약 기존의 치료방법이 이 환자에게 효과가 없을 경우에는 어떠한가? 이 경우에 인공지능이 할 수 있는 일을 없을 것이다. 의사는 새롭게 진찰하고, 검사하고, 그에 따라 새로운 치료방법과 약물을 개발할 수 있다. 이렇게 축적된 자료는 인공지능이 활용하게 된다. 즉, 'AI가 의존하는 인간'에 해당한다.

인공지능의 발달로 인한 기억의 한계 극복과 정보처리 속도의 극대화는 인간의 창의적 활동을 가장 효과적으로 보조할 수 있는 수단을 제공하게 된다. 기존의 지식에 새로운 아이디어를 부여하여 새로운 지식을 생산하거나, 존재하지 않는 새로운 지식의 창출은 인간 고유의 영역일 수밖에 없다. 이렇게 생산된 지식은 다시 인공지능에 투입되어 활용된다. 그러나 언어의 경우는 조금 다른 양상을 보이게 된다. 번역기의 사용은 'AI에 의존하는 인간'과 'AI가 의존하는 인간'의 경계를 견고하게 분리하는 역할을 하게 된다. 일상생활이나 쇼핑, 여행 등에서 영어를 사용하는 경우, 번역기의 도움만 있으면 큰 지장 없이 생활하고 여행을 즐길 수 있다. 회사의 해외 연락 업무도 번역기를 활용하여 신속하게 처리할 수 있다. AI에 의존하는 인간으로서의 번역기 사용에 해당한다.

AI에 의존하는 인간은 의사 결정의 책임이 있는 사람으로서 부적합하다. 번역기가 번역한 결과를 맹목적으로 신뢰하고 이를 근거로 의사결정을 내리는 상황을 가정해 본다면 그 이유를 명확하게 알 수 있다. 번역기의 번역 결과에 근거하여 내린 결정의 결과로 회사에 막대한 손실을 초래하거나 회사가 파산하게 된 경우, 책임의 소재는 누구에게 있는가? 번역기에게 책임을 전가시키기에는 궁색한 상황이 될 것이다. 번역기가 없는 상황에서도 문서를 번역할 담당자를 지정하고, 번역된 결과를 확인하고 재확인하는 과정은 기본적으로 이루어져 왔다. 번역기의 번역도 번역을 담당한 사람이 번역한 결과와 동일하게 처리할 수밖에 없다. 즉 번역을 담당할 역할이 직원에게서 번역기로 이관되었을 뿐이다. 이 경우 번역기의 번역 결과를 검토하고, 수정하고, 재작성하는 것[3]은 의사결정권자의 역할이다. 의사결정권자는 AI에 의존하는 인간이 아니라, AI가 의존하는 인간으로서 번역기가 업무를 제대로 수행하도록 지시하고, 조정하고, 검토하고, 점검하는 역할을 수행하여야 한다.

결과적으로 AI가 의존하는 인간으로서의 의사결정권자는 번역과 관련하여 두 언어에 대한 고급 지식을 갖추어야 한다. 최소한 번역기가 번역한 글에서의 오류를 찾아내고, 수정할 수 있는 능력이 있어야 한다. 기본적인 의사소통과 관련한 부분은 인공지능을 활용한 번역기에 의존할 수 있다. 의사결정을 포함한 책임 소재가 있는 부분은, 번역기를 활용할 수는 있으나, 결국 인간이 최종 결정을 내리고, 그 결과에 대한 책임을 지게 된다.

AI가 의존하는 인간형이 갖추어야할 영어사용 능력은 단순한 의사소통 능력이 아니며, 교육과정의 '친숙한 일반적인 주제에 관하여 목적과 상황에 맞게 영어로 의사소통을 할 수 있다.' 혹은 '영어로 된 다양한 정보를 이해하고, 진로에 따라 필요한 영어 사용 능력을 기른다.'[4]를 상회

3　포스트 에디팅(post-editing of Machine Translation)은 번역기의 번역 결과를 검토하고 오류를 수정하는 것뿐만 아니라, 해당 언어와 문화에 적합하게 어휘, 구문, 문단 구성까지 새롭게 재구성하는 것을 의미한다. 현재 기계 번역 오류의 유형화, 포스트 에디팅 교육 방법 등 포스트 에디팅 교육을 위한 다양한 연구가 진행되고 있다(곽중철, 한승희, 2017; 마승혜, 2018; 이상빈, 2016, 2017a, 2017b; 이준호, 2018; 지인영, 김희동, 2017 등).

4　2015 개정 영어과 교육과정의 고등학교 영어에 대한 목표 진술 나항과 다항이다.

하는 것이다. 따라서 의사결정권자에게는 더 높은 수준의 영어사용 능력이 요구된다. 이러한 의미에서 수준 높은 영어 사용 능력은 앞으로의 영어교육 핵심 영역으로 자리매김하게 될 것이다.

기초 문해력에 해당하는 영어교육은 삶의 질 차원에서도 실시되어야 한다. 또한 기본적인 타문화 이해를 위해서 문화교육도 실시되어야 한다. 한편에서는 의사결정권자에게 필요한 고급 수준의 영어교육도 필요하다. 논리력, 비판적 사고력, 복잡한 문제에 대한 해결 능력, 설득력 등은 의사결정 과정 전반에 걸쳐 활용되는 능력이다. 그러나 중간에 해당하는 영어교육의 영역, 즉 단순한 영어 의사소통 능력은 인공지능을 활용한 번역기를 사용하는 것이 더 효과적일 수 있다. 기초 문해력과 문화 이해를 포함하는 기초 영어교육은 현재와 같이 보편적으로 실시될 수 있다. 고급 수준의 영어사용 능력 함양을 위한 영어교육은 개인의 선택에 의해 실시될 것이다. 일상적인 의사소통을 위한 영어교육은 고급 수준의 영어사용 능력 함양을 위한 기반으로 교육될 것이지만, 이 수준의 영어사용 능력을 필요로 하지 않는 경우에는 도외시될 가능성이 있다.

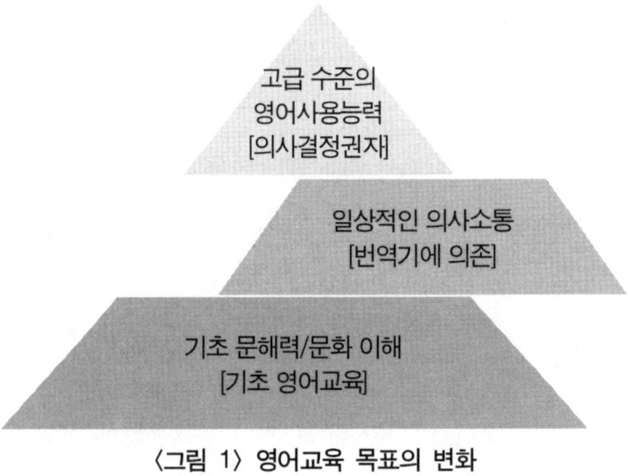

고급 수준의
영어사용능력
[의사결정권자]

일상적인 의사소통
[번역기에 의존]

기초 문해력/문화 이해
[기초 영어교육]

〈그림 1〉 영어교육 목표의 변화

4. 초등 영어 교과서: 현재와 미래

현재 사용되는 초등 영어 교과서는 서책형과 이를 기반으로 한 디지털 교과서이다. 서책형 교과서는 교육과정 상의 성취 기준과 의사소통 기능, 초등 권장 어휘에 근거하여 집필되고 있다. 학년 군별 성취기준을 바탕으로 초등 영어에서 학습할 것을 권장하는 의사소통 기능을 학년별, 단원별로 배분하고, 초등 영어에서 사용하기를 권장하는 어휘를 중심으로 대화문을 작성하고, 이를 교수할 방법과 연계하여 단원별, 차시별로 교수학습 활동을 배열하여 구성하고 있다. 기본적으로 서책형 교과서는 교사 주도적인 교수학습을 위한 자료이기 때문에 교수학습 활동은 모둠활동을 기본으로 한다. 읽기와 쓰기를 위한 교수학습 활동 자료는 개인별 활동과 모둠활동이 다양하게 사용되지만, 듣기와 말하기 교육을 위한 교수학습 활동은 영어 사용을 통한 상호작용을 전제로 하기 때문에 모둠활동 중심으로 구성되어 있다. 단원 평가에 사용되는 문항은 개인별 평가가 가능한 문항으로 구성되어 있다.

서책형 교과서를 통한 교수학습 효과를 증대시키기 위해 교사용 지도서와 CD가 제작된다. 교사용 지도서는 교수학습 절차와 활동 안내, 다양한 참고자료를 수록하고 있고, 교사용 CD는 대화문 동영상과 활동 안내 자료 등을 담고 있다.

학생용으로 개발된 디지털 교과서는 서책형 교과서에 기반을 두고 교사용 CD의 내용을 중심으로 하며, 어휘사전, 평가 문항, 필기 기능 등이 추가된 형태로 구성되어 있다. 또한 PC나 스마트폰 등 다양한 운영체제에서 구동될 수 있도록 하고 있다. 한국콘텐츠진흥원(2012)은 디지털 교과서의 유형을 패키지형, 전자책형, 솔루션형, 애플리케이션형 등으로 구분하고 있으며, 현재의 디지털 교과서는 솔루션형과 애플이케이션형의 복합형에 해당한다.

〈표 1〉 디지털 교과서 유형 한국(콘텐츠진흥원, 2012)

유형	특징	사례
패키지형	- 패키지 소프트웨어 형태로 개발, CD롬으로 유통 - 페이지 넘기기, 밑줄 긋기 등 기초적인 수준의 인터랙티브 기능 제공 - 대부분 오프라인으로 제공	· CD 교과서 · CD 교육 소프트웨어
전자책형	- 전자책 전용 단말에서 이용 가능한 전자책 콘텐츠 - 기존의 종이책을 디지털로 변환한 형태로, 인터랙티브한 기능은 거의 제공되지 않음 - ePub(국제 전자책 표준), AZW(아마존 전용 전자책 표준) 등의 포맷 사용	· 아마존(Amazon), 반즈앤 노블(Barns & Noble) 등 전자책 단말기의 전자책 콘텐츠
솔루션형	- 윈도우, 리눅스 등의 운영체제 탑재한 데스크탑 PC, 태블릿 PC에서 사용되는 설치형 소프트웨어나 웹 서비스 등으로 구현 - 동영상, 이미지, 사운드, 웹페이지 등의 멀티미디어 콘텐츠 활용 - 학생들과 정보 교환, 교사와의 상호작용 등 적극적인 인터랙티브 기능 탑재 - 온라인 기반 교습 (Web-Based Instruction)	· 국내 디지털 교과서 시범 사업 개발 솔루션
애플리케이션형	- 안드로이드, iOS 태블릿 단말기에서 이용 가능한 애플리케이션 형태로 제공 - 동영상, 이미지, 사운드, 웹페이지 등의 멀티미디어 콘텐츠 활용 - 학습요소 체험 및 조작, SNS 기능 등 인터랙티브 기능 탑재 - 상시적인 온라인 접속 기능 제공	· 애플 앱스토어, 구글 안드로이드 마켓용 디지털 교과서 애플리케이션 · 애플 아이북스(iBooks) 제공 디지털 교과서

현재의 디지털 교과서는 학습자의 자기주도적 학습을 위해 제작되었다. 그러나 서책형 교과서와의 연계성을 지나치게 중시하여 서책형 교과서와 디지털 교과서의 차별성이 부족하게 되었다. 그 결과 서책형 교과서의 활동 내용이 디지털 교과서에 그대로 반영되어 개별 학습 기능이 약화되어 있다. 특히 서책형 교과서에서 모둠 활동형 교수학습 자료가 디지털

교과서에 사용된 것은 디지털 교과서 사용의 필요성과 동기를 저해하는 요인으로 지적할 수 있다. 따라서 디지털 교과서는 개별화된 학습, 자기 주도적 학습을 위한 것이므로 그 구성 내용이 서책형과는 구별되어야 하며, 교수학습 자료는 개인 활동으로 구성되어야 한다.

앞서 살펴본 바와 같이 영어교육의 환경의 변화와 목표의 변화는 초등 영어 교과서의 변화로 연결된다. 현재와 같이 일상적인 의사소통 능력을 기르기 위한 서책형 교과서는 유지될 것으로 판단된다. 다만 기초 문해력과 문화 이해 영역의 강화는 공교육에서의 영어교육 강화를 위해서라도 필요할 것이다. 서책형 교과서는 교실 영어 수업의 안내자로 활용되고, 모둠 활동 등 다양한 상호작용을 위한 교수학습 자료를 제공할 것이다.

의사결정과 연관되어 인공지능 기반 번역기를 활용할 수준의 영어 사용능력 배양을 위해 디지털 교과서는 새로운 교수학습 자료와 기술을 활용할 필요가 있다. 4차 산업혁명의 핵심인 초연결과 인공지능의 결합은 개인별로 최적화된 맞춤형 학습이 가능하게 된다. 구글이나 아마존 등의 대기업이 상용화한 상호작용형 인공지능 스피커의 경우 상당한 수준의 의사소통이 가능하며, 이를 활용하여 학습자 스스로 영어습득을 도모할 수 있다. 또한 사물과 사람이 연결된 교육 환경에서 인공지능이 학습자의 상황과 성취를 판단하고, 장단점을 분석하여 개인에게 최적화된 맞춤형 교육을 제공할 수 있을 것이다. 여기에 가상현실(virtual reality), 증강현실(augmented reality), 혼합현실(mixed reality)등의 기술을 기반으로 한 공감각적 체험이 가능한 실감형 교육 콘텐츠가 제공될 것이다(정영식 외, 2017). 실감형 교육 콘텐츠의 활용은 체험중심, 경험중심의 교육으로 영어교육의 방향을 유도할 것이다. 이미 구글이나 네이버 등이 제공하고 있는 스트리트 뷰와 항공사진 등이 실감형 교육 콘텐츠로 활용되면서 다양한 지역을 가상공간에서 방문하여 영어를 사용하여 의사소통하는 교육이 가능해질 것이다. 가령 뉴욕의 실감형 콘텐츠를 활용하여 시가지를 걸어 보고, 사람들과 대화하고, 이런 저런 시설과 공간을 방문하여 다양한 체험을 해볼 수 있을 것이다. 또한 게임형 콘텐츠는 학습자의 흥미와 동기유발을 극대화하고, 다양한 상황 속에서 주어진 임무를 수행하기 위한 영어의 사용과 상호작용을 촉진하여 영어 습득을 용이하게 할 것이다. 이러한 콘텐츠의 사용은 일상적인 의사소통을 넘어서는 수준의 영어뿐만 아니라 자신의 주장을 논리적으로 전개하고, 상대방을 설득하고, 협상을 하며 대안을 모색하는 등 미래 사회에 필요한 창의성과 사회적 상호작용, 복잡한 문제 해결능력, 디지털 문해력(digital literacy) 등 미래 사회의 직업에서 중요한 직무능력도 기를 수 있다.

미래의 디지털 교과서는 이와 같은 개인별로 최적화된 맞춤형 학습 콘텐츠를 체험중심으로 제공할 수 있다. 기초 문해력 모듈, 다양한 타문화 체험 모듈, 일상적인 의사소통 모듈, 다양한 읽기 자료를 구비한 도서관 모듈, 인공지능을 활용한 토론 모듈 등의 모듈화된 구성을 통해 학습자가 필요로 하는 부분을 쉽게 추가할 수도 있을 것이다. 이러한 구성이 가능하기 위해서는 디지털 교과서는 서책형 교과서와의 연계를 최소화하고, 학년별 구성이 아니라 학교급간별로 교과서를 구성할 필요가 있다. 초등학교 4학년부터 6학년까지의 서책형 교과서 내용이 하나의 디지털 교과서로 재구성되고, 학습자의 수준에 따른 다양한 개인화된 학습 자료가 제공되며, 체험중심과 게임형 콘텐츠를 제공할 수 있을 것이다. 이러한 디지털 교과서는 교실 수업이라는 현실적 제약을 벗어나 다양한 시간과 공간에서 자기주도적 학습을 가능하게 할 것이다.

이러한 변화는 교과서의 역할에 대한 변모를 의미한다. 현재까지는 서책형 교과서가 영어 수업의 중심에 있고, 디지털 교과서는 이를 보조하는 형태였다면, 앞으로는 디지털 교과서를 사용한 자기주도적 학습이 영어

교육의 중심으로 자리매김하고, 서책형 교과서를 사용하는 교실 수업은 학습자의 학업 성취를 확인하고, 이해를 위한 설명과 연습을 제공하는 보조적 역할을 하게 될 것이다.

〈표 2〉 미래의 교과서 유형별 특징

	서책형 교과서	디지털 교과서
구성체제	- 학년별 구성 - 단원별 구성	- 학교급별 구성 - 모듈형 구성
교수학습자료	- 교실 수업 활동용 - 교사의 자료 제시 중심 - 활동중심 수업 - 증강현실 자료 사용	- 개인 학습 활동 - 자기주도적 학습형 - 체험중심 학습 - 증강 현실, 가상 현실 자료 사용
상호작용	- 교사-학생 - 학생-학생	- 학생-인공지능
사용 환경	- 교실 수업	- 시공간 제약 없음
의사소통기능	- 학년별 단원별 균형 배분	- 모듈에 따라 차등 배분
역할	- 보조적 역할	- 학습의 중심 역할

III. 결론

4차 산업혁명은 초연결과 초지능을 중심으로 급격한 교육환경 변화를 가져올 것으로 예상되고 있다. 특히 인공지능을 기반으로 하는 번역기는 영어교육의 필요성을 위협할 수 있다. 그럼에도 번역으로 해결할 수 없는 기초 문해력과 문화이해에 대한 필요성이 증가할 것으로 예측된다. 또한 AI에 의존하는 인간과 AI가 의존하는 인간의 이분화 현상은 여러 분야에서 진행될 것이지만 이 두 유형이 대립하기 보다는 상호 보완적인 특성을 보일 것이다. 그러나 번역기와 관련하여서는 AI에 의존하는 인간과 AI가 의존하는 인간이 상호보완적이기 보다는 대립하는 양상을 보일 것이며, 단순한 의사소통 기능 활용만을 필요로 하는 경우는 AI 의존형으로, 의사결정 권한을 가진 경우는 AI 활용형으로 나뉘게 될 것이다. 의사결정 권한의 행사를 위해서는 번역기의 번역 결과를 평가하고 수정할 수 있는 수준의 영어사용 능력을 필요로 할 것이다.

4차 산업혁명으로 인한 교육환경의 변화는 초등 영어 교과서에도 영향을 줄 것이다. 교실 수업이라는 현실적 여건을 고려하면 서책형 교과서는 근본적인 변화를 기대할 수는 없으나, 디지털 교과서는 다양한 교수학습 콘텐츠를 활용하고, 인공지능을 활용한 상호작용이 가능한 형태로 변화할 것이다. 학년별로 제작되던 형태에서 학년 구분이 없는 형태로의 변화는 디지털 교과서가 영어교육의 중심에서 자기주도적 학습을 유도하고, 서책형 교과서는 교실 수업에서 이를 보조하는 형태로 변화할 것이다.

참고문헌

곽중철, 한승희. (2017). 「포스트에디팅 측정지표를 통한 기계번역 오류 유형화 연구」. 『통번역학연구』, 22(1), 1-25.

교육부. (2015). 영어과 교육과정. 교육부 고시 제2015-74호 [별책 14].

김광석, 권보람, 최연경. (2017). 「4차 산업혁명과 초연결사회, 변화할 미래 산업」. 『ISSUE MONITOR』, 68, 삼정 PKMG 경제연구원.

김선웅. (2017). 「4차 산업혁명과 영어교육자의 미래」. 2017년도 제1회 한국 교육과정평가원 영어교육 세미나 자료집. 서울: 한국교육과정평가원.

김영숙. (2017). 「4차 산업사회의 영어 교육에 대한 초등교사 및 교사교육자 인식」. 『교육논총』, 37(3), 123-150.

김영우. (2017). 「4차 산업혁명과 미래 영어 교과서」. 2017년도 제2회 한국교육과정평가원 영어교육 세미나 자료집. 서울: 한국교육과정평가원.

김형순, 김혜영. (2017). 「4차 산업혁명 시대의 영어교사 미래준비도 연구」. 『Multimedia-Assisted Language Learning』, 20(3), 179-205.

마승혜. (2018). 「한영 기계번역 포스트 에디팅에 대한 경험적 고찰: 학부 교육 과정 및 결과를 중심으로」. 『통번역학연구』, 22(1), 53-87.

송연석. (2018). 「기계번역 담론에 대한 비판적 고찰」. 『번역학연구』, 19(1), 119-145.

신지선, 김은미. (2017). 「인공지능 번역 시스템의 출현에 대한 소고」. 『번역학연구』, 18(5), 91-110.

심창용. (2017). 「4차 산업혁명과 초등 영어 교과서」. 『2017년도 제2회 한국교육과정평가원 영어교육 세미나 자료집』. 서울: 한국교육과정평가원.

심창용. (2018). 「4차 산업혁명과 교육」. 『4차 산업혁명 시대, 교육』, 31-48. 경인교육대학교 교육연구원.

안성호. (2017). 「4차 산업혁명과 영어교육」. 『2017년도 제1회 한국교육과정평가원 영어교육 세미나 자료집』. 서울: 한국교육과정평가원.

이상빈. (2016). 「트랜스크리에이션, 기계번역, 번역교육의 미래」. 『통역과 번역』, 18(2). 129-152.

이상빈. (2017a). 「학부 번역전공자의 구글 기계번역 포스트에디팅에 관한 현상학 연구」. 『통번역학연구』, 22(1), 117-143.

이상빈. (2017b). 「학부번역전공자의 기계번역 포스트에디팅, 무엇이 문제이고, 무엇을 가르쳐야 하는가?」. 『통역과 번역』, 19(3), 39-66.

이준호. (2018). 「포스트에디팅 교육을 위한 포스트에디팅과 인간번역의 차이 연구」. 『통역과 번역』, 20(1), 73-96.

장애리. (2017). 「국내 기계 통번역의 발전 현황 분석」. 『번역학연구』, 18(2), 171-206.

전현주. (2017). 「4차 산업혁명과 한국의 번역산업 현황 및 통번역 교육의 미래」. 『통번역교육연구』, 15(3). 235-259.

정영식, 성영훈, 임서은, 류진선, 서혜숙, 안희철. (2017). 『미래형 디지털교과서 구현 방안 연구』. 한국교육학술정보원 연구보고 CR 2017-4.

지인영, 김희동. (2017). 「심층학습을 이용한 기계번역 기술과 정확도 연구」. 『인문언어』, 19(2), 23-46.

최연구. (2017). 「4차 산업혁명 시대의 미래교육 예측과 전망」. 『Future Horizon』, 33, 32-35.

한국콘텐츠진흥원. (2012). 디지털 교과서의 진화, 최근 동향과 전망. 문화기술(CT) 심층리포트 2012년 3월.

Boston Consulting Group. (2018). Man and Machine in Industry 4.0: How Will Technology Transform the Industrial Workforce Through 2025? http://englishbulletin.adapt.it/wp-content/uploads/2015/10/BCG_Man_and_Machine_in_Industry_4_0_Sep_2015_tcm80-197250.pdf

Carter, R. & M. McCarthy. (2006). *Cambridge Grammar of English*. Cambridge: Cambridge University Press.

Hwang, Juck-Ryoon. (1975). *Role of Sociolinguistics in Foreign Language Education with Reference to Korean and English Terms of Address and Levels of Deference*. Doctoral Dissertation, University of Texas at Austin.

McKinsey Global Institute. (2017). A Future that Works: Automation, Employment, and Productivity. McKinsey & Company. January 2017. https://www.mckinsey.com/~/media/McKinsey/Global%20Themes/Digital%20Disruption/Harnessing%20automation%20for%20a%20future%20that%20works/MGI-A-future-that-works-Executive-summary.ashx

제6장

4차 산업혁명과 중등 영어 교과서

김해동

본 장의 서론에서는 영어 교과서의 혁명(revolution)적인 변화가 의사소통중심교수법이 도래하였던 1970~80년대 발생하였고 이후 복잡한 진화(evolution)의 모습을 보였다는 점을 언급한다. 이어서 교재의 정의가 시대적으로 변화하였음을 문헌을 통하여 제시하고, 4차 산업혁명시대에는 학습자와 교과서가 '상호작용'하는 역할이 증대될 것임을 서술한다. 관련하여 교재를 다루게 되는 영어 학습자는 의사소통능력적인 측면에서 전략적 능력과 연관된 디지털 기술을 가지고 있어야 한다고 주장한다. 교재에 대한 논의에서 초점을 교과서로 옮겨 교과서의 기능과 역할에 대한 찬반의 논의를 역사적으로 살피고, 4차 산업혁명시대의 중등 교과서에 대한 정의를 제시한다. 그리고 우리나라 중등 영어 교과서의 역사적 변화도 교육과정의 변화와 함께 살펴본다. 우리나라 중등 영어 교과서의 기본적인 기능과 역할은 4차 산업혁명시대에도 지속 될 것이지만 다양한 변화가 있을 것이라고 서술한다. 검정 기준에 있어서는 '교수 학습 방법 및 평가'에 있어서 매체의 발달을 반영하는 세부 항목의 정교화가 필요하다고 언급한다. 본 장의 말미에는 4차 산업혁명시대에 적합한 교과서 개발을 위하여, 교재 개발자들이 비전을 가지고 정교한 과제 구성, 가상현실이나 증강현실이 첨가된 추가 자료 제공, 디지털 매체에 맞도록 수정한 자료, 자료 제시 순서 조정, 발음 자료 개선, 언어 기능 통합 등이 필요함을 제언한다. 끝으로 향후 4차 산업혁명시대에 적절하게 개발된 교과서의 선정 및 평가 그리고 교과서 사용 교수법에 대한 후속 논의가 필요함을 주장한다.

I. 영어 교과서의 변화: 혁명과 진화

영어 교육 관련 문헌에서는 '교재'(materials)의 대표로서 '교과서'(textbook 혹은 coursebook)를 들고 있다. Tomlinson(1998)이 지적하듯이 '교과서'는 대부분의 사람들이 영어 학습과 관련하여 사용한 경험이 있는 교재다.

이러한 영어 교과서의 혁명적인 변화가 일어난 시기는 의사소통중심교수법이 도래하였던 1970-80년대라고 Pulverness(1999)는 지적하고 있다. 이러한 변화의 중심에는 교수요목이 문법적인 것에서 의사소통을 위한 기능적인 것으로의 변화가 있다. 따라서 교과서의 목차도 문법중심에서 기능중심으로 급격하게 변화를 보였다.

혁명(revolution)적 변화를 보인 교과서는 90년대를 거치며 진화(evolution)한 모습을 지니게 된다. 90년대 교과서의 전반적인 특징은 이전보다 복잡한 구성과 수준에 적합한 시리즈별로 제작이 되었다는 것이다. 이러한 특징을 보여 주는 것은 교과서에 CD, 비디오, 노래, 게임, 과제 등이 다양하게 포함되기 시작하였다는 것이다. 더불어 교수요목도 특정 교수요목에 기초한 교과서가 아니라 다면적 교수요목(multi-syllabus), 즉 의사소통 기능, 소재, 문법, 어휘, 언어 기술 등을 동시에 고려하여 단원을 구성하는 교과서가 개발되었다는 점이다.

영어 교과서는 2000년대에 들어와서 멀티미디어 자료와 교사용 지도서 등 보조 자료에 대한 개발과 확장이 이루어진다. 이는 또 다른 진화를 통하여 변화의 모습을 보이기 시작하였다는 것이다. 2010년대 이후 영어 교과서 관련 소개 내용을 보면, 선생님들이 수업에 필요한 많은 자료, 예를 들어 실생활을 보여주는 회화 비디오, 수업시간에 사용할 수 있는 파워포인트 자료, 오디오 관련 MP3 파일, 복사 가능한 워크시트, 교과서와 연관된 사진, 이미지 파일 등을 제공하고 있다. 또한 수요자 중심의 교과서에 보다 초점이 주어지며 교사들을 위한 자료 등을 예전에 비하여 보다 많이 제공하고 있다.

이렇게 영어 교과서는 혁명을 거쳐 진화하여 왔던 바, 중등학생을 대상으로 한 우리나라 영어 교과서도 4차 산업혁명이라는 외부적인 변화를 수용하면서 급격하게 혁명적으로 변화할 것으로 보인다. 이러한 혁명에 대하여 대비하는 것은 교과서 개발자의 역할이자 교사의 역할이 될 것이다. Kiddle(2013)이 지적하듯이 기술의 발달이 교사를 대신하지는 못 할 것이지만 기술을 활용하지 못하는 교사는 활용할 줄 아는 교사에 의하여 대치될 것이다. 이러한 점을 교과서에 적용시켜 보면 4차 산업혁명 시대의 변화를 수용하지 못하는 교과서는 이를 수용하는 교과서에 의하여 대치될 것임을 예측할 수 있다.

II. 4차 산업혁명 시대 영어 교과서의 역할

1. 교재의 정의 변화

교과서보다 상위의 개념은 교재(materials)이다. 미국식 영어에서는 학습용 교재 '하나'를 'material'로 말하지만, 영국식 영어에서는 'a set of materials'로 말한다. 영국식 영어에 따르자면, 교재는 여러 가지를 포함한 개념이다. 따라서 교재를 정의할 때는 교재를 나열하는 물리적인 정의 방식이 있을 수 있다. 이러한 물리적 정의 방식을 보면 교재의 시대적 변화를 추적할 수 있다.

2000년대 이전의 교재 정의를 보면 다음과 같다. Rossner(1988)는 교과서, 워크북 또는 활동서, 보충 교재, 교사용 도서, 참고 도서, 사전, 차트, 포스터 또는 삽화를 교재로 들고 있다. Rea-Dickins와 Germaine(1992)는 교재 유형을 '서적'과 '비 서적'의 두 가지로 나누고 있다. 전자는 교과서 및 교사 안내서로 구성되며 후자는 시각 자료, 테이프 및 비디오 카세트 등이다. Ellis와 Johnson(1994)은 비즈니스 영어 과목의 교재로 교과서 패키지, 보충 자료, 직무 관련 자료, 참조 서적, 비디오 및 시뮬레이션 게임 자료를 들고 있다. Ur(1996)는 교재를 교과서, 보충 교재 및 교사 교재로 나누었다. 이러한 물리적 정의에 따르면 2000년대 이전에는 교과서, 보조 교과서, 학습서, 보충 교재, 참고서, 오디오 카세트, 비디오 카세트, CD, 신문, 저널, '일회용' 자료, 즉 교사가 준비한 복사물 등을 교재로 포함하고 있다. 흥미로운 것은 CALL 소프트웨어, MP3 파일, 인터넷 웹 사이트 및 이메일은 당시에 교재로 포함되어 있지 않았다는 것이다.

2000년대 이후의 교재의 정의에는 CALL 소프트웨어, MP3 파일, 인터넷 웹 사이트 및 이메일 등이 포함되기 시작한다. Richard(2001)의 교재 정의에 따르면 교재는 세 가지 형태가 있다. 첫째는 인쇄물로 서적, 워크북, 워크 시트를 포함하고, 둘째는 인쇄되지 않은 교재로 카세트 또는 오디오 자료, 비디오 또는 컴퓨터자료가 있다. 셋째로는 인쇄물과 인쇄물이 아닌 교재를 모두 포함하는 것으로 인터넷을 포함하고 있다. 이러한 교재의 정의가 2010년대 이후에는 CALL 연습자료, 소프트웨어, 웹기반 자료(McGrath, 2013)까지를 포함하게 된다. 이러한 시대상의 정의 변화를 보면, 향후 4차 산업혁명 시대 이후의 교재는 가상현실 및 증강현실을 구현한 자료까지 추가하여 교재의 정의에 포함될 것으로 유추해 볼 수 있다.

국제적으로 저명한 출판사별 홈페이지를 보면 자신들의 영어 교재를 다음과 같이 제시하고 있다. A 출판사의 경우 성인영어교재, 어린이영어 교재, 어린이영어 부교재, 초등, 중등 영어 교재, 시험용 교재, 전문 영어 교재, 문법과 어휘교재, 사전, 독서물, 복사용 자료집, 전문학습용 교재와 부교재, 영어교사용 서적, 언어학 잡지. B 출판사의 경우 유아, 유치원생, 초등학생 주교재, 초등학생 부교재, 중고등학생, 대학생, 성인, 독해, 쓰기, 듣기, 듣기와 말하기, 문법, 문법과 단어, 문법 참고용, 시험용 교재, 비즈니스 영어, 비즈니스 직업 관련 기술서, 사전, 문화서, 멀티미디어. CD Rom, 비디오, DVD, 이야기 책, 독서물, 교사용 참고도서, 응용언어학 서적. C 출판사는 취학 전, 어린이용, 청소년용, 성인용, 기능 서적, 비즈니스와 전문 업종 서적, 시험서, 문법서, 교사와 학생용 전문서적. D 출판사의 경우 유치, 초등, 기초 기능, 파닉스, 어린이용 문법, 쓰기, 사전, 독서물, 교사용 자료물, 중등, 성인, 말하기와 대화, 듣기 발음, 독해, 문법, 쓰기, 문화 내용 중심, 어휘, 숙어, 사전, 시험, 비즈니스로 분류하고 있다. 비록 수준별, 연령별로 분류하는 방식은 유사하나 출판사들 간에 분류 방식이 통일되어 있다고 보기는 힘들다. 이러한 점을 보면 4차 산업혁명 시대의 영어 교재는 서적 형태를 벗어나 더욱 다양하고 복잡한 형태로 교육 현장에 제시될 것으로 보인다.

2. 교재의 역할 변화

교재를 정의할 때는 앞서 살핀 물리적인 정의 방식과 함께 기능적인 정의 방식이 가능하다. 문헌상에 나타난 기능적 정의 방식을 보면 교재의 시대적 변화를 또한 파악할 수 있다. Candlin과 Breen(1979)은 교재를 '언어 교육 및 학습을 목적으로 사용되었거나 출판된 매체 또는 데이터'

로 정의한다(p. 86). 유사하게 Tomlinson(1998)은 교재를 '교사와 학습자가 언어 학습을 용이하게 하기 위해 사용하는 모든 것'으로 정의한다(p. 2). 다음 그림은 이러한 교재의 기능에 대한 시각적 개념을 보여준다.

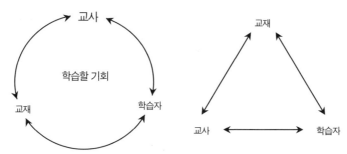

〈그림 1〉 언어 수업에서 교재, 교사 및 학습자 간의 관계 모델
(좌측: Hutchinson, Toress, 1994, p. 318, 우측: Maley, 1998, p. 279)

이러한 기능적 정의에 기초하여 볼 때, 4차 산업혁명 시대에서 교과서의 기능적 정의는 보다 확대될 것으로 보인다. 즉 80년대 이전의 교재는 교사를 통하여 학습자에게 전달되는 직선적 통로의 출발점이었다면, 90년대 이후에는 교재가 교사와 같은 정도의 위치에 있거나 <그림 1>과 같이 학습자가 직접 교재에 접근하는 것이 가능한 위치에 있었다.

4차 산업혁명 시대에는 학습자가 직접 교재에 접근할 수 있을 뿐만 아니라 교재와 '상호작용'하여 학습자 자신이 언어 자료를 교재에 제시 및 축적하고 이러한 자료가 교사에게도 흘러가는 모습이 될 것으로 보인다.

3. 4차 산업혁명 시대 교재와 관련된 학습자의 역량과 기술

이와 같은 4차 산업혁명 시대의 교재를 다루게 되는 영어 학습자는 의사소통능력의 배양과 함께 교재와 상호작용할 수 있는 디지털 기술을 구

현할 수 있어야 한다. 다음의 <그림 2>는 Bachman과 Palmer(2010)가 제
시하는 학습자의 상호적 언어 사용 모형이다. 이들에 따르면 언어 사용자
의 주변적 특성에는 개인 특성, 언어적 지식, 주제 지식과 교감하는 전략
적 능력이 있다고 본다. 이러한 전략적 능력은 정서적 배경지식을 기반으
로 인지적 전략에 영향을 주며 이러한 인지적 전략이 언어 출력을 유도하
고 상호작용적인 활동을 가능하게 한다고 본다. 이러한 의사소통능력의
구현에 디지털 기술은 특히 전략적 능력과 연계가 있다고 볼 수 있다.

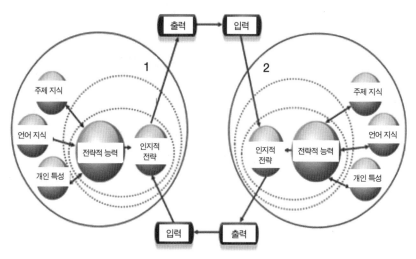

〈그림 2〉 상호 언어 사용 모형(Bachman, Palmer, 2010, p. 38)

Bachman과 Palmer(2010)는 전략적 능력이 목표 설정, 평가 및 계획과
관련이 있다고 본다. 목표 설정은 언어 사용 시 언어 사용자가 수행할 과
업을 결정하는 것이다. 평가는 개인이 자신의 주제 지식과 언어 지식을
언어 사용을 해야 하는 과업과 연관시키는 것이다. 계획은 언어 지식, 주
제 지식 및 정서적인 배경지식을 사용하여 과업을 성공적으로 완료하는
방법에 대한 개인의 결정과 관련된 것이다.

4차 산업혁명 시대가 도래하여 새로운 매체가 교재에 반영될 때, 학습자의 전략적 능력은 Jenkins(2006)가 제시하는 다음의 열한 가지 디지털 기술을 바탕으로 하게 된다. 작동(play): 문제 해결의 한 형태로서 주변 환경을 실험 할 수 있는 능력, 수행(performance): 발견 및 즉흥적 목적을 위해 대안을 채택 할 수 있는 능력, 시뮬레이션(simulation): 실제 세계의 진행상황과 관련된 역동적인 모델을 해석하고 구성하는 기능, 적정화(appropriation): 미디어 컨텐츠를 의미 있게 선정하고 재조합할 수 있는 능력, 멀티태스킹(multitasking): 자신의 환경을 검토하고 필요에 따라 초점을 세부적인 세부 사항으로 이동시키는 기능, 분산 인지(distributed cognition): 정신 능력을 확장시키고 의미 있게 상호 작용할 수 있는 능력, 집단 지성(collective intelligence): 공통의 목표를 향해 지식을 공유하고 다른 사람과 기록물을 비교하는 기능, 판단(judgement): 다양한 출처의 정보에 대한 정확성과 신뢰성을 평가하는 능력, 미디어 이동 탐색(transmedia navigation): 다양한 양식을 통해 이야기와 정보의 흐름을 따라갈 수 있는 능력, 네트워킹(networking): 정보 검색, 합성 및 보급 능력, 협상(negotiation): 다양한 지역 사회를 여행하고, 여러 관점을 분별하고 존중하며, 대안적 규범을 파악하고 따라갈 수 있는 능력.

언어 학습자는 4차 산업혁명 시대의 디지털 교재와 상호 작용하기 위하여 이러한 기술을 전략적으로 구현할 수 있어야 한다. 또한 교재도 이러한 기술을 전략적으로 학습자들이 구현할 수 있도록 구성하여야 할 것이다.

4. 4차 산업혁명 시대 교과서의 역할 변화

영어 교과서의 혁명적 변화가 일어난 1970-80년대 당시에 이러한 변화의 흐름과 더불어 교과서의 기능 및 역할에 대한 찬반 논의가 전개된바 있다. 이들 학자들의 주장을 살펴보면 다음과 같다.

Brumfit(1980)의 경우 교과서는 시장 판매용인 쓰레기 더미일 수도 있지만 교사에게 가치 있는 시간을 절약하게 해주는 도구라고 보았다. 이와 유사한 입장에서 Bell과 Gower(1998)도 교과서는 상업적인 경향이 강하지만 교사의 수업 준비 시간을 줄여 주는 긍정적인 기능을 한다고 보았다. O'Neill(1982)의 경우 교과서는 교사를 같은 것을 반복하게 하여 비숙련화 하는 것이 아니라 새로운 교수 기법이나 과제를 제공하여 재숙련화 시켜주는 긍정적인 역할이 있다고 보았다. Cunningsworth(1984)는 교과서는 잘못 사용하면 나쁜 주인이 될 수 도 있지만 잘만 활용하면 훌륭한 하인이 될 수도 있다고 하였다. Sheldon(1988)의 경우 교과서는 영어교육 프로그램의 가장 가시적인 부분이라고 지적하였다. 이는 비용이 드는 것이 눈에 뻔히 보이지만 교과서가 교육적으로 필요한 것이라고 본 것이다. Prabhu(1987)는 교과서가 학습자의 순발력이나 창의성을 제한한다고 비판하였다. Block(1991)도 교과서는 학생이나 교사가 원하는 바를 즉시에 반영하지 못하고 있다고 비판하였다. Hutchinson과 Torres(1994)의 경우, 교과서는 영어교육에 있어 거의 보편적인 요소이며, 주요하고 긍정적인 역할을 하고 있다고 보았다. 반면에 학습자의 경우 교사 보다는 교과서가 옳다고 믿는 경우가 있는데, 이 경우 교과서는 교사를 무력화시키는 단점이 있다고 보았다. 또한 교과서는 변화의 대리인 역할을 하고 있다고 보았다. 이는 교육과정이 변화할 때 우리는 교사나 학습자는 바꾸지 못하지만 교과서를 바꾸면서 변화를 보여 준다는 점을 지적한 것이다. Littlejohn(1998)의 경우 교과서는 학습자와 교사가 수업을 구성하는 기축을 이룬다고 언급하였다. Edge와 Wharton(1998)는 교과서를 교사 한 명이 다수의 학생과 함께 거대한 의사소통을 가능하게 하는 하나의 장르라고 보았다. 하지만 Malay(1998)는 교과서가 교사에게 지배적인 경향이 있다는 점을 지적하였다. 이는 교사가 교과서에 있는 것을 모두 가르쳐야 한다는 부담이나 진도를 나가야 한다는 압박감을 줄 수 있다는 점을 지적한 것이다. Rubdy(2003)는 교재는 학습을 유발하는 강력한 자극제라고 보았다. 이와 같이 다수의 학자들이 교과서에 대한 찬성의 의견과 함께 비판적인 의견을 제시한 바 있다.

극단의 경우, 교과서 무용론도 제시되었다. Allwright(1981)의 경우 교과서가 시장 판매를 위해 넓은 층의 교사와 학습자를 대상으로 하다 보니 특정 교과목을 수강하는 이들의 보다 직접적인 욕구를 제대로 반영하지 못한다고 보았다. 더불어 교과서는 이상적인 학습자를 염두에 두고 모든 학습자가 공동보조를 맞추어 가도록 구성된 것이라 비판하고 있다. 이러한 교과서 반대론자들은 교사 자신의 교재 개발과 활용을 위한 훈련 그리고 교재 사용을 위한 학습자들의 훈련이 더욱 필요하다고 주장하였다. 1980년대 변화의 극단에서 보면 흥미롭게도 당시에 세계적으로 가장 성공한 영어 교재는 교과서가 아니라 자료집 형태로 출간된 Oxford Resource Book시리즈라고 한다. 이는 교사가 필요한 부분만 발췌하여 수업시간에 보조 자료로 활용할 수 있는 교재를 담고 있는 서적이다.

그렇다고 영어 교과서가 교육현장에서 사라진 것은 아니고(Mishan & Timmis, 2015) 90년대를 거치며 더욱 진화하고 발전한 모습을 지니게 된다. 최근 McGrath(2013)는 교사의 메모, 워크북, 시험, 시각자료, 독해자료, 음성 및 비디오 자료, CALL 연습자료, 소프트웨어, 웹기반 자료 등 다양한 자료를 포함한 것이 교과서라고 정의하고 있다. 이러한 점에 비추어 보면 4차 산업혁명 시대의 중등 교과서는 영어 교육에 사용될 수 있는 모든 자료를 계속하여 포함하게 될 것으로 보인다.

5. 우리나라 중등 영어 교과서

우리나라 중등 영어 교과서도 교육과정의 변화와 함께 진화를 거듭하여 왔다고 볼 수 있다. 1946-54년의 교육과정 설정 이전 교수요목 과정시절에는 문법 번역식 교수법에 기초하고 발음과 사전 사용에 초점을 둔 교과서였다. 1차 교육과정(1954-63)에서도 문법 번역식에 기초하고, '미국식'영어가 강조된 교과서였다. 2차 교육과정(1963-73)에서는 청화식 교수법에 기초한 교과서가 강조되있다. 3차 교육과정(1973-81)에서는 문법과 어휘 및 문장 길이 통제가 강조된 것이 교과서의 특징이었다. 4차 교육과정(1981-87)에서는 의사소통중심교수법이 등장하며 파닉스와 언어의 4기능에 초점을 두는 교과서로 혁명적 변화가 발생하기 시작한다. 5차 교육과정(1987-92)에서는 의사소통중심과 언어의 4기능을 강조하는 교과서가 제시되었다. 6차 교육과정(1992-97)에서는 의사소통기능에 계속적으로 초점을 두고 의미-기능 교수요목의 구현과 언어기능을 수용적이며 생산적인 기능으로 구분한 교과서가 제시되었다. 7차 교육과정(1998-2007)에서는 수준별 교육과정과 과제에 초점을 둔 교과서가 강조되었다. 7차 개정 교육과정(2007-09)에서는 상중하 수준을 나누고 수준별 활동책이 함께 제시되는 교과서가 만들어졌다. 2009 개정 교육과정(2007-09) 및 2015 개정 교육과정(2009-2015)을 통하여 수준별로 구별되는 교과서는 퇴조하는 경향을 보이고 있다. 더불어 디지털교과서가 점차 부각되고 있다. 향후 우리나라의 중등 영어 교과서는 4차 산업혁명이라는 외부적인 변화를 수용하면서 점차적으로 변화할 것으로 보인다.

이러한 4차 산업혁명의 변화 속에서도 영어 교과서는 교사와 함께 학습자가 언어 학습을 하도록 도움을 주는 기능을 유지할 것으로 보인다. 이는 아래와 같은 기본적 기능을 계속 지니는 것으로 볼 수 있다.

첫째로, 영어 교재는 학습에 필요한 문자나 음성으로 된 언어 자료를 제공해 준다. 즉, 주어진 언어 자료를 바탕으로 교사와 학습자가 언어 발달에 필요한 상호 작용을 할 수 있다. 또한 학습자는 교과서에 주어진 문법, 어휘, 발음 등에 대한 자료를 학습의 참고 자료로 활용할 수 있다. 교사도 영어 교재에 있는 언어 자료를 수업의 기본 자료로 활용할 수가 있다. 4차 산업혁명 시대에는 디지털 저장 매체의 발달로 보다 많은 언어 자료제공이 가능할 것으로 보인다.

둘째로, 영어 교과서는 학습의 방향과 진도에 대한 교수요목을 제시한다. 학습자는 교과서의 목차를 보고 앞으로의 학습 내용에 대해 예습을 하는 것이 가능하고, 더불어 복습을 하는 것도 가능하다. 특히 교사의 경우 주어진 학습 시간과 교재 내용을 보고 학습 진도를 조절할 수 있다.

셋째로, 교과서는 교사가 수업을 준비하는데 부담을 덜어 주어서 교사가 보다 충실하고 창의적인 즉 준비가 많이 된 수업 활동을 계획하는 데 도움을 준다. 아울러 학습자가 스스로 자율적인 학습활동을 하는 데 필요한 도움이 된다.

넷째로, 좋은 영어 교과서는 최근의 영어 교육이론 및 언어 습득론을 바탕으로 해서 만들어지기 때문에 교사들이 최근의 이론을 접하고 스스로의 교육방법을 점검해 보는 자율적 교사 훈련의 도구로 활용할 수 있다.

다섯째, 좋은 영어 교과서는 학습 방향이나 교육 방법에 변화를 유발할 수 있는 변화의 도구로 활용될 수 있다는 것이다. 교육의 패러다임 즉 기본축을 바꾸고자 할 때 가장 가시적인 방법은 교재의 변화를 통하여 가능하다는 것이다. 4차 산업혁명 시대의 교과서는 교육의 패러다임을 바꾸는 도구로 활용될 수도 있다.

이러한 다양한 교과서의 기능과 역할은 4차 산업혁명 시대에도 지속될 것이다.

6. 우리나라 중등 영어 교과서 검정 기준

우리나라 중등 교과서는 검정 교과서이므로 검정 기준도 4차 산업혁명 시대에서 적절하게 변화하는 것이 필요하여 보인다. 우리나라 중등 영어 교과서의 검정 기준을 보면 대 항목으로 '교육과정 준수', '내용의 선정 및 조직', '내용의 정확성 및 공정성', '교수 학습 방법 및 평가'가 있다.

대 항목인 '교육과정 준수' 관련 세부 항목들은 다음과 같다. 첫째, 영어과 교육과정의 성격을 충실히 반영, 둘째, 영어과 교육과정의 목표를 충실히 반영, 셋째, 영어과 교육과정의 내용체계 및 성취기준을 충실히 반영, 넷째, 영어과 교육과정의 교수 학습 및 평가의 방향을 충실히 반영하였는가이다. 이러한 항목들에는 기준의 변화가 크게 없을 것으로 보인다.

다음의 대 항목으로는 '내용의 선정 및 조직'이 있다. 이 또한 4차 산업혁명 시대에도 기준의 변화가 크게 없을 항목으로 보인다. 이들 세부 항목은, 첫째, 내용의 수준과 범위 및 학습량은 해당 학년 군 특성에 적절하고, 불필요한 중복이나 비약이 없도록 구성, 둘째, 교육과정에서 제시하고 있는 학년 군별 사용 권장 어휘수는 충실히 고려되었으며, 단원별로 균형 있게 배분, 셋째, 의사소통기능과 언어 형식은 단원간 및 단원내 연계성을 고려하여 체계적으로 반복학습이 이루어지도록 구성, 넷째, 바른 인성과 창의융합적 사고력 함양에 도움이 되고 흥미와 동기를 유발할 수 있는 내용으로 선정, 다섯째, 단원의 전개 및 구성체제가 학습에 효과적이며, 학생의 자기주도적 학습을 지원하는가의 항목들이다. 이들 항목 중 다섯 번째 항목은 효과적인 학습과 자기주도적 학습을 위한 매체의 포함이 효과적인가 아닌가와 관련이 있으므로 4차 산업혁명 시대의 교과서 평가 시에 가중치가 증가될 항목이 될 것으로 보인다.

다음의 대 항목으로는 '내용의 정확성 및 공정성'이 있다. 세부 항목으로는 첫째, 영어 어휘, 표현, 언어 형식상의 오류가 포함되어 있지는 않은

가?, 둘째, 영어 상용국 화자의 관점에 비추어 부자연스럽거나 어색한 표현이 포함되어 있지는 않은가?, 셋째, 제시한 사실, 개념, 용어, 이론 등이 객관적이고 정확하며, 정답의 오류는 없는가?, 넷째, 사진, 삽화, 통계, 도표 및 각종 인용 자료 등은 내용과 조화를 이루고 정확하며, 출처를 분명히 제시하였는가?, 다섯째, 특정 지역 및 국가, 인종, 기관, 단체, 종교, 성, 인물, 상품 등을 비방 왜곡 또는 옹호하지 않았으며, 편견 없이 공정하게 기술하였는가? 여섯째, 한글, 한자, 인명, 지명, 용어, 통계, 도표, 지도, 국기, 계량단위 등의 표기는 정확한가?, 일곱 번째, 한글 사용에 있어서 문법오류, 부적절한 어휘 등 표현상의 오류가 없고 정확한가?가 있다. 이들 항목의 경우 교과서는 오류를 포함하고 있어서는 곤란하다는 점에서 중요성이 높은 상위 기준(high-order criteria)로 간주할 수 있다. 이러한 기준들은 기본적인 기준이므로 4차 산업혁명 시대의 교과서 평가 기준에도 변함이 없을 것이다.

다음으로 대 항목 '교수 학습 방법 및 평가'에 있어서는 다음의 세부 항목들이 평가 항목으로 제시되어 있다. 첫째, 영어 의사소통능력을 신장하는 다양한 교수 학습 방법 및 평가를 제시, 둘째, 바른 인성교육이 구현될 수 있도록 학생 참여와 협력 학습이 강화된 다양한 교수 학습 방법 및 평가를 제시, 셋째, 학생이 스스로 학습하고 과제를 해결할 수 있는 다양한 교수 학습 방법 및 평가를 제시, 넷째, 교사와 학생, 학생과 학생 간의 상호작용이 가능한 다양한 교수 학습 활동을 제시가 기준으로 제시되어 있다. 이러한 평가 기준에는 4차 산업혁명 시대의 시대정신에 맞도록 '교사와 학생, 학생과 학생 간의 상호 작용'을 포함하여 매체의 발달로 인한 '교과서 자료와 학생간의 상호 작용'을 심의 영역에 포함하는 것을 고려해 볼 수 있다.

요약하자면, '교육과정 준수', '내용의 선정 및 조직' 그리고 '내용의 정확성 및 공정성'과 관련된 세부 평가 기준에는 시대에 맞는 소폭의 조율이 있을 것으로 보인다. 특히 '교수 학습 방법 및 평가'에 있어서는 매체의 발달을 반영하는 세부 항목의 정교화가 필요하다.

III. 4차 산업혁명 시대 교과서의 개발

1. 교재 개발자들의 비전

무려 20여 년 전 Tomlinson(1997)은 향후 10년 후의 영어 교재의 이상적인 모습을 요구 조사한 바 있다. 유럽의 교재 집필 전문가 39명이 참가한 응답 결과를 보면 '지역화된 교재', '말하기 담화연구 결과 반영' '학습경로나 과제, 스타일의 다양한 선택', '보다 많은 보조자료 포함', '보다 동기를 부여하는 주제 활용'이 가장 높은 1-5순위를 차지하고 있었다. '새로운 기술을 창의적 사용한 교재'는 9순위였고 'CD ROM 교과서'는 10순위로 드러났다. 현시점에서 볼 때 당시의 기대에 부응하는 교재가 만들어져 현재 보편적으로 사용되고 있다고는 보기 힘들다. 이 조사에서 우리가 주목할 점은 10순위였던 CD ROM 교과서는 벌써 과거의 교과서처럼 되고있다는 것이다. 이처럼 4차 산업혁명 시대에는 기술의 발달로 매체의 변화가 급속도로 이루어 질 것이라 보인다. 4차 산업혁명이 도래하는 현시점에서 우리나라 중등 교과서 집필자들이 원하는 10년 후 중등 교과서의 모습은 어떠한 모습일지 미래를 대비하는 탐색이 필요하다고 본다.

과거 80년대 이전의 전통적인 영어 자료의 단원 구성은 제시(present)-연습(drill)-훈련(practice in context)이었다면, 의사소통중심교수법 이후영어 자료의 단원 구성은 제시(present)-연습(practice)-발화(production)의모습을 지니게 되었다. Johnson과 Johnson(1998)은 의사소통중심교수법이 강조되던 당시 교과서 집필 시 영어로 지시문을 쓰는 것이 집필자의 고민이었다고 지적하고 있다. 이는 의도한 의사소통기능을 학습자들이 연습하기에는 영어로 쓰인 지시문이 목표한 기능보다 더 어려운 구문이 많았기 때문이라고 한다. 문법 번역식에서는 지시문이 '맞는 것을 고르시오'와 '틀린 것을 고르시오'라는 단순한 구문이었지만, 의사소통기능에서는 '역할극에 대하여 설명하는 카드를 읽고 자신이 할 말을 2-3분간 생각한 뒤 짝과 이야기 하시오'처럼 의사소통을 위한 상황 설정을 해야 하고 이를 영어로 지시하는 어려움이 교재 집필 시에 있었다는 점이다.

90년대 이후는 과제(task) 중심의 교수법이 도래하면서 어떻게 다양한 활동을 교과서에 포함하는지가 집필자의 고민이 된 것으로 보인다. 이처럼 교수법의 변화와 함께 4차 산업혁명 시대가 도래하면서 교과서 집필자나 검정 담당자들은 매체의 변화로 인한 학습 방법에 대하여 고민이 있다.

2. 4차 산업혁명 교수 학습 자료의 구성 변화

4차 산업혁명 시대의 교과서는 매체의 발달로 학습 자료 구성상 변화가 발생할 수 있다. 이러한 변화를 위해 교과서 개발자들이 적용 할 수 있는 기법들은 다음과 같은 것이 있을 수 있다.

첫째로는 교과서 본문 자료에 가상현실이나 증강현실이 첨가된 형태로서 추가 자료가 제공될 수 있다는 점이다. 이는 주어진 시간에 더 효과적으로 학습할 수 있도록 더 많은 것을 학습 자료에 첨가시키는 것으로, 세부적으로는 연장하기(extending)와 확장하기(expanding)가 있을 수 있다(McDonough, Shaw, & Masuhara, 2013). 연장하기는 비슷한 언어 자료나 활동을 더 많이 공급해 주는 것으로 기존의 자료에 양을 더하는 것을 말한다. 확장하기는 강조하고 싶은 것을 따로 빼내서 발전시키는 것이며 질적인 변화를 보이는 것이라고 하겠다. 예를 들어 학습 자료 안의 발음

연습이 최소 대응어뿐일 경우, 더 많은 발음연습을 위하여 문장 강세나 리듬, 강세 약세 형태 등을 자료에 첨가시키는 것이다.

둘째로는 수정하기(modifying)로 학습 자료의 연습문제 등을 디지털 매체에 맞도록 변화시키는 것이다. 이것은 재집필하기(rewriting)과 재구성하기(restructuring)의 두 가지로 세분화 할 수 있다(McDonough, Shaw, & Masuhara, 2013). 재집필하기는 그동안 의사소통을 위한 학습 자료를 만들기 위해 가장 빈번하게 사용되는 기술로서, 이는 언어 내용면에 수정이 가해지는 것을 말한다. 예를 들면, 영어로 된 마을 이름이나 사람 이름을 우리나라 학습자에게 익숙한 것으로 바꾸는 것이다. 이에 비하여 재구성하기는 학습 자료를 4차 산업혁명 시대에 보다 적절하도록 구성면에 변화를 주는 것을 말한다. 예를 들어, 교과서의 질문에 대하여 답을 한 것을 학습자가 개인 저장 매체에 기록하고 이를 수시로 확인할 수 있는 형태로 교과서 활동을 디지털화 하는 작업 등이 있을 수 있다.

세 번째로는, 순서 다시정하기(reordering)기능의 설정이 있을 수 있다. 이는 학습 자료를 다른 순서로 배치할 수 있는 가능성을 말하며, 한 단원 안에서 순서를 조절하거나 전체 단원들의 순서를 조절하는 것을 의미한다(McDonough, Shaw, & Masuhara, 2013). 예를 들어, 교육 프로그램의 길이가 학습 자료를 처음부터 끝까지 다 다루기에 너무 짧을 경우, 중요한 것을 먼저 학습자가 선택하여 학습할 수 있도록 가르치는 경우가 되겠다. 현재의 서책형 교과서가 정해진 순서대로 나아가도록 집필이 의도된 것이라면, 미래의 교과서는 학습자가 학습에 필요한 순서를 스스로 결정하여 접근하는 전자적인 구성이 가능할 것이다.

3. 4차 산업혁명 시대의 우리나라 교과서

4차 산업혁명이 도래한다고 하여도 내용과 관련된 소재 및 주제는 우리나라 학습자들의 흥미와 관심을 끄는 것들이 선택될 것으로 보인다. 소재 및 주제의 흥미도에 교재 개발자들이 주의하는 이유는 학습자의 동기 및 집중에 관련이 있고, 기억에 도움이 되어 언어 학습에 궁극적으로 긍정적 역할을 하기 때문이다. 국내에서 만들어진 교재(in-house materials)는 해외에서 만들어진 교재보다 우리나라 학습자들의 흥미와 관심이 어디에 있는지 보다 잘 파악하여 제작된 교재라고 볼 수 있다. 문법요소의 경우도 우리나라 영어 교과서는 우리나라 학습자들이 취약한 부분을 강조하여 다루고자 하는 경향이 있다. 이 문법요소가 4차 산업혁명 시대가 도래한다고 하여 크게 바뀔 것으로는 보이지 않는다. 이는 어휘의 경우도 비슷할 것으로 보인다. 즉 교육과정에서 제시된 어휘가 갑자기 변화할 큰 이유는 없다는 것이다.

그러나 발음의 경우에는 업그레이드된 교육 자료가 교과서에 제시될 것으로 보인다. 예를 들어 우리말에는 없는 소리에 대하여 강조하거나, 원어민 발음에 대하여 시각적인 자료를 보여주거나, 자신의 발음과 원어민의 발음을 비교하여 주거나 하는 등의 매체 발달에 따른 교육 자료의 다양화가 구현될 것이다.

4. 4차 산업혁명 시대의 언어 기능 통합 교과서

4차 산업혁명 시대의 교과서에서는 언어기능의 통합(integration)이 보다 강화될 것으로 보인다. '통합'이란 읽기, 쓰기, 듣기, 말하기의 언어적 기능들을 서로 연관시켜 가르치는 것이다(Richards, Platt, & Weber, 1985). 의사소통중심 교수법에서 통합과 관련하여 제언한 바에 따르면, 언어의 기능들은 역동적이며 이러한 언어 기능 요소들을 통합하여 다룰 수 있는 능력이 의사소통을 수월하게 할 수 있는 능력을 나타내는 것으로 보았다(Morrow, 1981). Lubelska 와 Matthews(1997)에 따르면, 언어 기능을 통합한 교과서는 매 단원에서 4가지 언어기능을 모두 다루며, 일반적인 주제를 포함하는 것이라고 본다. Brown(2001)은 영어 교재 구성에 있어 언어 기능의 통합이 바람직한 이유로, 문자언어와 음성언어는 서로 연계되어 있으며 상호작용이 가능하고, 이러한 이유로 학습자의 학습 활동에 있어 내적인 동기가 유발되고, 한 가지 언어기능의 발달은 다른 기능의 발달을 강화하며, 통합이 인간의 실생활을 반영한다는 측면을 든다. MacDonough, Shaw와 Masuhara(2013)도 교실 밖 일상생활에서 네 가지 영역의 언어기술들이 개별적으로 따로 따로 쓰이는 일이 거의 없고, 각각의 언어기술들은 서로 별개의 것이 아니며, 네 가지 영역에 속한 언어기술들의 하위 기술들 사이엔 서로 겹치고 공통된 부분이 상당량 존재한다고 지적한다. 이러한 면에서, 통합을 반영하는 영어 교과서는 학습자들이 의사소통할 수 있는 능력을 배양하게 도움을 준다고 할 수 있다.

Nunan(1989)은 통합 기능 수업에서 사용할 교과서를 개발하고자 할 때 다음의 7가지 원칙을 제시한다. 이러한 원칙을 살펴보면 4차 산업혁명 시대의 교과서가 과거에 비하여 보다 수월한 통합 기능을 가능하게 하는 장점을 지니고 있음을 파악할 수 있다.

첫째는 진정성으로, 진정한 상호작용을 포함한 자료가 있어야 한다는 것이다. 이는 학습자의 오감을 자극할 수 있는 생생한 자료가 가상현실이나 증강현실 자료를 통하여 제공될 수 있다는 점에서 미래의 교과서가 강점을 지닐 수 있는 것으로 볼 수 있다.

둘째는 과업의 계속성으로, 하나의 활동은 이전의 활동을 기초로 하여 진행되어야 한다는 것이다. 미래의 교과서는 학습자의 학습 이력을 기록할 수 있는 형태로 개발될 것으로 보아 이 점도 강점을 지닌 원칙으로 볼 수 있다.

셋째는 실생활 중심으로, 교재는 교실과 실생활 사이의 뚜렷한 연결점이 있어야 한다는 것이다. 이는 진정성과 관련하여 역시 미래의 교과서가 장점을 발휘할 수 있는 원칙이라고 하겠다.

넷째는 언어 중심으로, 학습자들은 체계적으로 언어 체계에 노출되고, 발견학습을 통해 언어 패턴과 규칙성을 확인하도록 장려되어야 한다는 것이다. 이점은 과거 및 현재의 교과서에서도 강조하는 점이다. 미래의 교과서에서는 제공하는 정보량의 확대로 다소간의 장점을 확보할 수 있는 원칙이라고 하겠다.

다섯째는 학습 중심으로, 학습자가 과업을 스스로를 모니터하고 평가할 수 있는 기능을 길러주어야 한다는 것이다. 학습자가 자신의 학습 과정을 기록하고 저장하며 쉽게 꺼내어 볼 수 있는 형식으로 나아간다면 이 원칙 또한 미래의 교과서가 장점을 지닌 원칙으로 볼 수 있다.

여섯째는 언어 연습으로, 교재에 제시된 활동들은 학습자에게 통제된 발화 연습을 할 기회를 주어야 한다는 점이다. 이 원칙은 미래의 교과서가 학습자 자신의 발화 자료를 저장하고, 반복하여 듣고 원어민의 발화된 것과 비교하는 형태를 지니면 장점으로 부각될 수 있는 원칙이다.

마지막 일곱 번째는 문제 해결로서, 학습자들은 언어습득을 촉진하기 위해 짝 활동이나 소규모 그룹 활동을 할 수 있게 해야 한다는 것이다. 미래의 교과서가 교실내의 학습자를 포함하여 원거리의 학습자와 화상으로 상호작용 하는 모습을 지닐 수 있다면, 이 원칙 또한 언어 기능을 통합하여 구성할 수 있는 장점으로 간주할 수 있는 원칙이라고 하겠다.

4차 산업혁명 시대를 거치며 개발되는 교과서는 학습자들에게 언어 기능을 통합한 과제를 보다 효과적으로 제시하는 모습이 될 것으로 기대된다.

5. 4차 산업혁명을 기대하며... 나가는 말

영어 교과서와 관련된 4차 산업혁명의 성공적인 수행을 위해 적어도

세 가지 측면을 고려해야 할 것이다. 첫째는 혁명의 양상이 교과서의 개발에 어떻게 구현될 것인가에 관한 것이다. 둘째는 혁명의 결과물로 나오는 교과서를 어떻게 적절하게 평가하고 선정할 것인가에 관한 것이다. 셋째는, 혁명적인 교과서를 교실 현장에서 교사와 학습자들이 실제로 어떻게 사용할 것인가에 관한 것이다.

  본고는 첫 번째 혁명의 양상이 어떻게 될 것인가를 주로 다루었다. 향후 교과서 평가와 사용에 대한 영어 교육 학계의 확장된 논의가 필요하다고 본다. 끝으로 우리는 혁명이 실패하면 신보수주의가 도래하던 과거 역사를 기억하고 있다. 영어 교육의 퇴보를 막기 위해서라도 성공적인 4차 산업혁명의 실행이 이루어져야 하며, 이를 위하여 관련 학자들의 다양한 제언들이 지속적으로 필요하다.

참고문헌

Allwright, R. L. (1981). "What do we want teaching materials for?". *ELT Journal*, *36*, 5-18.

Bachman, L. F., & Palmer, A. S. (2010). *Language testing in practice*. Oxford: Oxford University Press.

Bell, J., & Gower, R. (1998). "Writing course materials for the world: A great compromise". In B. Tomlinson (Ed.), *Materials development in language teaching*, 116-129. Cambridge: Cambridge University Press.

Block, D. (1991). "Some thoughts on DIY materials design". *ELT Journal*, *45*, 211-217.

Brown, H. D. (2001). *Teaching by principle: An interactive approach to language pedagogy*. New York: Longman.

Brumflt, C. J. (1980). "From denning to designing: Communicative specifications versus communicative methodology in foreign language teaching". *Studies in Second Language Acquisition, 3*(1), 1-9.

Candlin, C. N., & Breen, M. (1979). "Evaluating, adapting and innovating language teaching materials". In C. Yorio, K. Perkins, & J. Schachter (Eds.), *On TESOL' 79*, 86-108. Washington, DC: TESOL.

Cunningsworth, A. (1984). *Evaluating and selecting EFL teaching materials.* London: Heinemann.

Edge, J., & Wharton, S. (1998). "Autonomy and development: Living in the materials world". In B. Tomlinson (Ed.), *Materials development in language teaching*, 295-310. Cambridge: Cambridge University Press.

Ellis, M., & Johnson, C. (1994). *Teaching business English.* Oxford: Oxford University Press.

Hutchinson, T., & Torres, E. (1994). "The textbook as agent of change". *ELT Journal, 48,* 315-328.

Jenkins, H. (2006). *Confronting the challenges of participatory culture: Media education of the 21st century.* Chicago: John D. and Catherine T. MacArthur Foundation.

Johnson, K., & Johnson, H. (Eds.). (1998). *Encyclopedic dictionary of applied linguistics: A handbook for language teaching.* Oxford: Blackwell.

Kiddle, T. (2013). "Developing digital language learning materials". In B. Tomlinson (Ed.), *Developing materials for language teaching*, 189-206. London: Bloomsbury.

Littlejohn, A. (1998). "The analysis of teaching materials: Inside the Trojan Horse". In B. Tomlinson (Ed.), *Materials development in language teaching,* 190-216. Cambridge: Cambridge University Press.

Lubelska, D., & Matthews, M. (1997). *Looking at language classrooms.* Cambridge: Cambridge University Press.

Maley, A. (1998). "Squaring the circle – reconciling materials as constraint with materials as empowerment". In B. Tomlinson (Ed.), *Materials development in language teaching*, 279-294. Cambridge: Cambridge

University Press.

McDonough, J., Shaw, C., & Masuhara, H. (2013). *Materials and methods in ELT: A teachers guide* (3rd ed.). Oxford: Wiley-Blackwell.

McGrath, I. (2013). *Teaching materials and the roles of EFL/ESL teachers.* London: Bloomsbury.

Mishan, F., & Timmis, I. (2015). *Materials development for TESOL.* Edinburgh: Edinburgh University Press.

Morrow, K. (1981). "Principles of communicative methodology". In K. Johnson & K. Morrow (Eds.), *Communication in the classroom*, 59-69. Harlow: Longman.

Nunan, D. (1989). *Designing tasks for the communicative classroom.* Cambridge: Cambridge University Press.

O'Neill, R. (1982). "Why use textbooks?". *ELT Journal, 36*, 104-111.

Prabhu, N. S. (1987). *Second language pedagogy.* Oxford: Oxford University Press.

Pulverness, A. (1999). "Context or pretext? Cultural content and the coursebook". *MATSDA Folio, 5*(2), 5-9.

Rea-Dickins, P., & Germaine, K. (1992). *Evaluation.* Oxford: Oxford University Press.

Richard, J. C. (2001). *Curriculum development in language teaching.* Cambridge: Cambridge University Press.

Richards, J., Platt, J., & Weber, H. (1985). *Longman dictionary of applied linguistics.* Harlow: Longman.

Rossner, R. (1988). "Materials for communicative language teaching and learning". *Annual Review of Applied Linguistics, 8,* 140-163.

Rubdy, R. (2003). "Selection of materials". In B. Tomlinson (Ed.), *Developing materials for language teaching*, 37-57. London: Continuum.

Sheldon, L. E. (1988). "Evaluating ELT textbooks and materials". *ELT Journal, 42*, 237-246.

Tomlinson, B. (1997). "The future perfect?". *MATSDA Folio, 4*(1), 3.

Tomlinson, B. (1998). "Introduction". In B. Tomlinson (Ed.), *Materials development in language teaching*, 1-24. Cambridge: Cambridge University Press.

Ur, P. (1996). *A course in language teaching*. Cambridge: Cambridge University Press.

제7장
4차 산업혁명과 미래 영어 교과서

김명희

본 장의 목적은 4차 산업혁명시대 미래 영어교과서의 특징을 고찰해 보는 것이다. 인간의 삶의 다양한 영역에 근본적인 변화를 불러일으키고 있는 4차 산업혁명 시대에, 교과서는 어떤 방향으로 기획되어야 하는가? 미래 영어교과서는 어떤 모습일까? 미래 영어교과서는 새로운 추세와 수요를 고려해서 새로 정립된 영어교육 목표 달성에 어떻게 기여할 수 있을 것인가? 본 논문은 이러한 질문들에 대한 답을 찾아보고자 한다. 교과서 형식과 관련해서, 미래 영어교과서는 많은 양의 이해 가능한 입력언어(comprehensible input)가 다양한 형태로 제시되고, 가상현실, 증강현실과 같은 디지털 기술을 광범위하게 사용하는 디지털 교과서가 될 것으로 예상한다. 또한, 디지털 교과서는 개인 학습자들에게 맞춤형 보조학습자료와 맞춤형 학습 기회를 제공하는 형태일 것이다. 한편, 교과서 내용과 관련해서는, 타 교과와의 연계 . 융복합을 적극 시도하여 타 교과 내용을 주제로 많이 활용하되 학생들이 세계시민으로 성장하는 데에 필요한 내용과 활동을 담을 것으로 예상된다. 결국, 미래 영어교과서는 학습자들의 영어 능력뿐만 아니라 창의성, 문화적 감수성, 사고력 향상을 목표로 기획될 것으로 예상된다.

I. 서론

2016년 스위스 다보스에서 개최된 세계경제회의(World Economic Forum)에서 Klaus Schwab이 4차 산업혁명을 소개한 이후, 전 세계는 4차 산업혁명에 대한 관심이 높다. 더욱이 4차 산업혁명의 핵심요소 중 하나인 인공지능과 이세돌 프로기사 9단과의 바둑 대결에서 인공지능의 압도적 우위가 드러남에 따라 한국 사회에서는 인공지능을 비롯, 4차 산업혁명에 대한 우려와 관심이 특히 크다고 할 수 있다. Klaus Schwab(2016)은 4차 산업혁명을 물리적, 디지털, 생물학적 세계를 유기적으로 결합시키는 새로운 과학기술(a range of new technologies that are fusing the physical, digital and biological worlds)로 인한 변화라고 정의하고, 그 속도(velocity)와 범위(scope), 영향력(systems impact) 면에서 이전의 세 차례 산업혁명과 명백히 구분되는 새로운 산업혁명이라고 주장했다. 특히 영향력과 관련하여, 4차 산업혁명은 경제는 물론 정치, 사회, 문화, 교육, 일상생활 등 삶의 전 영역에 걸쳐 광범위하고 혁신적인 변화를 불러일으키고 있다. 물론 영어교육도 예외는 아니다. 4차 산업혁명 시대 핵심 기술의 영향으로 영어교육 분야에서는 이미 교육 내용, 교수학습방법, 교육매체 등에서 많은 변화를 경험하고 있다.

오늘날 우리가 직면하고 있는 기술 개발에 따른 사회 문화적 변화는 새로운 인재상과 새로운 교육 패러다임을 요구하고 있다. 4차 산업혁명의 영향으로 새로운 도전과 변화가 가속화되어 가고 있는 현 시점에서, 영어교육 분야에서도 영어교육 전반 및 영어 교과서 집필 방향과 관련하여 새로운 좌표 설정이 필요하다. 4차 산업혁명 시대에 영어교육이 나아갈 방향은 무엇인가? 특히 EFL 공교육 상황에서 중요한 역할을 담당하고 있는 영어 교과서의 기능, 내용, 형태는 어떠해야 하는가? 본 논문의 목적은 4차 산업혁명 시대에 미래 영어 교과서의 양태와 기능에 대해 고찰하는 것이다. 즉, 본 논문은 4차 산업혁명이 가져올 사회 변화를 예측하고 그 변화에 부응하기 위한 노력으로, 영어교육의 방향, 특히 영어 교과서 집필 및 구성방안에 대해 성찰하고자 한다. 이를 통해 새로운 시대가 요구하는 인재를 양성하는 데에 기여하고자 한다.

II. 본론

본 장에서는 4차 산업혁명의 특징을 먼저 살펴보고, 이를 바탕으로 미래 영어교육이 지향해야 하는 방향과 미래 영어 교과서 집필 방향에 대해 고찰해 보고자 한다.

1. 4차 산업혁명의 특징

4차 산업혁명은 다양한 디지털 기술의 유기적이고 혁신적인 결합으로 말미암아 일어나는 광범위한 변화이다. 4차 산업혁명을 견인하고 있는 핵심요소는 여러 가지가 있는데, 본 논문에서는 그 중 미래의 영어교육, 특히 영어 교과서와 관련된 요소들을 중심으로 살펴보고자 한다. 우선, 각 핵심요소들은 별개로 기능한다기 보다는 밀접하게 연결되어서 상호 영향을 미치고 서로를 견인하는 역할을 하고 있음을 밝힌다.

첫째, 사물인터넷(Internet of things)의 개발과 광범위한 사용이다. 사물인터넷이란, 책상, 침대, 의자, 전등, 창문, 교실, 광장 등 유.무형의 사물들이 다양한 방식으로 서로 연결되어 만들어진 인터넷이다. 각 사물에는 센서가 부착되고 그 센서는 다양한 기능을 수행한다. 예를 들어, 아동의 가방에 부착된 센서는 아동의 위치 정보를 파악해서 부모에게 알려준다. 항공기 부품에 장착된 센서는 항공기 부품의 상태를 실시간 파악해서 관련 정보를 항공기 회사에 제공해 줌으로써, 회사는 부품이 고장 나기 전에 부품을 교체할 수 있게 되고 따라서 항공기 결함 발생 이후 수리를 하면서 발생하는 손실을 미연에 방지할 수 있다. 사물인터넷으로 연결된 사물들은 점점 진일보한 서비스를 제공하고 있는데, 예를 들어, 침대에서 자고 있는 사람이 깨어나는 순간 방안의 불이 켜진다든가, 일정 온도가 되면 히터가 자동으로 작동하는 경우가 이에 해당한다. 사물들이 서로 연결되어 사람을 위해 점점 더 편리한 기능을 수행하고 있는 것이다.

둘째, 초연결(hyper connectivity) 사회가 도래하게 되었다. 디지털 네트워크 환경이 발달함에 따라, 사람과 사람, 사람과 사물, 심지어 사물과 사물, 도시와 도시가 전방위적으로, 유기적으로 연결되어 소통하고 기능하고 있다. 초연결성은 사물인터넷의 확대로 점점 더 강화되고 있는 추세이다. 향후 더 많은 사물들이, 더 빠르게, 더 광범위하게 연결됨으로써 초연결성이 가속화될 것으로 전망된다.

셋째, 빅데이터(big data)의 출현과 다목적 활용이다. 빅데이터는 디지털 환경에서 생성된 엄청난 규모의 데이터를 일컫는 말로, 그 규모가 방대하고, 생성주기가 짧으며, 숫자, 문자, 음성, 동영상 등 다양한 형태를 갖는 특징이 있다. 오늘날 디지털 기기의 광범위한 사용으로 컴퓨터, 스마트폰, 사물인터넷을 통해 생성되는 데이터의 양은 실로 방대하다. 예를 들어, 네이버와 구글과 같은 포털 사이트에 접속해서 검색한 정보 종류와 시간, 온라인쇼핑몰에 구매자가 접속해서 살펴본 제품 목록과 할애한 시간 등에 관한 정보가 데이터로 저장된다. 한편 이렇게 저장된 빅데이터는 분석을 통해 사람의 행동은 물론 생각, 의견 패턴까지 파악하는 데에 사용된다. 빅데이터 분석은 기업, 정부 활동에 혁신적 변혁을 가능하게 하는 동인으로 각광받고 있다.

넷째, 인공지능(Artificial Intelligence, AI) 또한 4차 산업혁명의 핵심요소이다. 인간처럼 생각할 수 있는 능력을 기계를 만들어 내려는 시도는 오랫동안 있어 왔는데, 최근 이루어진 빅데이터의 생성과 딥러닝을 통해 인공지능은 더욱 지능화되고 고도화 되었다. 인공지능은 방대한 양의 빅데이터를 분석하면서 그 안에서 발견되는 패턴을 스스로 파악, 학습하고 이를 바탕으로 앞으로 일어날 일을 예측하고 의사결정을 내리는 기능을 수행하고 있다. 데이터가 많을수록 인공지능은 더 정확한 예측을 할 수 있게 된다. 이러한 점에서 인공지능은 빅데이터와 불가분리의 관계에 있다고 할 수 있다. 인공지능의 발달로 최적화된 개인 맞춤형 서비스 제공이 가능하게 되었다. 예를 들어, 인공지능은 디지털 환경에 데이터를 남긴 소비자의 취향을 파악해서 제품을 추천해 주고 있는데, 이는 아마존을 이용해 본 소비자는 쉽게 경험하는 일이다. 또한, 인공지능은 개인의 건강 데이터와 각종 의료 데이터를 활용해서 건강 상태를 진단, 예측하고, 이에 따라 적절한 의료 서비스를 제공하고 있다.

2. 4차 산업혁명 시대의 영어교육 목표

본 논문의 주요 목적은 4차 산업혁명 시대에 적합한 영어 교과서의 특징과 성격에 대해 고찰하는 것이다. 그러나 본론에 들어가기 전에, 영어 교과서 집필 방향에 중대한 영향을 미치는 미래 영어교육의 목표에 대해 간략히 고찰해 보고자 한다.

앞서 설명한 바 있듯이 4차 산업혁명 시대에는 SNS, 사물인터넷의 일상적인 활용으로 초연결사회가 도래했고, 이에 따라 글로벌화가 가속화되고 있다. 초연결사회에서 글로벌화가 더 광범위하고 세부적인 분야까지 진행되면서 공통언어의 필요성이 더 높아지고, 이에 따라 공통어로서의 영어의 중요성이 더 커지고 있다(김영우, 2017; 안성호, 2017). 이는 영어의사소통 능력이 더욱 필요하고 이에 따라 영어교육이 더욱 중요해진다는 것을 의미한다. 혹자는 구글 번역기, 네이버 번역기의 등장으로 영어 능력이 더 이상 필요하지 않을 것으로 생각하기도 하나 이는 그릇된 생각이다. 언어는 단지 단어나 발음 같은 코드 그 이상이고 번역기도 영어를 제대로 알아야 활용할 수 있기 때문이다(안성호, 2017). 따라서 영어교육의 중요한 목표는, 지금까지와 마찬가지로, 학습자들의 영어의사소통 능력 향상이 될 것이다. 단, 향후에는 지금보다 더 확장된 의미의 의사소통 능력 강화를 지향할 것으로 보인다.

초연결, 글로벌 사회에 필요한 또 다른 핵심역량은 글로벌 의식과 융통성 있는 자세이다. 영어교육의 본질상, 영어교육이 단지 언어만을 교육하는 것이 아니라 언어와 불가분리의 관계에 있는 문화교육까지 포함하고 있는 점을 감안할 때, 영어교육은 학습자들의 글로벌 인식과 다문화 의식 함양에 기여할 수 있는 잠재력이 매우 높다. 따라서 영어교육의 두 번째 핵심목표는 학습자들의 글로벌 감수성과 태도를 길러주는 것이 되어야 할 것이다.

한편 4차 산업혁명 시대에는 창의성, 사고능력, 인성과 같은 소프트스킬(soft skill)의 중요성이 그 어느 때보다 강조되고 있다. 오늘날에는 독창적인 아이디어에 기반해서 새로운 사업 아이템, 문화 콘텐츠, 비즈니스 모델들이 속출하며 혁신에 혁신을 거듭하고 있다. 변혁적이고 파괴적인 혁신이 가속화되고 있는 사회에서의 핵심역량은 창의력, 사고능력이라고 할 수 있다. 또한 인공지능(AI)을 통한 기계화가 점점 활발해지는 사회에서 인간다움에 대한 욕구와 갈망이 더욱 커짐으로 바른 인성의 중요성이 더욱 커지고 있다. 이러한 사회적 수요를 감안할 때, 영어교육은 학습자의 소프트스킬 함양 관련 목표를 염두에 두고 방향 설정을 해야 할 것으로 보인다.

정리하면, 4차 산업혁명 시대가 요구하는 인재는 언어능력, 글로벌 의

식과 다문화 의식, 창의력 . 사고능력 . 공감능력 . 인성과 같은 소프트스킬
을 갖춘 인재라고 할 수 있다. 영어교육은 이러한 목표역량을 갖춘 인재
를 길러내는 데에 기여하는 것을 궁극적인 목표로 삼아야 할 것이다. 이
는 기존의 영어교육의 주요 목표가 의사소통기능 중심의 4기능 향상이었
던 데에 반해, 4차 산업혁명 시대에 필요한 영어교육은 의사소통능력 함
양을 넘어서서 보다 포괄적이고 융합적인 목표 설정이 필요하다는 것을
뜻한다. 다행히도 2015 개정 교육과정은 본 논문에서 설정한 향후 영어
교육의 목표와 어느 정도 일치하는 면모를 보여주고 있다(박우영, 2017).

3. 4차 산업혁명 시대의 미래 영어 교과서

4차 산업혁명 시대의 영어교육 목표가 위와 같이 설정되었다면 미래
영어 교과서는 어떤 모습이어야 할까? 본 장에서는 미래 영어 교과서의
전반적인 방향, 형식 및 내용상의 특징에 대해 살펴보기로 한다.

3.1. 미래 영어 교과서의 전반적인 방향: 디지털 교과서

미래 영어 교과서는 향후 디지털 교과서가 중심이 될 것으로 예상된다.
현재는 서책 교과서, e-book, 디지털 교과서가 혼재되어 사용되고 있고
그 중 서책 교과서가 중심이 되고 있다. 아쉽게도 서책 교과서, e-book,
디지털 교과서는 내용과 형식이 다소 중복되고, 특히 e-book과 디지털 교
과서는 기능상의 차이도 명확하지 않아서, 서책 교과서, e-book, 디지털
교과서의 난립의 문제, 이로 인한 고비용 . 저효율성의 문제가 초래되고
있다. 이러한 문제의 해결을 위해서는 디지털 교과서 위주로의 변환이 필
요해 보인다. 4차 산업혁명은 곧 디지털 혁명에 의해 촉발되었고 오늘날
의 사회가 디지털 중심으로 변모되어 가고 있느니만큼, 디지털 기술에 기

반한 영어 교과서는 새로운 시대의 사회적 특성에 부합한 교과서라고 할 수 있다. 또한, 디지털 교과서는 디지털 네이티브(Prensky, 2001)이라고 일컬어지는 오늘날의 젊은 세대 학습자들의 디지털 능력과 취향에 어울리는 교과서로서의 장점을 갖고 있다. 구체적으로, 교실수업은 서책 교과서나 e-book 위주로 진행되고 디지털 교과서는 학생이 개별적으로 사용하는 오늘날의 방식에서 탈피해서, 디지털 교과서가 학교 수업과 개별 학습에 주로 사용되는 형태로의 전환이 필요해 보인다.

디지털 교과서의 장점은 다음과 같다. 첫째, 언어 입력(language input)을 다양한 형태로 제시할 수 있다. 디지털 교과서는 문자 언어, 음성 언어를 동시에 포함하고 있어서 학습자들이 다양한 형태의 언어 입력에 노출될 수 있는 기회가 제고된다. 외국어 학습에서 언어 입력의 중요성은 아무리 강조해도 지나치지 않다(Krashen, 1981, 1982). 둘째, 학습자들의 언어 입력 접근성이 용이해진다. 디지털 교과서는 스마트폰이나 태블릿과 같은 디지털 디바이스를 가지고 있는 학습자라면 누구라도 시간 . 장소의 제약 없이 이용할 수 있기 때문에 언어 입력에의 접근성이 제고된다. 즉, 학습자는 길을 걸어가면서도 스마트폰을 통해 디지털 교과서에 수록된 음성 언어를 들으며 영어 학습을 할 수 있다. 또한, 무한 반복 청취 또는 시청이 가능해서 언어 접근과 반복연습이 용이하다. 셋째, 다양한 형태의 언어 출력(language output) 기회를 제공할 수 있다. 외국어 교육에서 언어 출력의 중요성 또한 아무리 강조해도 지나칠 수 없다(Swain, 1985). 이와 관련해서 가상현실, 증강현실을 활용해서 목표어 연습이 가능한데 이 점은 뒤에서 자세히 소개할 예정이다. 넷째, 다양한 보조학습자료를 활용함으로써 학습자들의 이해도와 학습 흥미도를 제고할 수 있다. 주제와 관련된 시청각자료를 디지털 형태로 제시함으로써 관련 내용에 대한 이해도를 높이고 흥미를 유발할 수 있는 장점이 있다. 마지막으로, 자기주도학습이

용이해진다. 학습자가 디지털 교과서에 수록된 다양한 디지털 자료와 개인별 맞춤형 피드백을 활용해서 스스로 학습할 수 있는 가능성이 제고된다. 학습자가 학습의 주도권을 갖고 학습계획을 세우고 학습과정과 평가를 실시하는 자기주도학습은 오늘날 교육의 지향점 중의 하나이다.

3.2. 미래 영어 교과서의 형식(Format)

앞서 언급했듯이, 외국어 교육에서 목표언어 입력(input)은 필수불가결한 요소이다. 디지털 기반인 미래 영어 교과서는 문자 언어, 음성 언어 입력을 다양하고 흥미 있는 형태로 구현할 수 있는 가능성이 많다. 지문을 통한 문자 언어뿐만 아니라, 오디오를 통한 음성 언어, 동영상을 통한 음성 언어를 동시에 제공함으로써 학습자의 언어 입력 노출 기회를 제고할 수 있다. 또한, 상이한 학습 스타일을 가진 학습자 개개인에게 맞춤형 학습 기회를 제공할 수 있는데, 학습자의 다양한 학습 스타일을 고려한 교수학습의 중요성은 이미 널리 인정되고 있다. 이외에도, 동영상을 통한 음성 언어에 노출될 때 학습자는 표정, 몸짓, 상황 등에 대한 정보를 바탕으로 음성 언어를 처리함으로써 언어 입력에 대한 이해가 높아지고 학습 흥미도, 몰입도가 제고될 가능성이 있다.

또한, 미래 영어 교과서는 디지털 기술을 적극 활용한 교과서가 될 것으로 예상된다. 그 중 가상현실(Virtual Reality, VR)은 학습자에게 진정성 있고(authentic) 흥미로운 언어 입력과 출력기회를 제공하고 목표 문화에 대한 간접 체험 기회를 제공할 수 있는 장점이 있다. 학습자는 가상현실 기기를 사용해서, 영미권 국가에서 다양한 상황에서 사용되는 언어에 노출될 수 있다. 예를 들어, 학습자는 가상현실 기기를 끼고 교과서에 수록된 영어권 국가 식당의 모습을 관찰하면서 손님과 웨이터 간의 대화를 듣는 등 가상의 상황을 생생하게 체험할 수 있다. 또한, 가상의 상황에 등장하는 인물과 영어로 대화 연습도 가능하다. 예를 들어, 햄버거 가게 가상 상황에서 직원과 대화하며 햄버거 주문을 하거나 출입국 창구에서 담당 직원의 질문에 답하는 연습을 할 수 있다. 한편 영어권 국가에 실제 가보지 않고도 영어권 문화에 노출되고 문화를 가상으로 체험할 수 있는 기회가 제공된다. 이를 통해 학습자는 진정성 있는 언어 입력에 노출되고 목표문화의 단면을 생생하게 체험하고 학습 과정에 흥미를 갖고 참여할 가능성이 높아진다. 이를 위해서는 영어 교과서 집필 시 다양한 상황(예: 식당, 놀이공원, 학교)을 설정하고 상황에 적합한 음성 언어와 문화 정보를 가상현실기술을 통해 구현하고 제시하는 것이 필요하다. 향후 가상현실 기술은 목표어 학습과 목표문화 학습을 위해 필수적인 디지털 기술로 미래 영어 교과서 구축에 적극 활용될 것으로 전망된다.

미래 영어 교과서는 가상현실에서 더 나아가 증강현실(Augmented Reality, AR)을 적극 활용할 가능성이 있다. 가상현실이 가상 세계를 다루는 기술이라면, 증강현실은 현실과 가상의 혼합을 가능하게 하는 기술이다. 예를 들어 스마트폰을 현실 세계 물체에 가까이 댔을 때 관련 정보를 제공받을 수 있는 것은 증강현실기술 덕분이다. 몇 년 전, 전 세계적으로 선풍적인 인기를 불러일으킨 포케몬 고 게임이 바로 증강현실을 기반으로 만들어진 게임이다. 이러한 증강현실 기술을 활용해서 현실 세계에 가상의 인물이 등장하고 그 등장인물과 영어로 대화하는 연습을 하도록 구현할 수 있을 것으로 여겨진다. 안성호(2017)는, 가상현실, 증강현실과 같은 새로운 디지털 기술의 사용으로 EFL 상황에서의 영어교육의 치명적 약점인 의사소통 기회 부족 문제가 획기적으로 개선될 것으로 전망했다.

한편, 미래 영어 교과서는 맞춤형 개별학습이 가능하도록 구현될 수 있다. 4차 산업혁명 시대에 일어난 가장 혁신적인 변화 중의 하나는, 앞서 언급한 바 있듯이 사물인터넷, AI, 빅데이터 분석을 통해 소비자 개인별 맞춤형 서비스가 가능하게 되었다는 점이다. 이러한 변화는 개인별 맞춤형 교육의 중요성을 오랫동안 인식해 온 교육계에게 희소식이 아닐 수 없다. 맞춤형 개별학습은 언어 입력, 출력, 평가 및 피드백 전반에 걸쳐 가능한데, 먼저 진단평가를 통해 학습자 개인의 수준을 파악하고 그 수준에 적합한 언어 입력을 제공함으로써 학습자가 이해 가능한 입력 (comprehensible input)을 활용해서 영어학습을 해 나가도록 도울 수 있다. 출력(output)의 경우에도 사전 진단평가를 통해 적합한 난이도, 언어 기능 (function), 상황이 제시되고 학습자가 목표어를 연습하고 구사할 수 있는 기회를 가질 수 있다. 평가 및 피드백의 경우, 학습자가 평가 문항을 완성하고 제출하면 사물인터넷 서버에 전송되고 AI를 통해 학습자의 반복적인 오류, 언어 발달 단계를 파악하여 학습자에게 관련 피드백을 제공할 수 있다. 더욱이, 동일한 디지털 교과서를 사용하는 학습자 집단의 평가 결과물 빅데이터를 수집, 분석함으로써 학습자의 학습 과정, 오류, 학습전략 등에 대한 이해를 바탕으로 상이한 유형의 학습자 집단에게 맞춤형 학습 정보를 제공하는 것도 가능하다. 한편 평가 결과를 바탕으로 차후에 학습자 개개인 수준에 적합한 평가 문항을 제시함으로써 학습자가 적절한 도전감과 성취감을 맛보며 학습하는 것이 가능하게 될 것이다. 맞춤형 개별학습은 자기주도학습을 용이하게 하는 통로가 될 수 있다. 예를 들어, 학습자는 디지털 디바이스의 비디오 기능을 사용해서 본인의 영어 스피치를 녹화하고 관련 피드백을 받는 형태로 자기주도학습을 할 수 있다.

또한 미래의 영어 교과서는 다양한 내용의 보조학습자료를 다양한 형태로 제시할 것으로 전망된다. 디지털 보조자료 제시는 현재 사용되고 있는 디지털 교과서에서도 이미 구현되고 있지만, 향후 디지털 기술의 발달로 더욱 다양한 형태의 자료 제시가 가능하게 될 것이다. 예를 들어, 학습자가 영국 국회의사당 관련 글을 읽다가 'parliament' 단어를 클릭하면 국회의사당 내 . 외부 사진, 국회의사당 주변 사진, 의회 내 회의 동영상, 영국 의회의 역사 등에 관한 시청각자료를 접할 수 있게 된다. 세계 여러 나라의 교복, 축제, 명절, 전통놀이 등과 관련해서도, 지금까지 가능했던 단편적인 정보 제시 수준을 넘어서 다양한 정보를 생동감 있는 방식으로 제공 받을 수 있게 됨에 따라 학습자의 흥미도가 제고되고 현실 세계와 연결된 학습 기회가 많아질 수 있을 것으로 보인다.

　정리해 보면, 확대된 영어교육 목표 하에 만들어지는 미래의 영어 교과서는 현재의 서책 교과서에 비해 훨씬 더 확대된 양상을 보일 것으로 생각된다. 다양한 디지털 기술 덕분에 독해 자료, 음성 자료, 동영상 자료, 평가 문항, 피드백, 웹기반 자료, 가상현실 자료, 증강현실 자료 등 영어교육에 사용될 수 있는 무한히 많은 자료들이 포함된 자료집이 될 것으로 여겨진다. 더욱이, 자료집은 더욱 많은 자료들을 계속해서 포함할 것으로 전망된다(김해동, 2017).

3.3. 미래 영어 교과서의 내용(Content)

　이제 미래 영어 교과서의 내용적 특징을 조망해 보기로 한다. 본 논문에서 '내용'이라는 용어는 교과서에서 다루는 주제로서의 내용뿐만 아니라 학습활동 내용 및 방식(예: 짝 활동, 프로젝트), 평가까지를 모두 포함하고 있다.

　미래 영어 교과서는, 무엇보다도 오늘날 교육계에서 뿐 아니라 사회 전반에서 주목을 받고 있는 융합의 개념이 잘 반영된 내용을 담아낼 것으로 예상된다. 이를 위해 타 교과와의 연계 . 융복합이 적극 시도되고, 그 결과 타 교과 관련 내용이 영어 교과서의 주제로 활용될 가능성이 많다. 물론 타 교과와의 연계 . 융합의 정도는 학습자의 학년, 연령, 학습목표에 따라 그 적절성이 결정되어야 할 것이다. 오늘날에는 융합적 사고 능력, 유연성 있는 사고 능력이 많이 요구되는 시대이니만큼, 분절적인 교과 내용, 또는 기계적인 영어교수학습만을 위한 교과 내용이 아니라 학습자의 사고 능력과 지식 함양에 유익한 내용을 활용해서 영어를 가르치는 접근이 더욱 필요하다고 하겠다. 타 교과 내용 중 학습자가 흥미 있어 하고 사고력 향상에 유익한 내용들을 영어 교과 내용으로 적극 발굴, 반영해서 교과 간 융합이 일어나도록 하는 것이 필요하다. 더 적극적으로는, 영어교육의 경계를 넘어 교과목 간 공통 목표를 설정하고 교과 간 융합을 더욱 적극적으로 시도할 수 있다.

또한, 미래 영어 교과서는 실생활과 연관되는 내용을 많이 다루게 될 것으로 보인다. 오늘날 교육의 지향점 중의 하나는 학습자가 실생활에서 교과 내용을 활용할 수 있도록, 교육과 세상과의 적극적인 연계를 모색하는 것이다(교육부, 2015). 즉, 교육과 실생활이 분리되어 있는 것이 아니고, 학습자가 학습한 내용을 활용해서 현실을 이해하고 문제를 해결하는 능력을 제고하는 것이 교육의 중요 목표이다. 교육계 전반에서 이러한 노력들이 이루어지고 있는데 영어교육도 예외일 수는 없다. 학습자가 영어학습을 통해 교실 밖 현실 세계에 대한 이해를 높이고 실생활에서 더 적극적인 주체로 살아갈 수 있도록 실생활과 관련된 내용들을 적극 발굴하고 교과서에 담아내도록 해야 할 것이다. 더 나아가 생활과 연관된 융합적 교육 체제로의 변화가 요구된다(장경숙, 2017).

미래 영어 교과서는 학습자의 창의성, 인성 함양에 유익한 내용을 많이 다루게 될 것으로 예상된다. 앞서 언급했듯이, 4차 산업혁명 시대에는 창의성, 인성이 더욱 절실히 요구되고 있다. 영어교육이 새로운 시대가 요구하는 인재를 길러내는 데에 기여해야 한다는 전제 하에, 영어 교과서는 학습자의 창의성, 인성 함양 신장을 제고하는 방향으로 내용 및 학습활동을 구성할 필요가 있다. 그동안 우리나라 한국과학창의재단과 교육과정평가원의 주관 하에 '영어교육을 통한 창의성 신장'이라는 주제로 관련 연구(강남준 외, 2011; 문용린, 최인수, 2011; 한종임 외, 2013)와 교사 연수가 몇 차례 실시되었는데, 이는 매우 고무적인 시도라고 할 수 있다. 향후 이런 노력들이 더 활발하게 이루어지고 그 결과가 미래 교과서에 적절히 반영될 수 있기를 기대해 본다.

마지막으로 미래 영어 교과서에서는 문화 관련 내용이 많이 다루어질 것으로 예상된다. 초연결 글로벌 사회 시민에게는 글로벌 의식 . 태도가 특히 요구된다. 4차 산업혁명 시대에는 모든 교과목이 학습자의 글로벌 의식 함양에 기여한다는 목표를 직 . 간접적으로 견지하고 있지만, 특히 영어교육 분야에서 그 목표가 중요하다. 이는, 영어교육이 언어 교육과 문화 교육을 통해 4차 산업혁명 시대의 핵심역량인 학습자의 글로벌 역량을 키우는 데에 가장 중요한 역할을 할 수 있기 때문이다. 이를 위해서, 영어 교과서는 영미권 문화뿐만 아니라 다양한 문화 콘텐츠와 활동을 제공할 필요가 있다. 특히, 4차 산업혁명 시대의 핵심요소인 초연결성을 기반으로 영어 원어민 화자나 타국의 영어 학습자들과의 직접적인 연결, 교류 활동을 구현함으로써 학습자의 글로벌 인식 . 태도, 다문화 지수 향상에 기여할 수 있다.

마지막으로 미래 영어 교과서는 학습자에게 흥미롭고 관련 있는 내용을 중심으로 구성되어야 하는데, 이는 교과서 주제와 학습 활동 둘 다에 적용된다. 흥미롭고 관련성 있는 교과 내용의 필요성은 영어 교과서뿐만 아니라 모든 교과목에 다 적용되는 기본 원칙이지만, 흥미(interest)와 연관성(relevance) 문제는 교재 개발을 포함, 전 교수 . 학습 과정의 핵심 요소이기 때문에 다시 한번 강조하고자 한다.

III. 결론

본 논문에서는 4차 산업혁명이 가져온 사회 문화적 변화에 적절히 대응하기 위해 향후 영어교육이 지향해야 하는 좌표와 미래 영어 교과서의 바람직한 모습에 대해 성찰해 보았다. 4차 산업혁명은 인간 사회에 가히 광범위하고 혁신적인 변화를 가져 오고 있다. 이러한 시대적 변화 속에서, 영어교육은 시대가 필요로 하는 핵심 역량, 특히 공통언어로서의 중요성이 더욱 커져 가고 있는 영어를 통한 의사소통 능력, 글로벌 의식 및 문화 역량, 창의력, 사고력, 협동능력, 인성 함양에 기여해야 할 것이다. 이는, 영어교육이 단지 영어 단어, 문법 교육을 제공하고 의사소통능력을 키워주는 데에서 더 나아가, 4차 산업혁명 시대가 요구하는 핵심역량을 키우는 데에 기여하는 것을 궁극적인 목표로 삼아야 한다는 것을 의미한다. 이러한 포괄적인 접근은, 개별 학습자에게 지식, 기능, 가치, 태도 등이 통합적으로 발현되도록 하는 교육의 본질적인 목적과 일맥상통한다.

이러한 영어교육의 목표를 달성하기 위해, 미래 영어 교과서는 교과 통합적이고 실생활과의 연계가 높으며 창의성 . 인성 함양에 기여할 수 있는 주제 및 학습활동 중심으로 내용 구성이 이루어져야 할 것이다. 또한 다양한 문화 관련 학습 내용을 제시하는 것은 물론 타 문화 집단과의 직접적인 연결과 교류를 시도하는 것이 바람직하다. 마지막으로, 모든 교과목, 모든 교육 상황에 적용되는 황금률인 흥미 있고 학습자에게 적절한 학습 내용 선정은 4차 산업혁명 시대에도 변함없다.

한편, 미래 영어 교과서는 디지털 기술을 적극 활용함으로써 영어학습에 필요한 언어 입력과 출력 기회를 다양하게 제공할 수 있고 이에 따라 학습자의 학습동기를 높이는 긍정적인 결과를 가져올 수 있다. 학습자는 디지털 교과서에 구현된 가상현실, 증강현실을 활용해서 진정성 있고

(authentic) 흥미로운 상황에서 목표어에 노출되거나 목표어를 통한 의사소통 연습을 할 수 있고, 동시에 목표어 문화를 생생하게 가상으로 체험하게 할 수 있다. 또한 미래 영어 교과서는 인공지능과 사물인터넷 기술을 이용해서 개인별 맞춤형 학습 기회를 제공하고, 이를 통해 학습자의 자기주도학습을 촉진시킬 수 있는 가능성이 있다. 물론, 이러한 기술적 구현과 실제 사용이 가능하기 위해서는, 디지털 기술과 교육을 최적으로 융합하려는 시도가 많이 이루어져야 하고 필요한 인프라 구축도 선행되어야 할 것이다.

그동안 영어 교과서는 영어 교육 관련 연구 및 교수학습 경험의 바탕 위에 변화를 거듭하며 발전되어 왔다. 오늘날의 영어교과 제작의 지침이 되고 있는 기존의 통찰력 위에, 4차 산업혁명 시대가 제공하는 새로운 패러다임과 디지털 기술이 더해졌을 때, 미래의 영어 교과서는 더 효과적인 영어학습 기회를 제공하고 따라서 더 긍정적인 학습결과를 가져올 가능성이 높다. 그러나 보다 시의적절하고 효과적인 미래 영어 교과서의 방향 설정을 위해서는 앞으로 이론적, 임상적 연구가 더욱 많이 이루어져야 한다고 생각한다.

참고문헌

교육부. (2015). 교육과정 총론. 교육부.

교육부. (2015). 영어과 교육과정. 교육부.

강남준, 권민경, 하혜승, 안이화, 석기영, 이지은, 안은옥, 김진영. (2011). 『외국어(영어)영역 창의·인성 수업 모델 개발 연구』. 서울: 한국과학창의재단.

김영우. (2017). 「4차 산업혁명과 미래 영어 교과서」. 『2017년도 제2회 한국교육과정평가원 영어교육 세미나 자료집』, 1-7.

김해동. (2017). 「4차 산업혁명과 중등 영어 교과서」.『2017년도 제2회 한국 교육과정평가원 영어교육 세미나 자료집』, 10-11.

문용린, 최인수. (2011).『배려와 나눔을 실천하는 창의인재육성을 위한 창의 . 인성교육 활성화 방안 연구』. 서울: 한국과학창의재단.

박우영. (2017). 「4차 산업혁명 시대, 우리의 영어교육은 어디로 가고 있나?」. 『한국문화융합학회 전국학술대회』, 145-152.

안성호. (2017). 「4차 산업혁명과 영어교육」.『2017년도 제1회 한국교육과정 평가원 영어교육 세미나 자료집』.

장경숙. (2017). 「2015 개정 영어과 교육과정 핵심 정리」.『2017학년도 영어 교육컨설팅단 기본연수자료집』. 국립국제교육원.

한종임, 정혜영, 김영숙, 박시영, 권유리, 송미사, 신진희, 이향진, 김진영, 김기임, 이정민, 손성현, 원장호, 이현창, 오혜진, 김주연, 김효비, 차주현. (2013).『핵심 역량 한국 영어학습자의 창의성 신장을 위한 창의성 교육 기법 기반 영어 교수중심의 영어영역 창의 . 인성교육 수업 모델 개발 연구』. 서울: 한국과학창의재단.

Krashen, S. D. (1981). *Second language acquisition and second language learning*. Oxford: Pergamon.

Krashen, S. D. (1982). *Principles and practice in second language acquisition*. Oxford: Pergamon.

Prensky, M. (2001). "Digital natives, digital immigrants". *On the Horizon*, *9*(5), 1-6.

Schwab, K. (2016). *The fourth industrial revolution*. NY: Crown Publishing.

Swain, M. (1985). "Communicative Competence: Some Roles of Comprehensible Input and Comprehensible Output in its Development". In S. Gass, & C. Madden (Eds.), *Input in second language acquisition*, 235-256. Rowley, MA: Newbury House.

제8장

4차 산업혁명과 영어전공자의 미래:

대학 영문과의 발전방향(광운대학교 영문과 사례)[*]

김선웅

외국어 학습은 단순한 기능을 습득하는 것이 아니라 해당 언어 관련 문화의 총체를 학습하는 것으로 본다면, 영어는 영어와 함께 영미문화권의 방대한 문화적 콘텐츠에 대한 범위로 확대될 수 있다. 이렇게 범위를 넓혀 본다면 영어 전공자들이 해야 할 일은 축소가 아니라 오히려 확대될 일이다. 기존의 영미어문학 관련 지식의 습득과 활용에 대한 기초적 역량은 지속적으로 축적되어야 한다. 특히, 문화산업과 관련한 영미문화콘텐츠 전문 인력의 수요는 결코 줄어들지 않을 것으로 생각된다. 또한, 이러한 문화콘텐츠를 미래사회의 소통 수단으로 바꾸어 줄 전문 인력이 필요하다. 이를 위해서 공고한 영미문화콘텐츠에 대한 전문 식견을 가진 영어전공자들이 인공지능 개발자들과

---

* 본 장은 광운대학교 영어영문학과/영어산업학과 교수진의 허락을 얻어 작성되었다. 김용범, 신용재, 김홍기, 이일재, 임효정, 손가연 교수님께 감사 드린다.

함께 코딩의 협업의 과정에 참여하고, 기술적 도움을 받아 효과적인 데이터 구축에 참여할 수 있다면 영어전공자들에게는 새로운 영역으로의 진출이 가능하다. 본 장은 이러한 사회적 변화를 수용하고, 미래 사회를 대비하는 인재 육성을 위해 과감한 변신을 선택한 국내 한 영문과의 사례를 소개한다. 광운대학교 영어영문학과는 영어전공자의 미래 역할을 다시 설정하고, 이를 위해 학과의 교육적 리소스를 최대한 활용하는 범위 내에서 학과의 미래 비전과 미션, 교육목표, 인재상, 특성화 전략, 실행계획 등을 미래지향적으로 개편하게 되었다. 이러한 노력은 2016년도 국가적 교육사업인 '수도권대학특성화사업'(CK-II)에 우수사업단으로 선정되기에 이르렀다. 시대가 요구하는 미래형 영어인재를 육성하는 교육프로그램 (개인 창의성 기반 SHOBS형 인재 육성 사업단, "숍스사업단")을 운영하며 혁신적인 변화를 시도하는 바, SHOBS형 인재란 방대한 영어영문학 콘텐츠를 상징하는 영국의 대문호 William Shakespeare와 창의적 아이디어를 거대 산업으로 육성한 미국의 Steve Jobs의 이름을 합성한 신조어로서 영어영문학 콘텐츠를 산업의 자산으로 삼아 4차 산업혁명 시대를 선도할 수 있는 미래형 영어 인재를 의미한다. 본 장은 영어영문학 콘텐츠에 대한 공고한 지식을 다양한 미래 사회의 요구에 부응하도록 가공하고 제공함으로써 이윤을 창출할 수 있는 산업으로 시작하고 운영할 수 있는 인재를 양성하기 위한 하나의 교육 모델을 제안한다.

I. 서론

어느 날 문득 4차 산업혁명 시대를 맞기 오래 전부터 국내 대학의 영문과는 혁신, 혹은 변신을 요구받아 왔다.[1] 일부 영문과는 영어통번역학과로, 또 일부는 영미문화콘텐츠학과로, 혹은 교육부의 요구대로 영미지역학과 등으로 강요된 변신을 해 왔고, 사범대학의 영어교육과는 인문대학의 영문과와 통합하여 영어학부 등으로 재편되면서 서로 불편한 동거를

---

[1] 4차 산업혁명 관련해서 송경진(2016)을 참고하였다.

강요받아 왔으며, 대학에서는 영문과, 영어교육과를 모두 폐과 수준의 구조조정을 하고 교수들을 교양학부 혹은 교양대학으로 재배치하기에 이르렀다. 일부 목숨이 붙어있는 영문과도 더 이상의 교수 충원을 지원하지 않겠다는 대학 당국의 연명중지 통지를 받아놓은 상황이기도 하다.

- 국내 대학 영문과의 변화 예시
  - 영문과 → 영어통번역학과, 영미문화콘텐츠학과, 영미지역학과
  - 영어교육과 → 영문과와 통합하여 영어학부
  - 영문과+영어교육과 → 교양학부

영문과의 위기는 4차 산업혁명이 불현듯 찾아오면서 더욱 심각한 단계로 진입하고 있다. 다수 영문과 학생들의 희망 진출영역인 전문 통번역가의 역할은 뇌신경망 기반의 구글의 Translate와 네이버 Papago 등의 딥러닝 괴물들에 의해 거의 완전하게 대치될 것으로 예상된다. 또한, 영한번역의 전문가 역할은 방대한 자료 기반의 영작문 활용 서비스, 예를 들어 Words and Phrases(http://www.wordandphrase.info/), 구글의 Grammarly, ETS의 Criterion 등에 의해 상당부분 대치될 것이다.

이제 영문과, 혹은 영어전공자는 미래에 무슨 역할을 담당할 수 있을까? 매우 심각하고도 진땀나는 문제가 아닐 수 없다. 게다가 취업 절벽의 현실은 거론하기조차 민망하다. 대기업 취업은 대부분 한국 대학생들의 로망이지만 2017년 대기업 공채 규모는 40만 명에 육박하는 대졸자의 갈증을 채워주기에는 한없이 부족한 2만여 명 수준에 그치고 있다. 안전한 직장을 원하는 학생들의 또 다른 희망 공무원직은 수천 대 1의 경쟁을 뚫어야 하는 전대미문의 난코스가 되어 버렸다. 교사직 또한 교직과정 축소, 폐지 등의 가혹한 교육행정으로 인해 아예 희망 직종의 리스트에서 빼어버려야 하기 일보 직전의 상황에 와 있다. 영어 교사의 임용 또한 영

어수능 절대평가의 도입 이후 급격히 감소하고 있다. 이제 국내의 영문과는 선택의 기로에 서 있다. 강요된 변신을 하여 목숨을 연명할 것인가, 위기를 기회로 삼아 변화하는 생태계를 향한 진화의 길로 나갈 것인가?

II. 영문과의 진화

1. 진화의 방향성

대학의 영어전공자가 앞으로 미래 사회에서 담당할 수 있는 역할에 대한 전망은 우려 속에 아무도 함부로 예측하기 어려운 상황에 있지만, 그렇다고 암담하기만 하지는 않다고 본다. 물론 이는 논리적 판단이 아니라 어려운 불충분한 자료와 예상에 기초한 추측 혹은 투기에 불과하다고 비판받을 수 있지만 미래를 대비하기 위한 불가피한 과정이라고 본다. 영어의 역할을 기능적인 측면과 콘텐츠적인 측면에서 생각해 보자. 기능적 측면에서 의사소통 도구로서의 영어의 역할은 앞으로도 지속될 것이지만, 이를 위한 통번역가의 역할은 심각하게 축소될 것이다. 최근 언론보도에 따르면 각 대학에 설치된 통번역대학원의 지원자의 수가 10-20% 감소하였다고 하는데(조선비즈, 2017.3.7.), 이러한 추이는 앞으로 더욱 가속화될 것으로 예상된다.[2] 아마도 통번역 종사자는 그 "역사적 역할을 마치게 될"지도 모른다. 영어교육 교실 현장의 모습도 매우 달라지게 될, 또한 달라져야 할 것으로 보인다. Four skills를 목표로 하는 기능 훈련은 상당 부분 AI 교수자들이 대치할 가능성이 높다.[3] 영어 통번역가의 역할은 새로운 영역을 찾는 노력을 게을리 하면 안 된다. 그러나 영어의 콘텐츠를

----

[2] http://biz.chosun.com/site/data/html_dir/2017/03/07/2017030700219.html
[3] 실제로 한국연구재단의 2018 선정 과제 중에는 AI 교수자의 역할을 구체적으로 구현하는 것을 목표로 하는 과제가 포함되어 연구 진행 중이다.

생각해 보면 전망이 그리 비관적이지 않다고 본다. 외국어 학습은 단순한 기능을 습득하는 것이 아니라 해당 언어 관련 문화의 총체를 학습하는 것으로 본다면, 영어는 영어와 함께 영미문화권의 방대한 문화적 콘텐츠에 대한 범위로 확대될 수 있다. 이렇게 범위를 넓혀 본다면 영어 전공자들이 해야 할 일은 축소가 아니라 오히려 확대될 일이 아닌가 싶다. 먼저, 기존의 영미어문학 관련 지식의 습득과 활용에 대한 기초적 역량은 지속적으로 축적되어야 한다. 특히, 문화산업과 관련한 영미문화콘텐츠 전문 인력의 수요는 결코 줄어들지 않을 것으로 생각된다. 또한, 이러한 문화 콘텐츠를 미래사회의 소통 수단으로 바꾸어 줄 전문 인력이 필요하다. 예를 들어, 영미문화콘텐츠를 컴퓨터 언어로 코딩해 줄 수 있는 전문가의 수요는 날로 확대될 것으로 예상한다. 이를 위해서 공고한 영미문화콘텐츠에 대한 전문 식견을 가진 영어전공자들이 인공지능 개발자들과 함께 코딩의 협업의 과정에 참여하고, 기술적 도움을 받아 효과적인 데이터 구축에 참여할 수 있다면 영어전공자들에게는 새로운 영역으로의 진출이 가능하지 않을까 생각한다. 또한 영어교실 수업의 개념도 단순 기능 위주의 교육에서 벗어나 진정한 의미의 창의 교실을 지향해야 할 것으로 보인다. 학습자의 인지 발달 단계에 맞춘 활동 중심의 교육과정이 새로이 구축되어야 할 것이다. 예를 들어 저학년의 경우는 활동 중심, 게임-놀이 중심의 다양한 활동을 통한 창의적 사고 훈련을 통한 영어 학습으로, 고학년의 경우는 과제 중심, 토론 중심의 고차원적 사고 훈련을 통한 영어 학습으로 구성되어야 할 것이다. 이는 물론 대학의 영어 전공 학문분야 교과과정에도 반영되어야 한다.

2. 광운대학교 사례: 개인창의성 기반 SHOBS형 인재 육성사업단

광운대학교 영어영문학과는 이러한 교내외적인 위기 상황 속에서 영어

전공자의 미래 역할을 다시 설정하고, 이를 위해 학과의 교육적 리소스를 최대한 활용하는 범위 내에서 학과의 미래 비전과 미션, 교육목표, 인재상, 특성화 전략, 실행계획 등을 미래지향적으로 개편하게 되었다. 이러한 노력은 2016년도 국가적 교육사업인 '수도권대학특성화사업'(CK-II)에 우수사업단으로 선정되기에 이르렀다.

광운대학교 영어영문학과(이하, 영문과)는 2016년 교육부 수도권대학특성화사업에 선정되어 2016년부터 3년간 약 9억 원에 이르는 국고를 지원 받아 학과를 시대가 요구하는 미래형 영어인재를 육성하는 교육프로그램(개인 창의성 기반 SHOBS형 인재 육성 사업단, "숍스사업단")을 운영하며 혁신적인 변화를 꾀하고 있다. SHOBS형 인재란 방대한 영어영문학 콘텐츠를 상징하는 영국의 대문호 William Shakespeare와 창의적 아이디어를 거대 산업으로 육성한 미국의 Steve Jobs의 이름을 합성한 신조어로서 영어영문학 콘텐츠를 산업의 자산으로 삼아 4차 산업혁명 시대를 선도할 수 있는 미래형 영어 인재를 의미한다. 이를 위하여 영문과는 <그림1>과 같은 개념으로 사업의 큰 그림을 작성하였다.

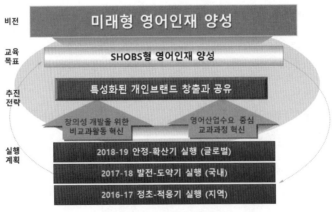

<그림 1> 사업단 개념도

사업의 비전은 "미래형 영어인재의 양성"이다. 미래형 영어인재는 영어영문학 콘텐츠에 대한 공고한 지식을 다양한 미래 사회의 요구에 부응하도록 가공하고 제공함으로써 이윤을 창출할 수 있는 산업으로 시작하고 운영할 수 있는 인재를 의미한다. 이러한 역량을 갖춘 미래형 영어인재가 바로 사업단의 교육목표인 "SHOBS형 영어인재의 양성"의 핵심 인재상이다. SHOBS형 영어인재는 방대한 영어영문학 콘텐츠에서 창의적 아이디어로 산업화 아이템을 발굴하고 이를 수요자에게 제공할 수 있으며, 나아가 이를 취ㆍ창업을 통하여 산업화하는 역할을 할 것으로 기대한다. 이러한 영어인재의 양성을 위한 추진전략으로는 개인 특성화를 주요 전략으로 삼는다. 개인 특성화를 위하여 학과의 교과과정을 혁신하여 산업 수요를 대비하고, 비교과과정 또한 사업의 목적에 부합하도록 창의성 개발을 목표로 대폭 개편하여 운영한다. 궁극적인 비전을 위해 구체적인 교육목표를 설정하고 실천 가능한 실행계획을 수립하여 이를 체계적이고 효과적인 추진 전략을 통하여 달성하게 된다. 3개년에 걸친 실행계획은 1차년도를 정초-적응기, 2차년도를 발전-도약기, 3차년도를 안정-확산기로 개념을 설정하고 각각 지역 수준, 국내 수준, 글로벌 수준의 사업을 전개하게 된다. 개략적인 사업 계획은 <표1>과 같다.

〈표 1〉 3개년 실행계획 개요

년도	개념	범위	개요
1차년도	정초-적응기	지역	· 사업의 목표와 기대효과를 점검하고 사업추진의 기초를 다짐 · 지역사회를 타겟으로 하여 역량을 축적
2차년도	발전-도약기	국내	· 정초기의 적응 상황을 기초로 사업의 본격적 추진을 위한 변화를 통해 발전을 도모 · 사업의 전개를 통한 발전에 추진력을 더하는 실행계획들을 투입함으로써 사업의 도약

			· 1차년도 본 사업의 성과와 노하우를 바탕으로 지역을 넘어서, 협력 범위와 영향력을 인근지역으로 확장 · 국내사회를 타깃으로 하여 역량을 축적
3차년도	안정- 확산기	글로벌	· 충분히 공유된 사업의 목표와 기대효과를 교내외 협조를 통하여 안정적인 운영 지속 · 사업의 도약을 통해 업그레이드된 사업을 교내외에 확산하고 교류를 활성화 · 1, 2차년도 성과와 노하우를 바탕으로 협력 범위와 영향력을 국외로 확장함. 아시아지역 및 북미지역 대학 및 언어교육 기관과 협력을 통하여, 지식 및 기술 나눔과 응용 발전 · 글로벌 시장을 타깃으로 하여 역량을 축적

숍스사업단을 추진하게 된 것은 시대의 변화를 발 빠르게 읽고 이를 대학 교육 현장에 적용해야 한다는 교육적 사명과 영어 혹은 영어영문학 전공자의 미래가 과거와는 달라져야 한다는 절박한 위기감을 배경으로 한다. 먼저 교육적 사명과 관련하여, 영어영문학과 출신의 취업 결과를 전공 일치도 측면에서 보면 대학에서 배운 영어영문학을 활용할 수 있는 기회는 거의 주어지지 않는 경우가 대부분이며, 이를 활용할 수 있는 곳 이라고 하여도 매우 제한적이고 단편적인 지식을 필요에 따라 무시로 요 구받는 환경이다. 대학에서 학습한 내용이 자신의 경력개발로 이어질 수 없고 취업 후 거의 모든 것을 다시 준비해야 한다면, 이는 대학과 교수가 자구적 변신을 통하여 개선해야할 부분이라는 성찰적 깨달음에 기초하 여, 학과의 교육의 총체가 학생의 경력 개발과 직접적으로 연결될 수 있 는 효과적인 교육프로그램을 구성하게 된 것이다.

개인 창의성기반 미래 산업수요 맞춤형 영어인재의 핵심역량		
핵심역량	**하위구성요소**	**비고**
의사소통능력 Communication	적극적 경청과 이해능력 효과적인 의사전달과 발표 토론과 중재	Listening and understanding Communication and presentation Discussion and moderation
자원, 정보, 기술의 처리 및 활용 Resource processing	전문지식 정보의 처리 및 활용능력 정량적 사고와 자료해석 능력 현장적응력	Specialty Information processing and application Quantitative reasoning Field adaptability
종합적 사고력 High-order thinking skills	비판적 사고력 문제인식 및 해결 논리적 사고력 융합적 사고력	Critical thinking Problem-recognition and solving Reasoning Integrative thinking
글로벌 역량 Global competency	외국어 능력 다문화 수용 및 이해능력	Foreign language Understanding and appreciating diverse culture
대인관계 및 협력 Interpersonal and cooperative skills	협력 리더십 조직에 대한 이해	Works with diversity, teamwork Leadership System thinking
자기관리 Self-management	자기주도적 학습능력 목표지향적 계획수립 능력 시민의식 정서적 자기조절	Self-directed learning Goal-oriented planning and organizing Personal, social, civic responsibility Emotional self-control

인지적 요소: 의사소통능력, 자원·정보·기술의 처리 및 활용, 종합적 사고력, 글로벌 역량

비인지적 요소: 대인관계 및 협력, 자기관리

〈그림 2〉 숍스형 인재의 핵심역량

　미래형 영어인재가 갖추어야 할 핵심역량은 한국직업능력개발원에서 개발한 대학생핵심역량을 참고하여 <그림 2>와 같이 설정하였다. 이는 인지적 요소로서의 의사소통능력, 자원-정보-기술의 처리 및 활용, 종합적 사고력, 글로벌 역량 및 비인지적 요소로서의 대인관계 및 협력 능력 및 자기관리 능력을 아우른다.

　이러한 핵심역량을 총체적으로 배양하기 위하여 사업단은 구체적으로 <그림 3>에 제시된 6개에 걸친 주요 사업을 전개하게 된다.

교과과정			비교과과정	
1 교과과정 개편	• 문학기반 콘텐츠 개발 • 캡스톤 프로젝트 도입 • 영어교육 사회봉사 도입	3 영어연극 활성화 4 영어스토리텔링 능력 신장 5 번역능력 향상	• 학과의 기존 강점 분야 • 영어 스토리 구성능력 및 발표능력 수월성 확보 • 번역사 자격증 의무화	
2 산업연계 활성화	• 가족회사, 겸임교수 활용 • 산학협동과정 도입 • 인턴학기제, 프로젝트 수행 학기제 신설	6 관심 소모임 활성화	• '영어창작랩' 설치 • 교재개발, 교육프로그램개발, 연극, 스토리텔링, 통번역 관심그룹 • ICT 학습 동아리 • 벤처 동아리	

〈그림 3〉 주요 6개 사업

교과과정과 비교과과정에 걸친 전체 교육과정은 6개 사업을 중점적으로 추진하게 되는데, 교과과정은 영어영문 콘텐츠에 대한 깊은 지식과 이를 산업화해 낼 수 있는 기본 역량의 배양에 초점을 두며, 비교과과정은 학생들의 개인 창의성 개발에 초점을 둔다. 구체적으로 교과과정 영역에서는 교과과정의 혁신적 개편과 산업연계의 활성화가 추진된다. 교과과정을 문화기반 콘텐츠 개발, 전산언어학 관련 교과목 도입, 캡스톤 프로젝트 수업 도입, 영어교육 사회봉사 확대 등의 영역으로 외연을 넓히고, 산업연계 활성화를 위하여 가족회사 및 겸임교수 활용을 활성화하고, 인턴 및 프로젝트 수업 학기를 제도적으로 정착시키게 된다. 비교과과정 영역에서는 영어연극 활성화, 영어스토리텔링 능력 신장, (기계)번역 능력 신장 향상 등을 통하여 학과의 기본 강점 부분을 강화하고, 스토리텔링 능력 및 발표능력의 실질적 수월성을 확보하며, (기계)번역 실습 및 자격증 확보 등의 지원이 이루어지게 된다. 또한 학과 내 소모임 활성화 사업이 진행되는데 여기서 소모임은 기존의 학생 차치 활동보다는 학과의 특성화 방향에 맞는 4개의 창작랩의 운영을 의미한다. 학과 내에 "영어교육창작랩",

"기계번역창작랩", "영어코퍼스 창작랩", 및 "영미콘텐츠창작랩"을 설치하고 각각에 지도교수가 배정되어 영어산업을 목표로 자기주도적인 활동을 하게 된다. 각 사업의 연차적 전개는 <표 2>에 제시된 바와 같다.

〈표 2〉 6개 사업의 연차적 전개

사 업		1차년도 지역기반	2차년도 국내기반	3차년도 글로벌기반
교과과정	1.교과과정 개편	교과목개발 (1주기)	교과목개발 (1.5주기)	교과목개발 (2주기)
	2.산업연계 활성화	지역 내 영어산업 관련 기관과의 연계	국내 영어산업 관련 기관과의 연계	글로벌 수준의 영어산업 관련 기관과의 연계
비 교과 과정	3.영어연극 활성화	지역 내 영어연극 활성화	전국 규모 영어연극 활성화	국제적 수준의 영어연극 활성화
	4.영어스토리 텔링 활성화	지역 내 영어 스토리텔링 활성화	전국 규모 영어 스토리텔링 활성화	국제적 수준의 영어 스토리텔링 활성화
	5.번역능력 강화	문서번역 영역	산업현장의 번역으로 발전	미디어 번역 등으로 확대
	6.관심소모임 (창작랩) 활성화	지역 내 영어산업 관련 활성화	전국 규모의 영어산업 관련 활성화	국제적 수준의 영어산업 관련활성화

각 사업의 구체적인 내용을 필요성, 내용, 기대효과로 나우어 기술하면 아래와 같다.

☐ **사업 1: 교과과정 개편**

가. 필요성

- 교과과정 개편, 영어산업학과가 나가야 할 방향 제시. 영어산업학과가 추구하는 목표이자 수단
- 사업의 목표 달성을 위하여 본 사업단은 혁신적인 교육과정의 개편 추진

◎ 본 사업의 핵심적 동력은 교과과정의 혁신적 변화에 있다고 봄
◎ 교과과정의 혁신과 비교과활동과의 유기적 연계를 통한 사업 목
  표 달성

나. 내용
◎ 혁신적 교과과정의 전체적인 내용을 학년별 . 학기별로 구분
◎ 교수방법의 효율화
  - PBL교과목 50% 이상 개발: 연차별로 10% 이상 - 25% 이상 -
    50% 이상
  - 영어강의 90% 이상 유지: 연차별로 50% 이상 - 75% 이상 -
    90% 이상 개발
  - 연계 및 융합과정 운영: 3년간 2개 연계 . 융합과정 개발
  - 팀티칭 과목 개발: 연 1개 과목, 3년간 3과목 개발
  - 기타 온라인 교과과정 개발: 교수별 1과목 이상 개발
◎ 산업현장과 긴밀한 연계를 통한 산학 연대 구축
  - 동문기업, 가족회사와의 상시적 교류 활성화
  - 산업현장 실무자들과의 정례적인 교류 라인 구축

다. 기대효과
◎ 위와 같은 교과과정의 혁신과 안정적 운영을 통한 기대효과
  - 산업시장 수요에 부응하는 미래형 영어인재의 육성
  - 산업계 취업 외 창업(1인 창업 포함)도 가능한 영어인재 육성
  - 영어산업 분야와 직결된 응용 · 신지식과 기술을 교수/학습함으
    로써(예: 영어교육 사회봉사, 캡스톤 프로젝트), 학생들의 학습
    동기 부여
  - 지역-국내-글로벌시장으로 이어지는 연차적 발전을 통해 전통
    적인 인문학적 영어영문학과의 선도적 발전 모델 제시 및 환류

□ 사업 2: 산업연계 활성화

가. 필요성

- 본 사업의 목표 달성을 위하여 교과과정과 비교과과정 모두 산업 시장과의 연계 필수
- 본 사업단의 전략적 특성화 분야는 영어산업
- 산업현장과의 유기적 연계를 통하여 사업목표 달성
- 기존 교수진의 전공지식과 경험의 한계를 극복하는 차원에서 현장 전문가 초빙
- 현장 중심의 수업내용으로 학생들의 학습동기 고취

나. 내용

- 지역 기반(노원, 성북, 도봉) 구청을 통한 수요 조사 및 분석(3차년도)
- 지역 기반 관련 산업체들과의 교류
  - 유아교육 시장, 초등 영어 교육시장
  - 중등 영어 교육시장(입시, 비입시)
  - 성인 및 평생교육 시장(공인영어능력, 온라인 교육시장)
- 4차년도 국내 시장, 3차년도 글로벌 시장의 분석을 통한 외연 확대
  - 동문기업, 가족회사와 상시적 교류 활성화: 인턴파견 및 교육프로그램 수주 및 개발
  - 산업현장 실무자들과 정례적 교류 라인 구축을 통한 취업 기회 확대
- 각 교과목에 산학협력 관련 활동 1주 이상 구성

다. 기대효과

- 위와 같은 산학연계 활성화와 안정적 운영을 통한 기대효과
  - 산업연계 활성화를 통해, 교과과정의 질적 향상

- 산업시장과의 직접적 교류를 통한 인식의 전환
- 산업계 취업뿐만 아니라 창업(1인 창업 포함)도 가능한 준비 교육
- 동문기업 및 가족회사 근무경험을 통해서 재학생들의 자긍심 고취
- 지역-국내-글로벌시장으로 이어지는 연차적 발전을 통해 전통적인 인문학적 영어영문학과의 선도적 발전 모델 제시 및 환류

□ 사업 3: 영어연극 활성화

가. 필요성

- 비교과 활동은 창의성 개발과 관련되어 구성될 필요성
- 본 학과는 영어연극을 통한 실용영어 교육과정을 이미 운영 중
- 본 학과는 이미 '영미소설과 스토리텔링'과 '영미시의 표현과 의미'와 같은 영어콘텐츠 생산 교과목을 운영하는 중
- 본 학과 강점을 극대화('전국 셰익스피어 영어연극제'에서 2012, 2013년 연속 대상 수상)
- 이러한 기반이 학생들의 취 · 창업 등의 경력개발로 연계 활성화 필요

나. 내용

- 드라마를 통한 영어교육의 활성화
  - 영어연극을 응용, 영유아 및 초등학교 영어교육에 접목
  - 영어연극 준비과정에서 이뤄지는 영어기술 향상 및 전인교육 측면을 강조 이를 교육상품으로 개발
- 공연예술을 통한 문화산업 체험
  - '셰익스피어 영어연극제'(국내) 매년 참여 및 '에딘버러 연극 페스티벌'(해외) 고려
  - 연극지도가 가능한 원어민 교수의 안정적 고용

- 지역 사회 영어봉사를 통한 지적 자산의 공유
- 산업현장과의 긴밀한 연계를 통한 산학 연대 구축
  - 공연예술 문화산업 업계 및 인사들과 교류
  - 전문 공연예술 기획자들과의 정기적인 교류

다. 기대효과
- 위와 같은 영어연극 활성화 사업의 안정적 운영을 통한 기대효과
  - 창의성 개발과 흥미 유발을 동시에 달성
  - 공연예술 관심 유도 수준을 넘어 종사자로 이어질 수 있는 연계 구축
  - 지역-국내-글로벌시장으로 이어지는 연차적 발전을 통해 전통적인 인문학적 영어영문학과의 선도적 발전 모델 제시 및 환류
  - 타학교 영문과와 차별화된 강점으로서 재학생들의 자긍심 고취
  - 영어연극이 개인의 지적유희로 끝나는 것이 아니라 지식 나눔으로 연계
  - 셰익스피어 영어연극 경험이 대학생들의 창의성을 통해서 영유아 아동들에게 전달되는 과정은 교육학 및 문학계에도 기여하는 바가 큼

☐ **사업 4: 영어스토리텔링 활성화**
가. 필요성
- 미디어 기술이 고도로 발전된 사회에서 콘텐츠의 질을 결정하는 개인의 창의력과 사고력 즉 인문학적 소양 강조
- 교과과정에서 다루기 힘든 영역을 학과행사를 통해서 보완
- 본 학과는 영어연극활동과 함께 영어스토리텔링 및 촌극대회를 활성화 해놓은 상태

- 이 상태를 산업현장과 연결하는 연결고리가 필요한 시점
- 교과과정의 혁신과 비교과활동과의 유기적 연계를 통한 사업목표 달성

나. 내용
- 스토리텔링 수업과 비교과 활동을 통한 영어교육의 활성화
- 학부생들의 스토리텔링 및 촌극 작품을 녹화, KW-Commons 활용 데이터베이스 구축
- 스토리텔링을 통한 창의성 개발과 산업연계 연결
  - 스토리텔링 대회를 개최(지역, 국내)
  - 학생 연극 관련 지도 가능한 원어민 교수의 안정적 고용
  - 지역 사회 영어봉사를 통한 지적 자산의 공유
- 산업현장과의 긴밀한 연계를 통한 산학 연대 구축
  - 스토리텔링 문화산업 업계 및 인사들과 교류
  - 전문 문화산업 기획자들과의 정기적인 교류

다. 기대효과
- 위와 같은 스토리텔링 사업의 안정적 운영을 통한 기대효과
  - 영어 내용 구성 및 발표능력 향상
  - 개인의 창의력 및 사고력을 강화시킴으로써 인문학적 소양 겸비
  - 스토리텔링 및 촌극대회에서 수상한 학생들 작품을, 영어산업 콘텐츠로 응용가능
  - 학생들의 창의성 개발과 흥미 유발 효과: 이러한 효과는 곧 본 사업단의 목표
  - 스토리텔링 및 창작에의 관심 유도 수준을 넘어 관련 산업 종사자로 이어질 수 있는 연계 구축
  - 지역-국내-글로벌시장으로 이어지는 연차적 발전을 통해 전통

적인 인문학적 영어영문학과의 선도적 발전 모델 제시 및 환류

□ **사업 5: 번역능력 강화사업**

가. 필요성

- 번역분야로 구직을 희망하는 학생들의 요구 충족
- 국내 문학을 국제사회에 소개하고자 하는 사회적 노력에 부응

나. 내용

- 현재 영한번역 중심의 번역수업 확대. 한영번역 . 미디어번역 과목 신설
- 전문번역가로 활동하는 졸업생들을 초청, 겸임교수로서 노하우 전수
- 전 학생 번역사 인증제 의무화 (한국번역가 협회주관 번역능력인증 시험)
- 기계번역 포스트에디팅 활성화

다. 기대효과

- 언어기술과 구별되는 번역기술을 전문적으로 훈련
- 졸업 후 구직 기회 극대화
- 1인 전문 (기계) 번역가로서 개인브랜드화 가능성

□ **사업 6: 관심소모임 활성화 사업**

가. 필요성

- 학생들이 스스로 자신의 장점을 발견하고 창의성을 개발할 기회 제공
- 지식과 기술의 결과물이 현장에 투입되고 지식을 나누는 과정에서 학생들의 자존감 및 성취감 고취

나. 내용
  ● 가칭 "영어창작랩" 중심으로 활동을 활성화
  ● 각 소모임에 대한 구체적인 내용은 <표 3>과 같음

<표 3> 4개 창작랩의 세부 내용

소모임 가명	세부 내용
1.영어교재 창작랩	영어 학원 및 학교 영어교사들의 수업준비를 도울 수 있는 수업자료를 개발하고 출판. 중·고등학생들의 관심과 흥미를 파악하여 수준별 학년별 성별에 따른 세분화된 맞춤식 교재, 활동지를 개발 배포. 사회소외 계층을 대상으로 영어수업을 진행하는 NGO 단체와 협력하여 질 높은 수업자료를 제공
2.영어문화 콘텐츠 창작랩	다양한 주제를 가지고 학생들이 영어콘텐츠를 창작. 학생의 창의력을 바탕으로 문학 및 비문학의 다양한 내러티브들을 생산하고 이를 재학 중 또는 졸업 후 산업화할 수 있는 역량을 양성. 영어콘텐츠를 만들어 내는 본과의 워크숍 교과목들과 유기적으로 연계
3.코퍼스분석 창작랩	영어코퍼스의 태깅, 빈도분석, 연어분석, 일치현상 등을 통하여 코퍼스 분석 기법을 익히고 이를 활용하여 영어교재를 분석/제작하고 이를 영어교육에 활용하는 기법을 익히며 더 나아가 의미론을 기반으로 연관어 분석의 기초를 배움
4.영어교육 창작랩	영어교육에서 소외된 계층의 학생들을 대상으로, 개인 및 소그룹 단위로 수업을 진행하고, 영유아 대상으로는 방문하여 영어 그림책 읽어주기, 읽기 후 활동 같이 하기 등을 실시(지역 육아종합 지원센터 연계)
5.영한/한영 번역 창작랩	영한 및 한영 (기계) 번역 사업에 참여하여 공동 초벌 번역 경험 축적. 국내 아동서적을 한영번역하는 등 창의적인 사업을 기획하고 도전

  ● 각 창작랩을 중심으로 의식 증진 및 성과 향상을 위한 경진대회
    활성화
    – 영어교육 교재 및 프로그램 개발 대회
    – 영어교육 관련 벤처사업 경진대회(교내 → 지역 → 국내로 범
      위 확대)
    – 연극-촌극 대회

－ 스토리텔링 및 프리젠테이션 대회
　　－ 영어 코퍼스 및 (기계) 통번역 관련 대회

다. 기대효과
　● 학생들은 독립적으로 또는 학우들과 협력하여 교과내용 개별화
　　및 산업화 시도
　● 개인브랜드 창출기반 마련
　● 현장에 대한 이해를 높이고 창의적으로 지식을 응용·적용하는
　　기술, 역량을 스스로 향상

　숍스사업단은 사업의 목표를 충실히 달성하기 위하여 영어영문학과의
명칭을 "영어산업학과(Department of English Language and Industry)"로
바꾸어 2019학년도 신입생부터 모집하게 된다. 이는 4차 산업혁명 시대
를 사는 영어 전공 청년들에게 창의성 기반 고유 브랜드를 개발하고 이를
산업화하여 이윤을 창출하고, 이웃의 필요에 공감하여 자신의 성과를 공
유할 수 있는 미래형 영어인재를 육성하기 위한 제도적 변화이다. 이러한
변화는 기존 국내의 어문학 계열 학문 단위들이 시도하지 않은 차별적
변화로서 영어영문학과 전산학의 융합에 경영학의 기업가정신을 더하는
이상적 모델이 될 것이다. 개인 브랜드를 통해 차별적 우월성을 확보한
인재들은 개인 창업도 가능할 뿐만 아니라, 개발자들과의 소통 및 협업이
가능한 인재로 육성될 것이며 이러한 인재의 배출을 통하여 숍스사업단
은 4차 산업혁명 시대에 필요한 영어전공자 육성 프로그램의 신모델을
창출하게 될 것이다.
　학과는 연관 산업분야 등의 직무분석 등을 반영한 교육과정으로 변화
하는데, 이는 몇 가지의 사실에 근거한다. 첫째, 'UN 미래보고서 2045'에
의하면 가까운 미래에 기존의 직업이 사라지고 그 자리에 '1인 기업' 시

대가 올 것으로 예측하고 있으며(안영수, 2016, 아고라 14권: 5), 대한민국 정보 '1인 창조기업 육성에 관한 법률' 제2조에 '1인 창조기업'을 별도로 정의하고 발전 육성의지를 밝히고 있다(아고라 14권: 5). 이러한 시대 변화에 따른 연관분야 산업의 동향을 반영하고 '한국직업능력개발원'의 K-CESA 대학생 핵심역량을 참고하여 교육과정의 개편과 운영을 시도한다. 영어 산업화 관련 주요 과목의 내용은 다음과 같다.

- 코퍼스영어학: 코퍼스영어학에서는 코퍼스언어학을 기반으로 영어를 이해하고 분석하며 이를 바탕으로 영어 코퍼스의 다양한 활용 및 응용을 탐구하고 논의한다. 이를 위해 코퍼스의 개념에 대한 이해에서 출발하여 영어 코퍼스의 설계 및 언어 자료의 수집, 구축과 가공, 분석과 활용에 대한 이론 학습과 더불어 코퍼스 분석 도구 소프트웨어 사용법을 익히고 다루며 영어 코퍼스를 분석하는 실습이 이루어진다.
- 마케팅 내러티브: 영미어문학의 내러티브 테크닉을 활용한 홍보 및 광고의 분석 및 콘텐츠 생산; 잡지사, 기업 홍보, 관광산업, 에디팅 전문가, 상품 광고, 정부 및 정치정당 홍보 에디터, 커뮤니케이션 기업, PR(Public Relations) 전문가 등에 진출
- 영어교육과 경영: 영어교육 교재와 프로그램의 개발을 통하여 1인 혹은 소수의 공동사업자가 경영의 기법을 활용하여 사업을 경영하는 산업지식을 학습
- 미디어 영어번역: 영화, 드라마, 애니메이션과 같은 동영상 번역시 요구되는 기술과 이론을 익히고, 실습을 통해 적용
- 영어교육 사회봉사: 학교에서 학습한 영어교육 방법론을 적용하는 지역사회 봉사를 통하여 공감과 공존의 지혜를 습득하고 학점도 취득하는 현장 연계형 실습과목
- 영어교육평가 및 통계: 타당성과 신뢰성 등 언어평가의 기본개념을

익히고 문항개발 및 결과 분석까지 실습을 통해 이론을 적용. 한국이라는 특수한 상황에서 영어평가의 발전방안에 대해 학습; 통계기본 개념을 배우고 영어교과 관련 통계결과를 이해하고 해석하는 능력 배양

- 드라마와 영어교육: 영미권의 대표적인 드라마 작품들을 읽고 주제 및 프리젠테이션 기법을 배우고, 이를 통해 영어의 구사능력 함양
- 영미소설과 스토리텔링: 대표적인 영미문학의 단편소설들을 중심으로 작품에 나타난 시대상과 주제 그리고 표현기법을 공부하고, 수업 후반부에서는 워크숍을 통해 학생들이 직접 영문스토리 생산
- 영어 교육프로그램 개발: 학교에서 학습한 영어교육론, 언어습득론, 영어교재론, 영어교육 평가론 등의 과목을 활용하여 지역사회의 교육프로그램 수요에 적합한 프로그램을 자체 개발하여 현장에 적용
- 영어 교재론: 학생들에게 영어의 어떤 내용을 제시하고 가르쳐야 할 것인가를 이론적으로 살펴보고 실제 교재를 개발 및 탐구
- 영어교재 분석 및 개발: 영어교육론에 비추어 유아, 초 · 중등 영어 교재를 분석, 발전 방안을 모색하며 개인 창의성 기반 교재개발 실습
- 디지털 에디팅: 교재개발의 디지털 출판 및 웹/앱 개발을 염두에 두고 HTML 등을 활용하는 기술을 포함하는 디지털 기술을 학습
- 영어와 언어과학: 인간 언어능력의 연구는 과학적 연구의 대상이다. 즉 인지능력의 핵심영역인 언어는 과학적 연구방법론으로 접근이 가능하며 본 과목은 영어를 과학적 연구방법론으로 분석하는 방법을 교육. 이를 통하여 영어의 구조적 본질에 대한 이해를 도모함은 물론 비판적 사고방법과 논증의 방법론을 연습하여 창의적 사고 계발
- 은유와 인지적 사고: 인간이 일상적인 언어를 사용할 때 나타나는 다양한 인지작용을 확인하여 정의하고 이를 체계적으로 연구하고 더 나아가 일상에서 이탈한 비현실적 혹은 은유적 표현을 생성하거나 이해할 때 어떤 인지작용 연구

- 셰익스피어 산업: 셰익스피어의 작품을 교육 및 공연 상품으로 제작 판매할 뿐 아니라 'Shakespeare'라는 global name brand를 상업광고에 활용하거나 관광 상품화. 이 과목은 셰익스피어 작품의 번역, 출판, 공연, 페스티벌 기획, 타예술 장르(음악, 예술, 뮤지컬, 오페라, 영화 등)와의 융합 그리고 심리치료 효과(drama therapy) 학습. 더 나아가 셰익스피어 공연의 국내 이식('한국화')을 통한 해외시장으로의 역수출 실태와 전망 연구

특성화를 통하여 학과의 교육은 이론에서 현장으로 변화하게 된다. 이를 학과의 목표, 교과과정의 변화, 비교과활동 및 주요 진로 등으로 나누어 살펴보자. 그간 인문학 소양교육, 영어기능 신장, 지적 소양교육 중심의 학과교육은 개인 창의성 개발, 전문능력 함양, 특성화 인재 육성 등으로 목표를 달리하게 된다. 교과과정 면에 있어서 종전에는 어학 기본 과목 위주, 어문학 이론 과목 위주의 교과과정이 전산 및 코퍼스 관련 융합 교과목, 실용화 교과목, 경영 및 창업 관련 교과목, 응용 전산 과목 등의 개설이 대폭 확대된다. 비교과 활동 면에서 과거 문학, 역사, 철학 중심의 동아리 활동이 영어교재개발, 영어교육 프로그램 개발, 스토리텔링, 연극 동아리, 벤처 스타트업 동아리 등으로의 변화 확대로 유도된다. 이에 따라 졸업생들의 경력개발은 과거 전공과 무관한 일반 기업으로의 진출이 영어 중심의 진로인 영어교육 및 교재개발산업 분야, 영어평가 분야, 기계번역 분야, 언어 분석 및 빅데이터 관련 사업 분야, 영어구연 및 전문 교육프로그램 개발 분야 등으로 변화하게 될 것이다.

교과과정은 3개년에 걸쳐 변화하여 사업이 종결되는 2019년에는 <그림4>와 같은 교과과정을 계획하고 있다.[4]

....

[4]   교과과정은 사업의 진행과정에서 생기는 상황 변수를 고려하여 약간의 수정이 되었는데, 이는 아래 표와 같다.

	1학기	2학기
100	영작문	영문법1
200	영문법2 영어음성학과 발음지도 영작문 지도 영미드라마와 실용영어 영어학개론	영화와 영미문화 세계의 영어 언어습득론 영어교육론 영미문학개론
300	영어스피치 및 프리젠테이션 한영번역실습 디지털에디팅 영어교육프로그램개발 코퍼스영어학	영어교재론 영한대조분석 영어어휘형태론과 어휘지도 에세이 영작문과 작문지도 영어교재 분석 및 개발
400	영문학과 스토리텔링 드라마와 영어교육 영어교육통계 영어교육 사회봉사	캡스톤 프로젝트 영어평가론 영어교육과 경영 미디어영어 번역

〈그림 4〉 신교과정 (학기별)

2019 예정 교과과정

단위	1학기		2학기	
	과목명	담당 교수	과목명	담당 교수
100	Becoming SHOBS		영미문학과 사회 읽기	
200	영문법1*		영문법2	
			영문학과 마케팅내러티브	
	영문학개론*		어휘형태론과 어휘지도	
	음성학과 발음지도		영화와 영미문화	
	미국문학과 대중문화		언어습득과 영어교육	
	영어학입문*		영어발표와 토론*	
300	번역실습		에세이영작문과 작문지도	
	인지와 은유적사고		영한대조분석	
	영어교육프로그램개발		영미드라마와 실용영어	
	디지털에디팅		영어교재론	
	영어와 언어과학		코퍼스영어학	
400	영문학과 스토리텔링		세계의 영어	
	셰익스피어산업		영어산업과 경영	
	미디어영어번역		영어평가와 통계	
	영어교육사회봉사		캡스톤프로젝트(팀)	

새로운 교과과정을 전공 분야별로 나누어 제시하면 <그림 5>와 같다.

전공분야	1-1	1-2	2-1	2-2	3-1	3-2	4-1	4-2
기초공통과정				기초전공과정		전공심화과정		제작실습과정
영어기능	영작문	영문법1	영문법2	세계영어	영어프리젠테이션	에세이영작문/작문지도		
영어기능			드라마 실용영어					
영어학			음성학 발음지도		코퍼스 언어학	영한 대조분석		
영어학			영어학 개론			어휘형태론/어휘지도		
영미문학				영미문학 개론			영문학과스 토리텔링	마케팅내러 티브
영미문학				영화와 영미문화			셰익스피어 산업	
영어교육				언어 습득론	영어교육프 로그램개발	영어 교재론	영어평가와 통계	영어교육 과 경영
영어교육				영어 교육론			영어교육 사회봉사	
영어산업			한영번역		디지털 에디팅	인지와온 유적사고		미디어영어 번역
영어산업					영어와 언어과학			캡스톤프로 젝트

〈그림 5〉 신교과정 (분야별, 원 교과목: 핵심 특성화교과목)

이러한 교과과정 외에도 향후 영문학 분야에서 내러티브 저널리즘 (narrative journalism), 창작 작문 워크샵(creative writing workshop), 문화소비 및 문학산업(cultural consumption and literary industry), 언어와 설득적 표현(language and persative presentation) 등의 교과목이 신설될 예정이다.

<그림 6>에서 보듯이 전체 교과과정에서 영어산업 관련 교과목이 전체적으로 46% 이상을 점유하는 획기적인 교과과정이 완성될 것이다. 숍스 사업단은 학과의 교과과정 외에도 두 개의 연계전공과정을 개발 운영한다. 이 중 먼저 2017년 '언어 빅데이터 연계전공'이 개설되었고, 2019년 '영어정보콘텐츠 연계전공'이 개설될 예정이다.[5] 전자는 언어 자료인 코

퍼스 빅데이터를 활용하는 전문가를 배출하게 될 것이고, 후자는 영어교육 혹은 영어문화 콘텐츠를 게임 등의 앱으로 개발하여 산업화할 수 있는 인재의 배출을 목표로 한다.

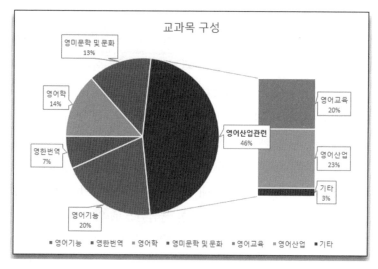

〈그림 6〉 구성표

교과과정과 비교과 활동은 유기적 관계를 가지고 선순환하게 된다. 이를 위하여 학과의 교육과정을 현장-실무 연계형으로 운영하게 되는데, 원칙적으로 매 과목 현장실무 전문가를 초청하여 특강을 진행하며, 졸업생이 운영하는 가족회사와 연결하여 겸임교수로 활용하고, 영어산업 수요 프로젝트를 수주하여 수행하며, 필요시 인턴사원을 파견하여 현장과의 연계를 공고히 한다. 이를 효과적으로 수행하기 위해서 전술한 바와 같이 4개의 창작랩을 효율적으로 가동하게 된다.

사업의 성과를 상시 모니터 하고 소기의 목표를 차질 없이 달성하기

5   [부록] 연계과정 교과과정표 참고.

위하여 철저한 성과관리 체계를 구축하고 관리한다. 사업의 추진을 위한 조직은 대학의 기획처장을 총괄사업단장으로 하여, 총장이 주재하는 운영위원회를 두며, 하위 사업단위인 숍스사업단은 영문과 소속 교수 1인이 단장, 사업 초빙교수 1인이 부단장 겸 사업 코디네이터가 되며, 각 교수는 해당 전공분야를 기초로 6개의 사업을 책임 추진하게 된다.

성과관리는 핵심성과지표와 자율성과지표 두 가지 유형의 성과관리 지표를 통하여 측정하게 된다. 핵심성과지표는 교육부에서 지정한 지표로서, 특성화분야(즉, 영문학과) 전임교원 확보율, 전임교원 강의비율, 재학생 충원율의 세 가지로서 이는 대학의 경영 정책이 뒷받침이 되어야 하는데, 전임교원은 2018학년도 실험음성학 분야의 전임교원을 1명 충원하는 등의 노력으로 전임교원 확보율과 강의비율을 목표치를 달성하고 있으며, 재학생 충원율은 서울 소재 대학으로서 큰 문제없이 유지되고 있다. 다만, 최근 영어 전공자의 미래에 대한 불안감으로 일부 타 학과로의 전과나 타 대학으로의 편입 등의 재학생 이탈이 발생하고 있으나, 특성화 사업의 완성도가 높아짐에 따라 안정세로 돌아설 것으로 예측하고 있다. 핵심성과지표의 목표값 추이는 <표 4>와 같다.

<표 4> 핵심성과지표 총괄표

연번	지표명(단위: %)	기준값	연차별 달성목표값		
			1차년도 (2016)	2차년도 (2017)	3차년도 (2018)
①	특성화분야 전임교원 확보율	87.5	87.5	114	114
②	특성화분야 전임교원 강의비율	100	100	100	100
③	특성화분야 재학생 충원율	108.2	111.1	111.3	111.6

자율성과지표는 사업단 자율의 선택에 따라 사업의 완성도를 측정하기 위한 지표로서 교과영역 특성화지수, 창의성사업 특성화지수, KW-CESA 지수로 구성되어 있다. 교과영역 특성화지수는 특성화교과목, 융합교과목, 산학연계활성화 등의 교과영역 계획에 밝힌 내용의 달성도를 측정하며, 창의성사업 특성화는 비교과영어의 사업 활성화를 측정하는 도구로서 영어연극, 영어스토리텔링, 번역능력, 창작랩 등의 활성화에 따른 사업의 완성도를 측정한다. KW-CESA 지수는 한국직업능력개발원의 대학생핵심능력진단시스템인 K-CESA(Korea Collegiate Essential Skills Accessment, https://www.kcesa.re.kr/index.do)의 측정 요소를 광운대학교의 사업 목표에 맞게 편집한 도구로서 대학의 학부교육선진화사업(ACE 사업)에서 개발되어 측정도구로 활용되고 있는 것을 활용하였다. 자율성과지표의 목표값 추이는 <표 5>와 같다.

〈표 5〉 자율성과지표 총괄표

연번	지표명(단위)	기준값	연차별 달성목표값		
			1차년도 (2016)	2차년도 (2017)	3차년도 (2018)
①	교과영역 특성화 지수	7.53	33.14	65.06	100
②	창의성사업 성과 지수	19.30	43.05	71.96	100
③	KW-CESA 지수	50.50	53.50	56.50	58.50

III. 결론 및 첨언

숍스사업단은 2016년 선정 이후 2018년 현재 3차년도(교육부 기준 CK 사업 5차년도)를 추진 중에 있으며, 당초의 계획대로 6개 사업 영역에 걸쳐 순조로운 목표 달성을 하고 있다. 매년 성과를 교육부에 보고하고, 필요한 경우 사업 컨설팅을 받아 크고 작은 어려움을 극복해 나가고 있는 바, 사업의 지원이 종료되는 2019년 2월이 되면, 당초의 목표를 큰 차질 없이 달성할 수 있을 것으로 기대한다.

영어영문학과의 교과과정은 2차에 걸친 수정을 연차적으로 진행해 왔고, 2018년 가을 3차 수정과 미세조정을 거치면 명실공히 영어산업학과로서 미래가 필요로 하는 숍스형 영어산업인재를 육성할 수 있을 것으로 기대한다. 2019년부터 모집하게 되는 영어산업학과 신입생들이 졸업하게 되는 2023년부터 이들의 역할이 기대되는 바이다.

2018학년까지 기존의 재학생들은 입학 당시의 선택인 영어영문학과를 졸업하게 된다. 그러나 변화하는 교과과정과 비교과활동 및 학과의 발전 방향에 대해 지속적인 교육과 참여를 통하여 사업의 취지를 이해하고 동참과 피드백을 통하여 사업의 완성도에 기여하게 되며 2019년도 이후 입학하는 후배 영어산업학과 학생들과 함께 당분간 공존하게 된다. 연차적으로 학년이 진행되면서 4년 뒤부터는 기존의 영어영문학과 학생들은 복학생을 제외하고는 모두 졸업하게 되어 이후 학과는 영어산업학과의 학생들만으로 구성될 것이다.

숍스사업단은 지금까지 순조로이 연차적 목표달성을 하고 있으나, 2023년부터 사회에 진출하는 새로운 졸업생들이 진정 사업단이 목표로 하는 '개인적 창의성을 고유 브랜드로 하여 영어영문학 콘텐츠에 대한 전문적 지식과 기업가 정신으로 무장한 미래형 영어인재'가 되어 사회에 첫발을 내딛게 될지 참여자와 비참여자 모두 관심과 애정을 가지고 지켜보아야 할 일이다.

참고문헌

김홍기. 2016. 수도권대학 특성화사업 (CK-II) 사업계획서: 개인 창의성 기반
SHOBS형 인재 육성사업. 광운대학교.

안영수. 2016. 「국제영어대학원대학교의 2016 교육과정 개편: '영어교육 1인
기업' 양성」. 『아고라』, 14, 3-12. 국제영어대학원대학교.

송경진 (역). 2016. 『클라우스 슈밥의 제4차 산업혁명』. 새로운 현재: 서울.

부 록

연계과정 교과과정표 (언어빅데이터 연계전공, 영어정보콘텐츠 연계전공)

1. 언어빅데이터 연계전공

학년	학기	교과목명	이수 구분	학점	시수	개설학과
1	1	영작문		3		영어영문학과
	2	통계학입문	필수	3		정보융합학부
2	1	영문법2	필수	3		영어영문학과
		영어발표와토론		3		영어영문학과
		데이터사이언스개론		3		정보융합학부
		객체지향프로그래밍		3		정보융합학부
		인터랙티브미디어개론		3		정보융합학부
	2	마케팅 내러티브		3		영어영문학과
		어휘형태론과 어휘지도		3		영어영문학과
		모바일프로그래밍		3		정보융합학부
		IoT및SNS데이터분석		3		정보융합학부
		자료구조		3		정보융합학부
3	1	번역실습	필수	3		영어영문학과
		영어와 언어과학		3		영어영문학과
		디지털 에디팅		3		영어영문학과
		글로벌콘텐츠트렌드		3		정보융합학부
		텍스트및오피니언마이닝		3		정보융합학부
	2	코퍼스 영어학	필수	3		영어영문학과
		영어교재론		3		영어영문학과
		ICT융합전략		3		정보융합학부
		데이터마이닝분석		3		정보융합학부
		소셜네트워크분석		3		정보융합학부
4	1	영어평가와 통계		3		영어영문학과
		영어교육사회봉사		3		영어영문학과
		기계학습		3		정보융합학부
		빅데이터비즈니스모델		3		정보융합학부
	2	영어교육과 경영		3		영어영문학과
		미디어영어번역		3		영어영문학과
		빅데이터기획분석론	필수	3		정보융합학부
		기계번역과포스트에디팅[신설]		3		연계전공 신설
학점계		연계·융합 전공필수: 15 학점 연계·융합 전공선택 : 75 학점 총 90 학점				

2. 영어정보콘텐츠 연계전공

학년	학기	교과목명	이수구분	학점	시수	개설학과
1	1	문화와 콘텐츠의 이해(정)	전필	3	3	정보콘텐츠(정)
	2	영미문학과 사회 읽기	전선	3	3	영어영문(영산)
		정보학개론(정)	전필	3	3	정보콘텐츠(정)
2	1	영작문	전선	3	3	영어영문(영산)
		영문학개론	전필	3	3	영어영문(영산)
		영어학입문	전필	3	3	영어영문(영산)
		지식정보콘텐츠(정)	전선	3	3	정보콘텐츠(정)
	2	영화와 영미문화	전선	3	3	영어영문(영산)
		언어습득과 영어교육	전선	3	3	영어영문(영산)
		프로그래밍언어 1(정)	전선	3	3	정보콘텐츠(정)
		게임학의 이해(정)	전선	3	3	정보콘텐츠(정)
3	1	영어교육프로그램개발	전선	3	3	영어영문(영산)
		세계의 영어	전선	3	3	영어영문(영산)
		콘텐츠기획개론(정)	전선	3	3	정보콘텐츠(정)
		디지털 스토리텔링(정)	전선	3	3	정보콘텐츠(정)
	2	영미드라마와 실용영어	전선	3	3	영어영문(영산)
		영어교재론	전선	3	3	영어영문(영산)
		콘텐츠기술학(정)	전선	3	3	정보콘텐츠(정)
		영상콘텐츠 처리(정)	전선	3	3	정보콘텐츠(정)
4	1	영문학과 스토리텔링	전선	3	3	영어영문(영산)
		셰익스피어산업	전선	3	3	영어영문(영산)
		컴퓨터그래픽스 2(정)	전선	3	3	정보콘텐츠(정)
		콘텐츠마케팅(정)	전선	3	3	정보콘텐츠(정)
		실무프로젝트1(정)	전선	3	3	정보콘텐츠(정)
	2	영어문장분석	전선	3	3	영어영문(영산)
		영어평가와 통계	전선	3	3	영어영문(영산)
		모바일앱기획 및 제작(정)	전선	3	3	정보콘텐츠(정)
		게임디자인(정)	전선	3	3	정보콘텐츠(정)
		실무프로젝트2(정)	전선	3	3	정보콘텐츠(정)
				87	87	
학점계		연계·융합 전공필수 : 12 학점 연계·융합 전공선택 : 75 학점 교과과정 편성 학점 : 87 학점 연계·융합전공 이수 기준 학점 : 총 45 학점				

▌저자소개▐

안계명(성호)
- 학력
  서울대학교 영어교육학 학사(1980)
  서울대학교 영어학 석사(1985)
  코넥티컷 대학교 언어학 박사(1990)
- 주요 경력
  서원대학교 영어영문학과 교수(1991~1994)
  한양대학교 영어교육과 교수(1995~현재); 대학원 다문화교육학과(2012~현재)
  한국생성문법학회 제8대 회장(2003~2004)
  한국영어학회 제12대 회장(2017)
  현재 한국영어교육학회 '비판적 교수법' 분과에서 활동
- 주요 저서
  융복합교육의 이론과 실제(2014), 학지사. (14인 공저).
  비판적 교수법과 영어교육(2016), 한국문화사. (7인 공저).
  영어 통사론(현대영어학 총서 4)(2014), 종합출판 EnG. (8인 공저).
  창의융합적 문재해결력 신장을 위한 패스트패션 맥락의 융복합교육. (2017),
     학지사. (14인 공저).

홍선호
- 학력
  한국외국어대학교 졸업 (학사, 영어전공)
  한국외국어대학교 졸업 (석사, 영어학전공)
  한국외국어대학교 수료 (박사수료, 영어학전공)
  영국 에섹스대학교(University of Essex) 졸업 (박사, 언어학(통사론)전공)
- 주요 경력
  서울교육대학교 교수, 국제어학원장, 산학협력단장, 기획처장
  서울교육대학교 창의인성언어교육센터장
  교육과정심의회 영어교과위원 (교육부)
  한국초등영어교육학회(KAPEE) 부회장

한국생성문법학회 연구이사
- 주요 저서
  영어통사론 입문(역서)
  교사들을 위한 언어학 입문(역서)
  영어문장구조 (역서)
  초등영어교육과 영어학 (공저)
  초등영어교과서 4학년 (2011년) 대표저자 ㈜ YBM 시사영어사, 더 텍스트

정채관

- 학력
  영국 워릭대 응용언어·영어교육 박사(2011)
  영국 워릭대 공학경영 석사(2002)
  영국 버밍엄대 생산공학·일본어 학사(2000)
  영국 옥스퍼드대 효과적인온라인튜터링 자격증(2008)
- 주요 경력
  인천대학교 영어영문학과 교수(2019~현재)
  한국교육과정평가원 교육평가본부 부연구위원(2012~2019)
  영국 케임브리지대출판부 English Today 편집위원(2017~현재)
  한국영어학회 부편집위원장 겸 총무이사(2017~현재)
  서강대 교육대학원 외래교수(2018~현재)
  연세대 영어영문학과·교육대학원 외래교수(2012~2017)
  서울대 교수학습개발센터 선임연구원(2011)
- 주요 저서
  코퍼스 언어학 기초(2018)
  원자력 영어: 핵심 용어 및 실제 용례(2016)
  김정은 시대 북한의 교육정책, 교육과정, 교과서(2015)
  2020 한국초중등교육의 향방과 과제: 교육과정, 교수학습, 교육평가(2013)
  코퍼스 언어학 입문(2012)
  한 눈에 들어오는 이공계 영어기술글쓰기(2007)

이완기

- 학력
  서울대학교 졸업 (학사, 영어교육전공)
  서울대학교 졸업 (석사, 영어교육전공)
  영국 리즈(Leeds)대학교 졸업 (석사, 영어평가전공)
  영국 맨체스터(Manchester)대학교 졸업 (박사, 영어평가전공)
- 주요 경력
  서울교육대학교 교수, 교무처장, 부총장 겸 교육전문대학원장
  한국교육개발원(KEDI) 연구원
  한국초등영어교육학회(KAPEE) 회장
  한국영어평가학회(KELTA) 회장
  대학수능시험 출제위원(장) 7회
  ACTFL 한국위원회 위원장
  교육부 영어교육정책 자문위원
  서울시교육청 영어교육정책 자문위원
- 주요 저서
  초등영어 교육론
  초등영어 평가론
  영어교육 방법론
  영어평가 방법론
  영어를 그르치는 엄마, 영어를 가르치는 엄마
  영어에 찌든 당신을 위한 영어 디톡스 (공저)
  영어 속의 문화, 문화 속의 영어 (공저)

심창용

- 학력
  서울대학교 영어교육학과 학사(1995)
  서울대학교 대학원 외국어교육과(영어전공) 석사(1998)
  델라웨어대학교 언어학과 박사(2005)
- 주요 경력
  경인교육대학교 영어교육과 교수(2007~현재)
  한국초등영어교육학회 부회장(2018~현재)
- 주요 저서

초등영어 3, 4, 5, 6 교과서 및 지도서(2014, 2015)
초등영어교육과 영어학(2015)
제4차 산업혁명과 교육(2018)

이재희

- 학력
  서울대학교 영어교육학과 학사(1978)
  서울대학교 대학원 외국어교육과(영어전공) 석사(1986)
  서울대학교 대학원 외국어교육과(영어전공) 박사(1993)
- 주요 경력
  경인교육대학교 영어교육과 교수(1994~현재)
  경인교육대학교 총장(2013~2017)
  한국초등영어교육학회 회장(2012~2014)
- 주요 저서
  초등영어 3, 4, 5, 6 교과서 및 지도서(2014, 2015)
  초등영어교육과 영어학(2015)

김해동

- 학력
  서강대학교 영어영문학 학사(1984)
  서강대학교 영어영문학 석사(1986)
  University of Essex (영국) 영어교육 석사(1995)
  University of Essex (영국) 영어교육 박사(2000)
- 주요 경력
  한국외국어대학교 교육대학원 영어교육전공 교수(2005~현재)
  한국외국어대학교 교육대학원 원장(2016~2018)
  한국영어교육학회 회장(2018~2020)
- 주요 저서(공저)
  중학교 1 교과서(2018), 다락원. (8인공저)
  TESOL Methods: Principles and Practices(2010), 한국외국어대학교 출판부.
      (6인공저)
  FLEX 영어 3(2010), 한국외국어대학교 출판부(8인공저)
  영어교재론 연구 I(2003), 정영국편, 한국문화사. (15인공저)

김명희

- 학력
  서울대학교 영어영문학 학사(1987)
  인디애나대학교 영어교육학 석사(2003)
  인디애나대학교 영어교육학 박사(2006)
- 주요 경력
  숙명여자대학교 영어영문학부 교수(2008~현재)
  블러프턴대학교 영어영문학부 조교수(2006-2007)
  한국ESP학회 부회장(2016~현재)
  한국현대영어교육학회 이사(2011-2014)
- 주요 저서
  중학영어 I, II, III(2017). YBM 시사영어사
  중학영어 I, II, III(2013). YBM 시사영어사
  고등영어 I, II(2009). 천재영어교육

김선웅

- 학력
  서울대학교 영어교육과 학사(1982)
  서울대학교 영어영문학과 석사(1984)
  서울대학교 영어영문학과 박사(1991)
- 주요 경력
  광운대학교 영어영문학과 교수(1988-현재)
  광운대학교 인문대학장(2011-14)
  광운대학교 교무처장(2014-15)
  MIT 객원교수 (1993-14)
  코네티컷대 객원교수 (2001-02)
  메릴랜드대 풀브라이트 객원교수 (2018-19)
  한국생성문법학회 회장 (2007-08)
  한국영어학회 회장 (2018-현재)
- 주요 저서
  허사총론 (2002, 공저)
  영어학의 최근 논점 (2005, 공저)
  영어통사론 (2014, 공저)